RANCUNE TENACE

TA MOORE

DREAMSPINNER
PRESS

RANCUNE TENACE

TA MOORE

Publié par
DREAMSPINNER PRESS

5032 Capital Circle SW, Suite 2, PMB# 279, Tallahassee, FL 32305-7886 USA
www.dreamspinnerpress.com

Rancune tenace
Copyright de l'édition française © 2018 Dreamspinner Press.
Titre original : Bone to Pick
© 2017 TA Moore.
Première édition : août 2017
Traduit de l'anglais par Emmanuelle Rousseau.

Illustration de la couverture :
© 2017 Anne Cain.
annecain.art@gmail.com
Les éléments de la couverture ne sont utilisés qu'à des fins d'illustration et toute personne qui y est représentée est un modèle

Édition e-book en français : 978-1-64080-752-5
Édition imprimée en français : 978-1-64080-753-2
Première édition française : mai 2018
v 1.0

Édité aux États-Unis d'Amérique.

Remerciements

Tous mes remerciements à ma mère, qui reste ma plus grande supportrice, et aux Cinq, qui supportent mon étrangeté. Merci également à Lady, mon premier et meilleur chien, dont je me suis inspirée pour Bourneville.

I

CHAQUE FLIC avait sa bible de superstitions personnelles.

Au sein de la brigade des mœurs, Jimmy Daley, qui louchait, jurait qu'à chaque fois qu'il arrêtait une prostituée en particulier, celle aux cheveux roux, la semaine se transformait en enfer. Le lieutenant Frome ne l'admettrait jamais à voix haute, mais lui, c'était quand il se prenait le feu rouge à l'intersection entre Mendes et la Troisième qu'il ramenait sa mauvaise humeur au travail. Quant à l'adjoint Kelly Tancredi qui était enceinte l'année précédente, elle ne se plaignait que de son soutien-gorge préféré qui était devenu inconfortable.

Cloister savait que la nuit allait être mauvaise lorsque les vents violents se déversaient depuis le désert. C'était un fait établi que le sud de la Californie était toujours chaud, mais les vents le desséchaient tout particulièrement. Vous ne pouviez même pas *transpirer* sans que cela se transforme en sel, et là où ce n'était pas salé, c'était sablonneux.

Cependant, c'était plus que de simples auteurs de violence et des bagarreurs poussés au bout de leurs pires natures. Les vents s'engouffraient dans l'espèce d'horrible saloperie qui se trouvait dans vos cauchemars : petits cadavres, cuisses meurtries, questions qui ne trouvaient jamais de réponse.

Le pire, c'est qu'il n'y avait pas d'appel superstitieux dans le département du shérif de Plenty. Vous saviez que tout partirait en vrille, mais tout ce que vous pouviez faire, c'était de vous pointer au travail et d'attendre que la pagaille se déchaîne.

Trois heures dans l'équipe de nuit et Cloister attendait encore. Peut-être qu'il avait tort, la prise d'un consommateur de méth, ivre et turbulent, aux pieds nus ne pesait pas beaucoup sur sa conscience.

Ignorant les ordres hurlés de « Couchez-vous ! » et « Mettez vos mains là où je peux les voir ! », l'homme buriné et desséché s'était précipité par une fenêtre cassée et avait traversé le parking. Il s'était mis à courir comme un athlète olympique dans les mauvaises herbes, avec ses bras s'activant et sa tête rejetée en arrière, de sorte que les tendons dans son cou s'étiraient sous ses fripes bleu pâle. Cela ne lui apporterait rien de bon, mais il y mettait tout ce qu'il pouvait.

— Pourquoi courent-ils toujours lorsqu'il fait une chaleur d'enfer ? demanda Cloister.

Quelle que soit la météo, rien ne pouvait motiver quelqu'un à courir ainsi s'il avait la conscience tranquille. De plus, sa partenaire n'était pas du genre bavarde. Cloister se baissa et déclipsa son collier dans un mouvement fluide et maîtrisé. Elle se redressa, ses épaules se tendant sous la masse épaisse de poils bruns et noirs, mais elle se retenait. Cloister aboya un ordre sec sur un ton de commandement :

— *Fuss !*

Elle s'élança.

Cloister avait travaillé avec beaucoup de chiens au fil des ans, depuis la meute de chasse de son beau-père jusqu'à un épagneul idiot, mais compétent, en Irak – il mangeait des cailloux, mais trouvait des résidus explosifs après cinq jours –, pourtant aucun d'eux n'avait une détente comme Bourneville. Le berger noir sortit des blocs comme un lévrier et passa à travers la fenêtre d'un long saut, assez bas pour faire trembler Cloister alors que les éclats de verre cassés dans le cadre effleuraient la fourrure fauve de son estomac. Elle atterrit sur le sol en courant.

Cloister fit faire une rotation à la laisse, entourant le lourd nylon autour de son poignet, et passa à son tour par la fenêtre. Il sentit la compression de sa veste à l'épreuve des balles tandis qu'il se baissait, le verre se prenant dans le tissu en toile épais de son pantalon alors qu'il pliait son mètre quatre-vingt-huit à travers le cadre en bois pourri et sec.

De l'autre côté du parking, le consommateur de méth grimpa tant bien que mal sur la clôture grillagée. Sa chemise s'accrocha au sommet du fil de fer barbelé et s'arracha, laissant pendre un chiffon battant et sanglant. Il continua à courir et disparut derrière une rangée de maisons.

Bourneville ne perdit pas de temps, sautant sur le capot d'un pick-up stationné, sans même s'arrêter pour mesurer la distance. Elle trébucha sur ses pattes à l'atterrissage, faillit se cogner le menton, puis se redressa et repartit.

La clôture s'agita bruyamment lorsque Cloister la heurta, se balançant quand il l'escalada pour passer de l'autre côté. Sa main se prit sur le fil barbelé, une pointe s'enfonçant dans la chair sous son pouce. L'éclair de douleur le fit grimacer, mais il ne ralentit pas.

Il retomba de l'autre côté et suivit la queue de loup touffue de Bourneville à l'arrière des maisons. Les cris et l'agitation de la bagarre du raid dans la maison de drogues s'évanouirent derrière lui. L'habitude d'évaluer les risques lui fit porter la main à son arme et ses doigts trouvèrent leurs places familières sur la crosse en plastique moulé.

Les Heights n'étaient pas une mauvaise zone de la ville. C'était juste pauvre. Contrairement à d'autres adjoints, Cloister avait grandi dans un endroit où il était important de connaître la différence. Pauvres signifiait garder les rideaux fermés et s'occuper de ses affaires parce que la gratitude du shérif n'avait pas la moitié de la valeur du ressentiment des gangs locaux.

On ne pouvait pas vraiment leur en vouloir. Ils devaient vivre sur place, y élever leurs enfants. La dernière chose qu'ils désiraient c'était des problèmes.

Alors Cloister garda sa main sur son pistolet, mais l'arme resta sur sa hanche.

Au bout de l'allée, le consommateur de méth agrippa une poubelle de recyclage et la repoussa derrière lui. Il bouscula et renversa des piles de boîtes et des bouteilles en plastique écrasées sur le sol. L'obstacle lui donna une seconde d'avance sur Bourneville alors que la chienne hésitait brièvement pour esquiver les boîtes en mouvement. Il en gagna un peu plus lorsque Cloister dut les dégager de sa route.

Ce fut suffisant pour que Cloister perde Bourneville de vue pendant un instant. Elle disparut au coin alors qu'il glissait sur un morceau d'emballage en plastique gras. Il jura entre ses dents, accéléra, et manqua de trébucher sur Bourneville en tournant à l'angle de la rue, la découvrant immobile.

Sa tête était inclinée sur le côté, elle fixait le drogué d'un air confus. Cloister ne pouvait pas la blâmer. L'homme décharné – tous ses os et ses muscles étaient apparents sous sa peau – avait attrapé un vélo de gamine dans un jardin. Il était rose et possédait encore des roulettes, pourtant le gars essayait de l'utiliser pour s'échapper. Ses pieds nus étaient en équilibre sur les pédales étroites, son cul maigre en l'air et ses genoux s'activaient furieusement. Tous ces efforts ne lui apportaient pas grand-chose. Il y avait plus de mouvement d'un côté et de l'autre que vers l'avant, mais il semblait y croire.

— Seigneur, murmura Cloister.

Il jeta un œil à Bourneville, elle le regarda avec un « et maintenant ? » exprimé par une inclinaison de sa tête, signifiant que sa formation avait un peu capoté. Sa tête basculait de gauche à droite et ses oreilles noires duveteuses voltigeaient.

— Ouais, je suis avec toi, ma fille. Ça va être amusant à écrire.

Il lui frotta les oreilles avec un « bonne fille ». Elle avait fait son travail. Puis, il se lança derrière le lent fugitif, saisit l'épaule mince du drogué et le fit descendre du vélo.

— Vous m'avez fait courir pour ça ? demanda-t-il en mettant l'homme sur ses pieds et en lui jetant un regard noir.

Cela fonctionnait habituellement. Les Witte avaient tendance à être grands, blonds et méchants, et pour sa part, Cloister était venu dans le monde prêt à combattre, les poings en avant et le nez déjà cassé. Les jeunes enfants l'aimaient – Dieu seul savait pourquoi –, mais tous les autres gardaient leur distance. Bien que visiblement suffisamment de méth puissent diluer l'impact.

— Z'avez vu cet ours ? questionna le drogué. Ce putain d'ours m'a poursuivi. J'm'occupais de mes affaires.

— Dans une maison de crack ? demanda Cloister.

Le consommateur de méth haussa les épaules, essayant d'avoir l'air insolent. Il avait surtout l'air stupide. Sous le tatouage de mauvaise qualité et les années de drogue, le gars et la bicyclette pourraient presque être adaptés en âge – au début de la vingtaine, peut-être même à la fin de l'adolescence, s'il avait planté une aiguille dans ses veines aussi précocement que certains. Physiquement, il se pourrait qu'il soit assez jeune pour pouvoir récupérer ce que la drogue lui avait pris – s'il devenait clean un jour –, mais il ne restait plus grand-chose derrière ses yeux bleu troubles. Cloister soupira.

— Bon. Retournez vos poches.

Il ne s'attendait pas à trouver quoi que ce soit. Tout drogué digne de ce nom savait devoir abandonner tout ce qu'il avait sur lui quand il courait. Sans surprise, il retira des bouts de peluche, du sable et un bonbon à la menthe à demi sucé de son jean ample.

— Alors, Bozo, vous êtes en état d'arrestation, énonça Cloister en attachant des zips en plastique autour des poignets décharnés et recouverts de croûtes. Vous avez le droit de…

Sa radio grésilla.

— Adjoint Witte, dit Mel. Quelle est votre position ?

Il y avait quelque chose d'autoritaire dans sa voix et le ventre de Cloister se noua nerveusement. Mince et vive, Mel faisait ce travail depuis plus longtemps que n'importe lequel d'entre eux, remontant probablement

4

à l'époque où Plenty avait son propre service de police au lieu d'un poste de shérif et elle connaissait la ville. Quand elle semblait mécontente, il valait mieux être attentif.

— J'étais à la poursuite d'un 390, répondit-il. Je lui lisais ses droits à l'instant.

— Nous avons une demande des fédéraux pour un K-9 [1], annonça Mel.

Cloister grimaça.

— Il n'y a personne d'autre de disponible ? interrogea-t-il. La dernière fois que j'ai été détaché chez eux, j'ai fini avec un rapport disciplinaire après avoir presque éclaté la tête de l'Agent Spécial responsable.

— Désolée, répondit Mel sans le paraître. Toutes les autres équipes sont déjà occupées ou hors du secteur.

Puis elle laissa tomber ce qu'il redoutait depuis qu'il avait entendu le vent ce matin-là :

— C'est un 920C à l'extérieur de la Retraite.

Merde.

Cloister « l'imprima » et donna sa localisation. Il repoussa Bozo sur le vélo, et le siège en cuir rose bon marché sépara en deux son postérieur osseux.

— C'est ton jour de chance, Bozo. Je dois me rendre quelque part.

Bozo sourit négligemment en disant :

— C'est moi.

Un œil s'égara, brièvement détaché de tout ce qui fonctionnait encore dans le crâne de Bozo.

— Un gars chanceux, assura-t-il.

Il leva les mains. La languette en plastique coincée entre ses pouces comme une poignée. Il avait l'air d'attendre.

— Pas chanceux à ce point, répliqua Cloister.

Il recula et contacta les autres adjoints du raid par radio.

— Ici Witte. J'ai un 390 en garde, mais j'ai été appelé pour un 920. Vous m'envoyez quelqu'un pour venir le chercher ? À l'arrière.

La confirmation arriva rapidement et sans les plaintes habituelles. Cloister raccrocha et fixa Bozo.

— Restez où vous êtes. Si vous les obligez à vous chercher, ils laisseront les ours sortir à nouveau.

---

1 K-9 : désigne la brigade canine (K-nine)

Il claqua des doigts pour rappeler Bourneville au pied et laissa Bozo sur son petit vélo rose. S'il parvenait à se détacher ou à pédaler avant que quelqu'un le récupère, il serait simplement repris la semaine suivante. Les bottes de Cloister martelaient fortement le sol lorsqu'il s'engagea dans une course difficile pour avaler la distance. Bourneville lui collait aux talons comme une ombre, haletant avec plaisir parce qu'il s'agissait juste d'une course et pas d'une poursuite. Il croisa Jim en chemin vers le dealer.

920C. Disparition d'enfant *et* les fédéraux. Juste une fois, il aimerait se tromper sur un changement qui menait vers l'enfer.

II

La Retraite était ce qui se produisait lorsque l'embourgeoisement se heurtait à des hippies. Il s'agissait d'une commune desséchée dans les montagnes. Elle produisait des babioles mal taillées à vendre sur les marchés et une souche hybridée de cannabis Oaxaqueux qu'ils vendaient en vrac et en sacs. Dix ans plus tôt, Plenty était devenue une communauté de délestage pour San Diego. La communauté rurale en difficulté avait germé des banlieues comme s'il s'agissait de laitue, et le dernier hippy de la Retraite avait senti une occasion de frapper. Il avait racheté les parcelles voisines, retiré les lampes de croissance de la grange et redoré la contre-culture en un mode de vie hors réseau dans un genre camping glamour.

Tout ça, c'était avant l'époque de Cloister. Depuis qu'il était ici, la Retraite avait toujours eu des yourtes cinq étoiles, des bains de lune et une plainte occasionnelle d'agression sexuelle.

Gyrophare allumé, Cloister dépassa l'ancien magasin d'alimentation à la périphérie de la ville avec ses bannières publicitaires battant violemment dans le vent et prit la première à gauche. À l'arrière de la voiture, Bourneville était comme un Sphinx, ses pattes croisées et sa tête levée et curieuse. Elle savait que les lumières signifiaient qu'ils allaient travailler. Tout ce qu'elle avait à faire était d'attendre qu'ils s'arrêtent.

La route se rétrécit lorsqu'il se dirigea vers les contreforts. Les pins fouettés par le vent projetaient des ombres filiformes à la lumière de la lune, mais la surface était comme un ruban. Il y avait des routes dans la mauvaise partie de la ville qui étaient jonchées de nids de poule plus anciens que Bourneville, mais celle de la Retraite était remise en état chaque printemps. Personne ne voulait risquer qu'un riche citadin brise un essieu de sa BMW en chemin.

Il y avait quarante minutes entre Plenty et la Retraite. Cloister arriva devant la structure élégante du panneau en cuivre en vingt minutes. Il éteignit le gyrophare en prenant le dernier virage et cligna des yeux tandis qu'ils s'ajustaient au changement, soudain plus monotone. Il leva le pied de l'accélérateur. C'était une tentative de discrétion qui était inutile sur la Retraite.

Chaque tente et chalet étaient éclairés, des lumières émanaient du bureau principal et des personnes s'agglutinaient en grappes nerveuses. De nombreuses mains serraient des épaules d'enfants. Les pyjamas et les chemises de nuit battaient au vent.

Cloister s'arrêta derrière le SUV noir, garé devant le porche couvert qui abritait un rocking-chair. Visiblement, les fédéraux étaient toujours là.

Il coupa le moteur, sortit et ouvrit la portière arrière afin de détacher Bourneville. Elle descendit, se secoua et resta impatiemment en place, attendant qu'il vérifie son harnais. Pendant ce temps, une fille sortit du bureau. Elle était mince, bronzée portant un jean et le tee-shirt bleu sarcelle de la Retraite.

— Euh, ils m'ont demandé de vous guider jusqu'au Maroc dès votre arrivée, annonça-t-elle.

Le « quoi ? » et le froncement de sourcils de Cloister la firent rougir jusqu'aux cheveux.

— C'est le chalet. Ils ont tous des noms. Les Hartley séjournent toujours au Maroc.

Apparemment, il devait donner l'impression d'être prêt parce qu'elle s'avança dans le camp. Il y avait deux autres adjoints qui prenaient les déclarations de familles inquiètes. Quelque part dans le camp, un chien aboyait, c'était plutôt un jappement de petit chien.

Le « Maroc » était un chalet bas construit en bois ambré satiné et en branches d'arbres brutes. La porte était ouverte, laissant filtrer de l'air rafraîchi par le ventilateur dans la nuit chaude. Cloister arrêta la fille avant qu'elle entre.

Les personnes angoissées étaient comme des chiens stressés. Cela les rendait plus susceptibles de craquer à la plus petite infraction. Si un enfant avait vraiment disparu – ne se contentant pas de bouder chez un ami pour effrayer ses parents ou d'être parti avec son père dans le cadre d'un conflit de garde –, alors Cloister n'avait pas besoin de bousculer les émotions sur-le-champ.

Il frappa à la porte.

Le faible murmure des voix à l'intérieur diminua, puis un homme grand et sombre avec une coupe de cheveux stylée et un costume encore plus chic s'avança dans le couloir. Les lignes de tension qui ornaient sa bouche s'accentuèrent quand il aperçut Cloister. Apparemment, l'Agent Javier Merlo n'avait pas non plus oublié leur dernière rencontre.

— Adjoint.

Connard.

— Agent Spécial.

Merlo regarda la jeune fille.

— Vous pouvez y aller. Prévenez-moi si quelqu'un d'autre arrive.

Elle hésita une seconde, avant de hocher la tête et de se précipiter dans le noir. Merlo reporta son attention sur Cloister. Dommage qu'il soit la tête de nœud la plus magnifique de la ville, avec des traits aiguisés et ciselés qu'on ne voit habituellement que dans les magazines de mode ou sur les statues grecques.

— J'ai demandé trois équipes du K-9.

— Je suis le seul disponible actuellement, déclara Cloister. Les autres sont occupés. Ils seront là dès qu'ils le pourront. Que se passe-t-il ?

Le coin de la bouche de Merlo se redressa et il ajusta les manches de sa chemise. C'était le premier signe d'émotion, autre que l'impatience et la suffisance, que Cloister pouvait se rappeler avoir vu se manifester chez l'Agent Spécial.

— Un garçon de douze ans, répondit Merlo d'une voix tendue, contenue pour que le vent ne puisse pas l'emporter. Drew Hartley. Il a disparu à un moment dans la journée. Les parents étaient à un atelier. Son frère, William, était avec lui jusqu'à quinze heures, ensuite il est allé voir un ami. Ses parents auraient dû être rentrés, mais ils ont été retardés. Ils ont tous supposé que Drew était avec quelqu'un l'autre.

Cloister jeta un coup d'œil à sa montre. Il était plus près d'une heure du matin que de minuit. Drew avait disparu depuis plus de neuf heures. Il n'était pas impossible de capter un parfum après une aussi longue période, mais ce n'était pas idéal, surtout lors d'un jour aussi chaud et sec dans un secteur qui avait vu passer beaucoup de monde.

Pas impossible, cependant.

Il hocha la tête vers le chalet.

— C'est le dernier endroit où il a été vu ?

Merlo hocha la tête.

— Adjoint Witte, j'ai envoyé une demande d'hélicoptère avec une caméra thermique, mais jusqu'à ce qu'il arrive, je dois m'en remettre à vous. Donc, quels que soient les problèmes que nous avons pu avoir la dernière fois que nous avons travaillé ensemble…

— Pas de soucis, affirma Cloister.

Pas totalement vrai. Il n'aimait pas Merlo, principalement parce que celui-ci avait clairement exprimé que les agents du K-9 étaient de charmants anachronismes, qui devraient mettre leur foi dans la technologie plutôt que dans de bons chiens en leur donnant des ordres, mais également parce qu'il donnait un peu l'impression à Cloister d'avoir trouvé quelque chose de désagréable sous sa chaussure. Et c'était une mauvaise façon pour un béguin de mourir.

Rien de tout cela n'avait d'importance à cet instant. Ils avaient tous les deux un travail à faire.

— Vous nous présentez à la famille ? pria Cloister.

Merlo avait l'air contrarié par quelque chose, cependant il inclina la tête et retourna à l'intérieur. Au fond de lui, Cloister avait une ancienne amertume qui souhaitait afficher son mépris pour la famille à l'intérieur – des parents-bobos qui n'avaient même pas su que leur enfant avait disparu –, mais les Hartley ne semblaient pas différents des autres parents dans la même situation. Des vêtements plus beaux sur le dos et des meubles plus confortables pour s'asseoir, peut-être, mais la même odeur de peur et l'appréhension de s'effondrer face à cette douleur. L'adjoint Tancredi était assise avec eux, fournissant sa meilleure série de platitudes évasives et rassurantes.

— Ken, Lara.

Merlo laissa chuter sa voix dans une maladroite tonalité douce. Ce n'était visiblement pas une chose pour laquelle il était doué.

Les parents levèrent la tête avec un regard souhaitant désespérément croire que Cloister allait les aider. Le père était petit et sombre : les lignes slaves non diluées de son visage n'étaient pas tout à fait adaptées au nom de famille banal de Hartley. Sa femme était mince et anguleuse, avec des yeux creusés jusqu'à paraître contusionnés, et une flopée de boucles noires qui défiaient sa peur. Perché derrière eux dans le siège sous la fenêtre, comme s'il n'était pas entièrement certain d'avoir sa place dans la pièce, leur fils était une ébauche inachevée des deux.

William. Probablement Bill ou Billy pour n'importe qui n'ayant pas un balai dans leur cul. Cloister n'avait pas envie de tourmenter l'enfant malheureux.

Merlo tendit la main pour tapoter l'épaule de Cloister.

— Voici l'adjoint Witte, l'un des maîtres-chiens du département du shérif.

Il s'arrêta là. Cloister retira sa main du collier et se baissa pour tapoter le flanc de Bourneville.

— Et voici ma partenaire, Bourneville, dit-il. C'est l'une de nos meilleures traqueuses.

Elle haleta dans leur direction avec les oreilles dressées et sa mâchoire s'ouvrit dans un sourire canin. Cloister pouvait sentir l'irritation de Merlo à son sujet, mais il s'en moquait. Les Hartley n'avaient pas besoin d'avoir foi en Cloister. Ils devaient croire que ce chien était bien plus compétent que les animaux domestiques qu'ils voyaient dans leur vie quotidienne.

La femme, Lara, tordait ses mains en une masse osseuse et noueuse.

— C'est un bon gamin, dit-elle d'une petite voix tendue, maîtrisant à peine sa panique. Drew ne serait pas parti avec des amis ou autre sans nous laisser un mot. Il sait que nous nous inquiéterions.

— Ils le savent, maman, intervint Billy.

Quelque chose de disgracieux s'afficha sur le visage de Lara. Elle le repoussa d'une grimace et se frotta la bouche avec sa main. Elle inspira profondément et remonta ses épaules étroites vers ses oreilles avant de pouvoir reprendre la parole.

— Non, ils ne le savent pas.

Billy tressaillit et se rencogna contre la fenêtre.

— Ils débarquent ici, nous observent et ils pensent que Drew est juste un autre petit garçon victime de négligence. Eh bien, il ne l'est pas. C'est un bon gamin.

Cloister inclina la tête pour croiser son regard et le soutenir en affirmant :

— C'est un petit garçon. Bon ou mauvais, un petit garçon doit être retrouvé.

Son visage se rida une seconde et les larmes jaillirent entre ses cils épais. Puis elle leva le menton, se reprit de manière visible et pinça les lèvres dans une ligne sans compromis.

— Vous… euh, vous avez besoin de quelque chose qui appartient à Drew ? Un jouet ou l'un de ses vêtements ?

Cloister hocha la tête.

— Quelque chose qu'il a porté récemment, non lavé, répondit-il.

Elle hocha la tête et se leva. Son mari tendit une main vers elle, mais ses doigts glissèrent loin des siens lorsqu'elle s'éloigna. Une fois qu'elle fut sortie de la pièce, il se tourna vers Cloister.

— Nous étions en retard. Il y a eu un accident à l'atelier. Quelqu'un s'est coupé profondément et nous sommes médecins. Il ne semblait pas

11

urgent de revenir. Cet endroit, c'est comme la maison, vraiment. Nous connaissons tout le monde.

Ce qu'il voulait entendre, c'est : « Ce n'est pas votre faute ». Même dans les familles où *c'était* leur faute, ils voulaient quand même entendre ça.

— Ce n'est pas de votre faute, Ken, déclara Merlo. Je suis certain que Drew va bien.

Cloister remarqua qu'il disait « Ken » comme avec une connaissance, pas comme un policier. C'était juste un nom, pas un jeu de pouvoir.

— La dernière fois que vous avez vu Drew, c'était ici ? voulut-il préciser.

Ken hocha la tête et hésita. Il se retourna pour regarder son fils.

— Bill ? Vous êtes restés ici tous les deux, n'est-ce pas ? Comme nous l'avions dit ?

Billy haussa ses épaules osseuses en raison d'une poussée de croissance sous son tee-shirt *Star Trek*.

— Bien sûr.

De cette manière, c'était ambigu. Si les garçons avaient quitté le chalet, Bill ne l'admettrait pas en réponse à cette question piège.

Lara revint, pliant distraitement en un carré soigné un tee-shirt *Captain America* chiffonné. Elle hésita, mais le tendit.

— C'est son préféré.

— Je le rapporterai, promit Cloister.

Merlo le suivit à l'extérieur et l'attrapa avant qu'il puisse commencer. Sa main agrippa la pliure du coude en sueur de Cloister. Ce contact projeta comme de l'électricité le long de son bras et ses poils fins se dressèrent alors que ses muscles se crispaient. Il se maudit d'être facilement influençable. À cet instant précis, il n'avait pas besoin de distraction.

— Il s'est passé quelque chose ici, affirma Merlo.

Ses yeux se plissèrent contre la poussière, tandis qu'il jetait un regard noir à Cloister.

— Je connais la famille. Le père de Lara Hartley était un Agent du FBI et un de mes amis. Ils sont heureux. Ils sont prudents. Il n'y a pas de facteurs de risque. Je veux retrouver ce garçon.

— Je veux toujours les retrouver, déclara Cloister. C'est mon travail de les ramener à la maison, peu importe comment ils se sont perdus.

Il libéra son bras, s'accroupit et présenta son poing contenant le tee-shirt à Bourneville. Elle le huma, renifla et enfonça sa truffe dans les plis pour atteindre les coutures imbibées de sueur. Une fois certaine d'avoir flairer son odeur, elle leva les yeux vers Cloister avec espoir.

— *Such.*

L'ordre de pister claqua.

Elle laissa tomber son nez sur le sol tout en furetant dans les parages. Elle éternua quand de la terre sèche lui remonta dans la truffe, puis elle se dirigea directement en bas d'une rigole. Dans de meilleures conditions, plus humide, cela aurait pu être un ruisseau. En pleine sécheresse, c'était à peine détrempé. Bourneville tira sur la laisse en se dirigeant vers l'Est, s'éloignant de la Retraite, et Cloister la suivit en courant.

Le clair de lune terne était suffisant pour que la chienne puisse voir, mais lorsque la lueur des lumières de la Retraite s'estompa derrière eux, Cloister décrocha la lampe de poche de son gilet. Il l'actionna avec le pouce et orienta le faisceau sur le sol devant Bourneville.

Un lézard aux pattes folles fut effrayé par la lumière soudaine et décampa sur les rochers. Sa course sur des membres souples donnait l'impression que le vent allait le cueillir et l'envoyer dégringoler.

La rigole s'arrêtait alors que ses rives supérieures s'effondraient dans des broussailles et des épines. Façonné dans le sable et les racines, un semblant de chemin avait été tracé par les passages entre les mesquites, ces acacias mexicains. Bourneville le suivit fidèlement pendant plusieurs mètres et vira subitement sur le côté. Elle trotta en avant, s'arrêta et essaya de nouveau. Finalement, elle trouva ce qu'elle cherchait. Elle s'arrêta, grogna tranquillement et frappa le sol avec sa patte.

Cloister la siffla. Elle recula à contrecœur, passant d'une patte sur l'autre, afin qu'il puisse s'avancer et voir ce que c'était. Coincée dans les racines de l'arbre, une bouteille écrasée se trouvait dans une flaque de mélange collant. Il mit la lampe de poche dans sa bouche, ses dents s'enfonçant dans le revêtement en caoutchouc, et poussa la bouteille avec curiosité. Il restait un fond de liquide à l'intérieur et cela avait l'air couvert de poussière.

Cela pourrait être juste du sable.

Ne voulant pas laisser la bouteille aux éléments, il prit une photo et l'empaqueta rapidement. Il la coinça dans la poche de son gilet tout en se redressant, mais le pli contre ses côtes lorsqu'il respirait était distrayant.

Bourneville attendit qu'il soit debout et recommença à tirer. Il n'y avait aucun chemin cette fois, seulement des racines, des pierres et le fil barbelé de la limite de propriété de la Retraite. Entre deux arbres, il y avait un espace de la taille d'un corps dans la terre qui marquait probablement la voie d'évasion de quelques dizaines d'enfants au fil des ans. Bourneville l'emprunta facilement, pourtant, quel que soit l'adolescent qui avait ouvert le passage, l'espace était beaucoup plus étroit que la poitrine de Cloister. Le fil se prenait dans ses cheveux et sa chemise alors qu'il se tortillait, s'accrochant dans les sangles de sa veste.

De l'autre côté, il y avait un vieux chemin de terre. Les profondes ornières arrivaient aux chevilles et secouaient fort. Il ne semblait pas qu'elles aient été dérangées depuis un certain temps. Probablement l'un des anciens chemins d'accès à une ferme, devina-t-il, bien qu'il ne puisse pas le jurer. Après cinq ans, il connaissait bien Plenty, mais pas aussi bien que quelqu'un qui aurait grandi ici.

Bourneville gratta le sol et grogna anxieusement après Cloister pour qu'il voie ce qu'elle avait trouvé.

— Attends, lui dit Cloister.

Il se gratta l'arrière du cou où une éraflure le piquait avec la sueur et il s'agenouilla à ses côtés. L'herbe sur le bord du chemin était aplatie, écrasée, et une empreinte se trouvait dans la terre où quelque chose avait récemment été prélevé.

Les taches sur l'herbe n'étaient pas du soda cette fois.

Cloister se reposa sur ses talons et sentit la traction dans ses cuisses. Cela aurait pu être une chute, mais Bourneville avait cessé de renifler. La piste était froide et il y avait du sang sur le sol.

Il félicita rapidement Bourneville, frotta une main le long de son dos en lui disant qu'elle était une bonne chienne et appela par radio. Dans le creux de son estomac, il sentit un poids glacé.

Personne ne dirait « enlevé ». Pas encore. Ils ne le feraient pas pour ne pas provoquer une panique et, pour un ex-hippy, le propriétaire de la Retraite était très bon pour graisser les pattes afin de se débarrasser de la mauvaise presse. Mais peut-être que ce n'était pas ça. Drew pourrait réapparaître dans une heure, à côté d'un trou de gaufre [2] avec une cheville enflée ou dans un hôpital après qu'un bon samaritain l'eut ramassé, blessé sur la route.

Sauf que cela n'arriverait pas. L'enfant n'était pas perdu. Il avait été enlevé.

---

2 Gaufre : petit rongeur fouisseur de grande taille vivant en Amérique du Nord.

Cloister devait toujours le trouver. C'était ce qu'il *faisait*, mais... c'était aussi loin qu'il pouvait aller. Après le *mais*, c'était là que l'espoir commençait à s'effacer, et Cloister ne voulait pas prendre ce chemin. Jusqu'à ce qu'il en sache plus, il y aurait une fin heureuse.

En définitive, une des fins devait être heureuse.

III

Le café pris en route était infect, acheté dans une station-service qui vendait également des gésiers de poulet frits ainsi que des frites sèches et flétries. Il avait un goût de graisse et d'essence. Javi le buvait quand même. Le soleil venait de se lever sur le deuxième jour de la disparition de Drew Hartley et il avait besoin de toute la vague clarté qu'il pouvait rassembler.

Apprenez à faire des siestes. Dans ce travail, faire un petit somme est toujours mieux que rien.

C'était un conseil que Saul Lee, le grand-père de Drew, avait donné à Javi. Non pas qu'il l'ait vu appliquer ses propres conseils un jour. Saul était mort à trois heures du matin, alors qu'il était toujours au bureau… le visage sur les nombreux dossiers du jour, une tasse de café froide à ses côtés.

Javi lui devait beaucoup. C'était grâce à l'intervention de Saul, après Phoenix qu'il avait obtenu un poste ici au lieu de moisir quelque part calmement et discrètement. Plenty n'était guère plus qu'une destination touristique, mais c'était un solide tremplin professionnel. Même si une grande partie de la raison pour laquelle ses superviseurs l'avaient approuvé était l'optique favorable d'avoir un Agent américano-mexicain à San Diego.

Probablement pas autant que cela, cependant, si l'affaire qui était associée à votre nom était le mystère non résolu de la disparition du petit-fils d'un agent décoré du FBI.

Ce cynisme grinçant fit tressaillir Javi de culpabilité, principalement parce que ce n'était pas la première fois que cela se produisait, bien qu'il ne l'ait jamais laissée se déployer jusqu'à devenir une pensée concrète auparavant.

Les résultats, pas les intentions, sont tout ce qui compte dans les rapports. C'était également de Saul.

En gardant une main sur le volant, Javi acheva le café jusqu'au marc peu appétissant en roulant dans la rue principale de Plenty. C'était pittoresque d'une manière dont les villes évoluaient rarement naturellement, avec des vitraux sur les devantures et aucun déchet sur les trottoirs. Les magasins vendaient des smoothies avec un mélange de yogourt et de chou, des chaussures de créateurs et des bijoux locaux à trois fois le prix qu'ils l'avaient payé aux artistes. Les magasins d'antiquités vendaient des meubles et des reliques rénovées de fermes et de maisons abandonnées.

Le côté le plus malsain de Plenty – les cartels de drogue et le trafic qui étaient la raison pour laquelle le FBI avait une antenne ici – restait à l'abri des regards. Hors des pensées, pour ceux qui pouvaient se le permettre.

Il tourna à gauche à la gare routière, se dirigeant ensuite sur le stationnement en forme de fer à cheval du poste de police. Le bâtiment était autrefois une usine : des machines en fer, des planchers en bois entaillés et des murs en briques rouges. De nos jours, il s'agissait du poste de police, du bureau d'état civil de Plenty, de la morgue de la ville et au dernier étage, là où se trouvaient autrefois les bureaux de la direction, l'agence résidente du FBI : leur version d'un bureau régional. Heureusement, ils n'avaient pas tous à partager la même entrée.

Les voitures de patrouille étaient soigneusement alignées en rangs, attendant que le service du matin se mette en route. Une femme fatiguée avec un pantalon de jogging et un tee-shirt stipulant « *Les Batman ont aussi besoin de siestes* » était appuyée contre le mur, fumant avec l'intensité de quelqu'un qui avait besoin de plus qu'une dose de nicotine. Ses cheveux décolorés maison dans une nuance cuivrée terne étaient tirés en arrière dans une queue de cheval sévère, ses yeux gonflés et cernés de noir.

Alors que Javi sortait de la voiture, elle écrasa la cigarette contre le mur. Cela laissa une marque de cendre sur la brique.

— Enfoiré, lâcha-t-elle sourdement.

Son manque d'émotion ne permettait pas de savoir si elle parlait à Javi au sujet de sa situation ou condamnait le monde entier. Elle retourna à l'intérieur en laissant le mégot déchiqueté sur le sol.

La femme en service à la réception lui jeta un regard lorsqu'il entra.

— Agent Spécial Merlo, dit-elle en couvrant le micro du téléphone avec sa main pour ne pas être entendue. Le lieutenant vous attend.

LE CAFÉ du poste de police n'était pas meilleur que celui de la station-service, mais il était servi assez chaud pour que, après la première gorgée, vos papilles gustatives soient trop sous le choc pour l'intégrer. Javi couvait sa tasse, debout, fixant les zones de recherche hachurées sur la carte murale.

17

Les épingles rouges indiquaient les emplacements des délinquants sexuels et violents à proximité. Il y en avait une constellation.

En haut dans les contreforts, il semblait que la peur et la panique au sujet du petit garçon disparu étaient une intrusion dans un lieu idyllique. Le genre de chose qui n'arrivait pas dans un endroit comme celui-là. Sauf que cela se produisait, apparemment.

— J'ai des adjoints qui contrôlent tous les pervers enregistrés, déclara le lieutenant Frome depuis son bureau.

Il lécha son pouce et frotta une tache de café sur son brassard en poursuivant :

— Cela ne couvre que ceux que nous avons arrêtés et ceux dont le suivi nous a été signalé.

Il haussa les épaules à la suite de sa dernière déclaration. Javi connaissait déjà les problèmes.

— Je veux faire venir monsieur Reed pour discuter, déclara Javi en nommant le reptile affable qui possédait la Retraite et qui s'habillait avec des vêtements éthiques.

Frome se rembrunit.

— Vous pensez qu'il est impliqué ? demanda-t-il en secouant doucement la tête. Nous n'avons jamais eu trop de problèmes avec lui. Même quand il trafiquait de l'herbe, il le faisait tranquillement et courtoisement. Il nous a jeté quelques « poulets » et « flicailles » lorsque nous nous sommes pointés, mais c'était pour le spectacle plus qu'autre chose.

— Depuis l'ouverture de la Retraite, il y a eu douze plaintes pour abus sexuel et harcèlement.

Frome haussa les épaules.

— Deux ou trois filles de la ville qui pensaient obtenir de l'argent d'un hôte riche. Ou des adolescents qui sont devenus un peu incontrôlables. Ce n'était rien de sérieux et personne n'a jamais suggéré que Reed était impliqué.

Cela exigea un effort à Javi pour retenir la grimace qui montait à ses lèvres. Frome n'était pas un mauvais policier, mais il était du genre politique. Parfois, il sortait des choses horribles, cependant, le pointer du doigt ne l'aiderait pas.

— Pourtant, il est le grand manitou là-haut. J'aimerais lui parler dans un endroit où il sera moins à l'aise.

Frome céda d'un signe de tête et son stylo gratta sur le bloc tandis qu'il prenait une note, en décidant :

— Je vais lui demander de descendre, lui dire que nous voulons simplement discuter du domaine.

— Et assurez-vous d'avoir un agent là-bas pour rester avec la famille, reprit Javi. Deux, si ça vous est possible. Utilisez mon autorisation. Je veux savoir tout ce qu'ils font lorsqu'ils sont ensemble et quand ils ne le sont pas.

— Vous êtes certain ? questionna Frome dubitatif. Nous les connaissons tous. Ce sont des gens bien. Lara travaille aux urgences depuis des années. Elle a sauvé la vie de beaucoup de personnes. La vie d'adjoints.

— Jusqu'à ce que nous ayons quelque chose, je préfère maintenir une relation non conflictuelle avec la famille, déclara-t-il. Mais les parents et le frère sont ceux qui ont vu le garçon en dernier. Si nous ne les gardons pas à l'œil, vous savez que ce serait une négligence.

Ce n'était pas joli, mais la vérité, derrière tous ces enfoirés d'inspecteurs harcelant des parents désespérés lors de drames criminels, était que le plus souvent – disons sept fois sur dix –, le prédateur n'était pas le voisin effrayant ou le commis d'un magasin. C'était quelqu'un de la famille, une des personnes qui avaient un accès incontesté et un contrôle sur l'enfant.

— Je ne peux pas imaginer Lara faire quelque chose comme ça. Pas à son propre fils, commenta Frome en secouant la tête.

L'image de la femme lessivée qui fumait à l'extérieur du poste de police comme si c'était une pause de travail lui traversa l'esprit.

— Tous les déviants et les pervers en prison ont des gens dans leur vie qui ne pouvaient pas les croire comme ça, déclara-t-il. Je ne pense pas qu'ils feraient quoi que ce soit à leur fils. J'espère qu'ils n'ont rien fait. Mais si c'est le cas, je ne veux pas qu'ils s'en tirent.

Frome se laissa aller en arrière, sa chaise émettant un craquement sous lui. Sa chemise d'uniforme se tendit doucement sur son ventre qui devenait visible dans cette position. Il tapota son stylo contre le bloc suffisamment fort pour laisser des traces sur le papier.

— Vous devriez parler à Witte.

Même de l'intérieur, l'expression sur le visage de Javi était dédaigneuse. Il ne pouvait pas s'en empêcher. L'adjoint Witte lui portait sur les nerfs.

— À propos de quoi ? questionna-t-il. De chiens ou de musique country.

Frome lui adressa un sourire amusé, mais pas entièrement approbateur.

— Ne le sous-estimez pas, avertit-il. Il est bon dans ce qu'il fait.

— Les chiens de chasse ?

— Trouvez des gens, rectifia Frome. Il est volontaire auprès des sauveteurs en montagne de San Diego. Il est formé à l'effondrement des structures et aux sauvetages et déblaiements en milieu urbain, et la seule raison pour laquelle il n'est pas dans cette montagne actuellement, c'est parce que je l'ai mis en repos afin que son chien puisse dormir. Il a traité plus de disparitions et de personnes perdues qu'aucun d'entre nous ne l'a fait, ou probablement ne le fera jamais. De plus, il était le premier adjoint présent cette nuit-là. Peut-être qu'il a remarqué quelque chose. Si quelqu'un était en mesure de le faire, c'était lui. Parlez à Witte.

Il déchira la première page du bloc pour la lui tendre. Javi la récupéra et jeta un coup d'œil aux mots griffonnés. C'était un numéro de téléphone et une adresse. Javi haussa un sourcil. Ce n'était pas ainsi qu'il obtenait habituellement le numéro d'un homme, mais…

— J'irais lui parler, affirma-t-il en glissant le papier dans sa poche. Faites-moi savoir quand vous amènerez Reed pour l'entrevue.

Quand il partit, la femme avec le tee-shirt de Batman était de nouveau à l'extérieur. Cette fois, elle pleurait dans sa voiture, une vieille Ford défoncée avec un tas de vêtements et un sac de couchage coincé sur le siège arrière. Sans abri. C'était une part croissante de la population de Plenty, il y avait beaucoup de travail, mais nulle part où vivre, à moins d'avoir assez d'argent pour une maison de deux étages, une piscine et des panneaux solaires.

Javi savait que si *elle* avait appelé pour un enfant disparu, on ne l'aurait pas traitée avec prévenance. La vie n'était pas juste, mais il supposait qu'elle le savait déjà.

IV

Javi se dirigea vers l'extérieur de la ville. Le magasin de bonbons avait fermé ses portes, nota-t-il sur le chemin, et un Starbucks était entré dans l'espace comme un bernard-l'ermite. Javi passa sa langue à l'arrière de ses dents et sentit le goût du café brûlé et la touche de crème bon marché. Il était temps qu'un bon café s'installe en ville.

Peut-être qu'il en achèterait un plus tard. Pour l'instant, il suivait les panneaux qui indiquaient le chemin, peu engageant, vers le littoral à l'extérieur de Plenty – plus de schiste que de sable – et le parc de mobile homes où l'adjoint Witte entretenait le stéréotype.

En y réfléchissant, Javi croyait qu'il était devenu insultant quand il avait appelé la grande caravane de l'adjoint blond une poubelle, après leur dernière dispute.

Le parc de mobile homes de Sunnyside accueillait les touristes pendant l'été. Il n'y avait pas grand-chose à voir à Plenty : la rue principale pittoresque, une cave qui faisait des excursions dans les contreforts près de la Retraite, et un système de grottes sur la plage qui était le plus souvent sous l'eau et qui n'avait jamais vu de phoques. Néanmoins, c'était assez proche des véritables destinations touristiques pour servir d'escale.

À cette période de l'année, des rangées complètes étaient vides. Le reste des emplacements étaient remplis avec les mobile homes des permanents, munis de clôtures basses et de meubles de jardin blanchis par le soleil. La plupart d'entre eux étaient des ouvriers du bâtiment, des travailleurs agricoles, ou des mains-d'œuvre des fermes et des chantiers qui entouraient la ville. Il y avait aussi quelques vagabonds, des gens qui roulaient sans but dans la ville et traînaient en faisant des trucs bizarres et de petits délits jusqu'à ce qu'ils aient des raisons de partir.

Javi passa sous le panneau en bois écaillé et se gara dans un espace en demi-lune à côté d'une benne qui puait la pulpe de vieux fruits. Quelques enfants se poursuivaient autour des caravanes, arborant uniquement des maillots de bain et un bronzage marqué comme tous les résidents qui fréquentaient la plage à l'année. Des chiens maigres à poil ras aboyaient sur leurs talons et se glissaient entre leurs jambes.

Javi sortit de la voiture et les enfants s'immobilisèrent. Ils l'observèrent dans son costume et s'enfuirent avant qu'il puisse leur poser des questions.

Serviable, comme toujours. Il abaissa ses lunettes de soleil sur son nez et vérifia l'adresse que Frome lui avait donnée.

Lot 275. Ancien Airstream argenté. Impossible à manquer.

C'était assez vrai. Javi leva le nez et ses yeux tombèrent sur la grande « pilule » argentée, garée au coin le plus éloigné du parc, juste à côté de la descente vers la plage. Il était bosselé et avait comme des traces de vérole à l'avant, il possédait également une clôture en plastique blanc qui délimitait un carré de jardin. Javi rangea son téléphone dans sa poche, se dirigea vers l'emplacement dégradé et tenta d'ignorer la sueur qui coulait dans son cou autant que le vent qui lui grattait la peau.

De près, la remorque était extrêmement propre et résonnait étrangement alors que Javi grimpait les marches pour frapper à la porte. Pas de réponse. Pas même du chien. Javi recula et se rattrapa avant de dégringoler l'escalier étroit car son talon s'était accroché au bord d'une marche. Il aurait probablement dû appeler avant. Il lui avait simplement semblé plus facile de ne pas le faire.

Et peut-être que tu voulais revoir Witte, intervint une petite voix sournoise à l'arrière de sa tête. Juste pour se rappeler combien il était irritant, bien sûr. Cette voix ressemblait beaucoup à celle qu'il utilisait avec habilité lors des interrogatoires. Javi pouvait comprendre pourquoi il tapait sur les nerfs des gens.

Il repêcha son téléphone et le morceau de papier dans sa poche et fit apparaître l'application des messages pour envoyer un SMS à Cloister. Cependant, au milieu de « *appelez le bureau* », une voix rauque, conçue pour porter, l'interrompit.

— Visite des bas quartiers, Agent Spécial ?

Javi se retourna et vit Witte qui remontait les marches de la plage.

Un short décoloré en jersey était attaché bas sur ses hanches, son tee-shirt pendait autour de son cou. Son bronzage avait la couleur du whisky, ses cheveux étaient mouillés et marbrés de nuance miel, dégoulinant sur ses épaules. Un tatouage remontait sur ses côtes, mais le motif était abîmé par un éclat de tissu cicatriciel blanc pâle.

La bouche de Javi s'assécha. *Alors, ça, c'est ce que donne une mauvaise décision sur la peau.*

— Des nouvelles au sujet du gamin ? interrogea Witte en s'arrêtant en haut des marches.

Il retira le tee-shirt de son épaule et essuya son visage. La chienne se poussa entre ses genoux et s'assit sur ses pattes, la langue pendant sur des dents blanches, aiguisées et pointues, tandis qu'elle haletait.

— Pas encore, répondit Javi, en levant une main pour bloquer le soleil et en fronçant les sourcils. Pouvons-nous parler à l'intérieur ?

Witte l'observa pendant un instant les yeux plissés. Puis il haussa les épaules et fit un signe de la main vers la caravane.

— D'accord. Allez-y, entrez. La porte n'est pas verrouillée.

Javi poussa la porte pour l'ouvrir et franchit le seuil en baissant la tête afin d'éviter l'encadrement. La caravane sentait meilleur qu'il s'y attendait, chaque surface étant scrupuleusement propre et épurée. Pas son idée d'un espace de vie, mais il supposa que cela pourrait être pire.

— Nous étions les deux premiers sur la scène hier soir, déclara Javi.

Il jeta un coup d'œil autour de lui tout en s'écartant de la porte. Il y avait un MacBook éraflé sur la table de la cuisine et une pile de livres alignés le long de la fenêtre. Une cruche vide était posée dans le coin du comptoir à côté du micro-ondes – la preuve irréfutable de l'équipement indispensable pour les flics. Il se retourna pour faire face à la porte alors que Witte la passait en se courbant.

— Nous n'avons rien de concret pour le moment, alors j'ai pensé que réexaminer la recherche initiale pourrait aider.

— Bien sûr, accorda Witte.

Il se gratta distraitement le haut du bras en haussant les épaules.

— Laissez-moi me nettoyer un peu. Bon-Bon, reste.

La nuance de commandement se dirigea droit vers les bourses de Javi et les serra, le poussant à mordre l'intérieur de sa joue avec irritation. Witte n'était pas son *type*. Javi aimait les hommes intelligents, cultivés, académiques, aux mains élégantes et facilement influençables. Pas les ploucs blonds hétéros californiens troublants et agressifs d'un mètre quatre-vingt-dix qui avaient l'air de couper eux-mêmes leurs cheveux.

Witte n'était pas beau. Il n'était même pas *séduisant*. Malgré son nez relevé et les traits germaniques sévères de son visage, Javi se retenait difficilement de redessiner sa beauté brute du bout des doigts.

Alors, quoi qu'il y ait concernant Witte qui se glissait sous la peau de Javi, ce n'était *pas* de l'attirance.

Ce qui était bien, parce que Witte s'était retiré dans le compartiment de toilette de la caravane et apparemment n'avait pas pensé à fermer totalement la porte en chemin. Il y avait juste assez d'espace pour surprendre

23

des mouvements, le galbe dénudé d'une hanche et le claquement humide d'un gant. Mais ce n'était pas le problème. Les voyeurs n'allaient pas dans les peep-shows parce qu'ils voulaient voir une personne nue. Ils y allaient pour l'illusion d'intimité...

Et Javi se rappela en détournant les yeux que la seule chose qu'il voulait *moins* qu'un adjoint de parc de mobile homes, c'était une véritable intimité. Il s'assit à la table du compartiment cuisine de la caravane et se rendit compte qu'alors qu'il ne regardait *pas* Witte, le chien l'avait observé. Il était assis avec sa queue autour de ses pattes et le fixait.

Javi regarda ailleurs – il était certain qu'il avait lu quelque part que vous ne deviez pas maintenir un contact visuel avec les chiens – et son attention se retrouva une nouvelle fois attirée par l'écart distrayant de la porte.

— Y a-t-il quelque chose que vous avez vu à la Retraite l'autre soir qui semblait inappropriée ? demanda-t-il.

Le rappel de la raison pour laquelle il était *réellement* ici provoqua un pincement de culpabilité. Il y avait un enfant disparu, la famille de son ami était soupçonnée, et il était distrait par des muscles et un cul étroit. L'irritation rendit sa voix tranchante.

— Quelque chose que vous avez omis ou laissé de côté lors de votre rapport ?

D'un coup de coude, Witte poussa la porte de la salle de bain et sortit, accrochant négligemment une serviette sur ses hanches. Il avait retiré la majorité de la sueur, mais du sable s'accrochait encore à ses épaules et à ses genoux. Un rictus pointait aux coins de sa bouche, lui faisant froncer les yeux.

— Est-ce que nous échangeons nos notes, ou est-ce que je défends mon travail ? interrogea-t-il.

— Avez-vous quelque chose à cacher ? riposta Javi.

Il regretta ses mots à la minute où ils sortirent, mais c'était quand même trop tard. Witte le mettait mal à l'aise, et il y avait un petit diablotin mécontent aux commandes de son cerveau qui ne s'arrangerait pas, à moins d'être plus complaisant.

Ils ratèrent le coche cette fois-ci. Witte haussa les épaules.

— Bien sûr, déclara-t-il. C'est la raison pour laquelle nous avons des représentants syndicaux. Ai-je besoin du mien ?

— Non. Vous avez besoin d'un pantalon, mais pas d'un représentant. Pardon. Je suis fatigué. Personne ne m'a dit de rentrer chez moi.

Pendant une seconde, il pensa que ses excuses ne suffiraient pas. Puis Witte eut un mouvement d'épaules et disparut dans une autre pièce. Toujours sans fermer la porte derrière lui.

— Je m'occupe de chiens, pas de découverte, dit Witte. Je ne suis pas certain de comprendre ce que vous voulez.

Baiser. La réponse jaillit dans la tête de Javi avec une telle clarté que, pendant une seconde, il ne savait pas s'il l'avait énoncé à voix haute. Seul le manque de réaction de Witte le convainquit qu'il ne l'avait pas fait. La pensée restait tapie dans sa tête, même si c'était moins en mot qu'en une série de sensations : chaleur, mains, pression d'un cul autour de son sexe.

Witte n'était toujours pas son type, mais apparemment cela n'avait pas d'importance. Il voulait le baiser quand même, mais il ne ferait jamais. Même si Witte ne ressemblait pas à une affiche pour enfant représentant le sportif hétéro idéal, Javi ne baisait pas où il vivait. Cela rendrait sa vie trop compliquée. Alors il rassembla tout le merdier de désir, le repoussant dans le fond de son esprit, hors de vue et hors du chemin.

Il s'éclaircit la gorge et se concentra sur des réponses plus appropriées.

— Est-ce qu'il y avait quoi que ce soit chez la famille qui vous a frappé ? Qui ne semblait pas… authentique ?

Witte revint dans la zone principale de la caravane, étirant un vieux tee-shirt Disney sur son torse. Son jean était blanc le long des coutures et serré sur ses cuisses.

— Je pensais que vous aviez dit qu'ils étaient de bonnes personnes, s'étonna-t-il.

— C'est le cas, assura Javi. Je pense qu'ils le sont. Mais que se passe-t-il si je me trompe ?

Le tic de la bouche de Witte trahissait qu'il y avait pensé aussi. Il baissa le regard, plongeant distraitement ses doigts dans le collier épais de la chienne, finissant par hausser les épaules.

— Je suis en repos aujourd'hui, de toute façon, déclara-t-il. Voulez-vous monter à la Retraite, nous pourrons y vadrouiller ?

C'était une offre généreuse. Javi en était reconnaissant, mais en même temps, la grâce facile du geste le caressait à rebrousse-poil. Il n'était pas certain du pourquoi. Cela pouvait être simplement le fait peu valorisant qu'il devenait plus difficile de se sentir supérieur à Witte.

25

Parfois, Javi était un tel connard qu'il lui était difficile de communiquer avec sa tête.

— J'apprécierais, répondit-il.

Il était peut-être un connard, mais il avait des manières.

V

CLOISTER SORTIT de la route pour entrer dans le parc d'engraissement. Celui-ci venait juste d'ouvrir, et les travailleurs en tee-shirts kaki chargeaient des palettes et luttaient avec des seaux de production pour encadrer les portes. Il s'arrêta à l'arrière de l'emplacement, à côté d'une Buick avec une peinture faite à la bombe. Bourneville aboya avec enthousiasme après les oiseaux. Elle appréciait clairement la nouveauté d'être dans la voiture quand elle ne travaillait pas.

— J'imagine que c'est là que Drew se rendait, ou pensait qu'il allait, dit-il en hochant la tête en direction distributeurs automatiques alignés contre le mur.

Des formes en plastique lumineuses faisaient de la publicité pour des M&M's et de l'Ice Tea Arizona, bien qu'elles n'aient pas brillé de manière aussi séduisante que la nuit.

— Beaucoup d'enfants se faufilent jusqu'ici pour acheter des en-cas ou des sodas... ou payer quelqu'un pour leur rapporter de l'alcool, mais à dix ans, c'est probablement un peu jeune pour ça.

— Vous pourriez être surpris.

— Probablement pas, admit Cloister. De toute façon, c'est un endroit populaire. Les adjoints sont appelés tout le temps pour ramener les enfants sur la route, mais ils coupent à travers.

Il pointa la direction de la Retraite. Javi suivit son geste, orientant visiblement une boussole dans sa tête en commentant :

Par le même chemin que Drew a emprunté quand il a quitté le chalet.

— Le Maroc, corrigea Cloister avec un petit sourire pour accompagner sa moquerie. Mais oui, je le pense.

— Vous le pensez ?

— Ce n'est pas mon secteur, répondit Cloister. On fait appel à moi pour des personnes disparues et des raids, pas pour des enfants qui se rendent aux distributeurs automatiques. Cependant, il y avait un sentier, et il contournait les obstacles et les buissons, pas à travers. Les adultes l'empruntent, Agent Spécial Merlo.

Cela lui valut un regard noir.

— Javier. Ou Javi. Vous prononcez le « spécial » comme si vous mettiez des guillemets.

— C'est pour ça que je le fais, reconnut Cloister.

Il fit demi-tour avec la voiture et se dirigea vers la route.

— Alors, je dois logiquement continuer à vous appeler adjoint ? Très bien.

— Cloister.

— Vraiment ? s'étonna Javi. Je pensais que c'était un surnom signifiant cloître parce que vous étiez religieux. J'ignorais que votre mère vous avait détesté.

Cloister se contenta de ralentir à la sortie. Il n'y avait pas assez de trafic sur la route pour justifier un arrêt complet. Parfois, être flic vous rendait dangereusement blasé sur les règles de circulation.

— C'était son nom de jeune fille, expliqua-t-il. Elle ne m'a détesté que bien plus tard.

Il y a eu une pause pendant un moment. Cloister pouvait sentir Javi étudier son profil. Il fit rouler mentalement le nom sur sa langue pour le tester. C'était de toute façon plus court que « Agent Spécial ». Finalement, Javi émit un « ouais », comme s'il avait résolu quelque chose, avant de changer de sujet.

— Ce n'est pas quelque chose que les parents sauraient. Chez eux, peut-être. Mais un terrain de camping où ils passent une semaine ou un week-end quelques fois par an ? Ils sont trop occupés à profiter de leur temps libre et à assister aux ateliers de yoga pour organiser le temps des enfants. Tout l'avantage d'aller dans un endroit comme la Retraite est que c'est un environnement sûr pour laisser les enfants courir dans la nature.

— Peut-être que Drew était seul quand il a quitté le chalet ? suggéra Cloister.

Il devait lutter pour résister à l'envie de ramener sa mère sur le tapis. Tout l'intérêt d'être d'une franchise déconcertante avec les gens était de les mettre mal à l'aise, et pas de leur faire croire qu'ils savaient quelque chose à son sujet.

— Alors, qui lui a donné le soda ? questionna Javi.

Cloister laissa pendre son bras à la fenêtre. Le métal était chaud contre sa peau, le vent était plus chaud encore lorsqu'il charriait du sable contre son avant-bras. Ce matin, la radio mettait en garde contre les incendies de forêt.

— Vous avez dit que les résultats du laboratoire n'étaient pas revenus, dit-il. Il pourrait avoir simplement bu un coup avec lui.

Au coin de l'œil, il vit Javi se tourner pour le regarder et demander :

— Alors, pourquoi avez-vous perdu sa trace une fois sur la route ?

Peut-être qu'il y avait une bonne raison pour cela. Mais s'il y en avait une, Cloister ne voyait pas laquelle. Il grogna et changea de vitesse.

— Vous posez beaucoup de questions.

— C'est comme pour la pêche, déclara Javi. Vous devez jeter beaucoup de lignes avant que ça morde.

Cloister se permit de quitter la route des yeux pendant une seconde afin de lancer un regard dubitatif à Javi.

— Vous pêchez ? se moqua-t-il.

— Pas beaucoup ces derniers temps. Mon oncle nous emmenait sur un bateau quand nous étions enfants, nous pêchions le marlin.

Javi fit une pause avant de s'enquérir :

— Et vous ?

La question resta en suspens comme une de ces lignes dont Javi avait parlé. Appâtant et attendant que Cloister attrape l'hameçon avec une histoire. Ou alors, se rappela-t-il, c'était simplement quelqu'un qui faisait la conversation en parlant de sa famille. Ce n'était pas un sujet douloureux pour tout le monde.

— Nous achetions notre nourriture au magasin.

Javi lâcha un « ouais », encore une fois. Cela rendit Cloister nerveux, la tension s'accentua dans ses épaules, mais il essaya de l'ignorer. Ce n'était pas comme s'il existait des secrets. Il pouvait éviter de parler de sa famille, mais si Javi était intéressé, toute la sale histoire était enregistrée noir sur blanc dans ses divers rapports. Ses dossiers de mineur devaient être scellés, mais il doutait que cela soit un problème pour les fédéraux.

— Aviez-vous beaucoup d'amis quand vous étiez jeune ? interrogea Javi.

Changement de sujet ou plus de curiosité ? Cloister prit une plus ample inspiration d'air sec et chaud et tenta de réagir comme une personne saine.

— Non.

— Moi non plus. Je me demande si Drew en avait.

TOUT ÉTAIT dans l'œil du spectateur. Ce qui était un grand chien noir foutrement effrayant pour Bozo, le consommateur de méthamphétamine, était un chiot mignon pour une bande de gamins. Ayant reçu la permission d'être amical, Bourneville était dans son élément. Ses oreilles avaient été caressées, sa queue tirée et elle avait couru après des balles. Elle s'affala aux pieds de Cloister et mâchouilla une vieille balle de tennis pendant qu'il parlait à l'un de ses nouveaux amis.

Les enfants l'aimaient. Il n'avait jamais bien compris pourquoi, mais c'était le même effet que son beau-père avait sur eux. Les enfants et les chiens adoraient Vincent Witte. Tous les autres avaient plus de bon sens.

— Connais-tu Drew ? demanda-t-il.

Millie plissa le nez et jeta un coup d'œil vers sa mère inquiète, obtenant un signe de tête encourageant. Tous les parents avaient l'air soucieux. Au parc de mobile homes, les enfants couraient toute la journée sans supervision. Ici, aucun d'eux n'était autorisé à s'éloigner hors de portée d'un parent. Millie poussa un soupir et remonta ses lunettes sur son nez.

— Nous étions amis l'année dernière, mais pas cette année.

— Ah ?

Elle leva les yeux au ciel.

— Il a dit qu'il ne jouait plus avec des gamines ou des petits enfants, expliqua-t-elle. Il m'a appelée binoclarde.

— Tu ne m'en as pas parlé, Millie, réagit sa mère.

— Je m'en moquais, déclara Millie avec sagesse. Il est juste stupide. Il a dit qu'il avait une *petite amie* maintenant, mais il a *dix* ans.

Plus vieille que son âge, Millie n'avait pas d'autres histoires. Trois enfants plus tard, Bourneville accepta délicatement une chips au bacon de la main collante d'un plus grand appelé Sean. Son frère la caressa à la manière des enfants, comme s'il jouait du tambour sur son épaule. Son père répétait « doucement » en faisant une grimace d'excuse à Cloister. Cela ne dérangeait pas Bourneville qui contemplait clairement les doigts collants du plus âgé. Cloister lui tapota la hanche pour lui rappeler de bien se tenir.

— Il voulait sortir, mais son frère ne voulait pas l'emmener, déclara Sean.

Il gratta le bout de son nez et retira de la peau pelée pour révéler des taches de rousseur en dessous.

— Vous allez le trouver, n'est-ce pas ? Comme à la télévision.

— Je ferai de mon mieux, assura Cloister.

Dans le même temps, le père de Sean répondit :

— Bien sûr qu'il le fera. Je t'ai dit qu'il ne devait pas être loin.

Il attrapa Sean par l'épaule, tordit ses doigts dans le tee-shirt *Ben 10* de son fils tout en haussant les épaules pour Cloister en disant :

— Il fait des cauchemars. Je pense que ça suffit.

Cloister hocha la tête, compréhensif, en demandant :

— Juste une minute de plus ? Encore une question.

Le père de Sean avait l'air réticent, probablement déchiré entre l'inquiétude pour un garçon disparu à qui il pouvait attribuer un visage, et l'idée qu'il pourrait protéger son propre enfant de quelque chose comme ça. Comme si de mauvaises choses ne pouvaient pas arriver à Sean s'il ne connaissait rien à leur sujet. Au lieu de lui donner une chance de se décider, Cloister posa sa question.

— Y a-t-il quelque chose que Drew a fait cette année qui était bizarre ? Avait-il de nouveaux amis ou un endroit où il jouait ?

Le visage de Sean dénota sa réflexion tandis qu'il tordait sa bouche sur le côté.

— Je ne sais pas.

Il haussa les épaules. Après une seconde à s'agiter, il ajouta à brûle-pourpoint :

— Il était vraiment en colère que ce soit sa dernière année ! Il a dit que c'était entièrement la faute de Billy. Il était vraiment furieux, je suppose. Est-ce que c'est bon ?

Cloister hocha la tête.

— C'est parfait, assura-t-il en lui tendant la main.

Sean y mit sa petite menotte collante avec un énorme sourire béat à cette poignée de main solennelle.

— Tu as été d'une grande aide.

Sean secoua également la patte de Bourneville, alors qu'elle offrait son meilleur sourire de chien. Ensuite, son père les entraîna plus loin, lui et son frère. Cloister les regarda s'éloigner, puis descendit du rocher sur lequel il était perché. Il épousseta l'arrière de son jean et se retourna pour regarder autour de lui, bien qu'il ne sache pas quel bénéfice il tirerait de cette pantomime. Bourneville ne s'en souciait pas et Cloister savait qu'il surveillait déjà l'endroit où se trouvait Javi. La vigilance du sombre et intense Javi était comme une démangeaison à la base de son cou.

Ou peut-être que ses bourses étaient plus juste.

C'était perturbant et c'était déconcertant. Il n'était jamais distrait au travail, certainement pas par de jolies épaules dans une confection sur mesure. Surtout pas quand il s'agissait d'un cas de disparition. Ceux-ci étaient toujours les pires. Il dormait rarement beaucoup, mais encore moins quand quelqu'un avait disparu. Et tout à coup, son cerveau avait décidé de consacrer son pouvoir de réflexion en se focalisant sur un béguin sans espoir.

Peut-être qu'il devrait faire une sieste plus tard.

Javi était debout devant le bureau de la Retraite, sa tête sombre inclinée vers un homme négligé en bleu de travail usé. Le jardinier, supposa Cloister d'après la terre sur ses genoux et le lourd sécateur à élagage qu'il tenait tout en parlant.

Grommelant, en réalité. Il gardait la tête basse et les épaules relevées… mal à l'aise avec les interactions sociales, l'autorité, ou avec les hommes intelligents aux mains élégantes.

Cloister pouvait compatir. Il n'était pas à l'aise non plus avec ces choses. Son instinct le poussait à se hérisser plutôt que de battre en retraite. Mais il avait un pistolet et peut-être trente centimètres de plus que le sombre jardinier dépenaillé.

— Allez, ma fille, dit-il en accrochant la laisse de Bourneville sur son collier. Fuss.

Retour au travail. Elle secoua la tête, abandonna des miettes de chips et reprit sa position habituelle à ses côtés. Son épaule cognait amicalement contre le genou de Cloister tandis qu'ils se dirigeaient vers le bureau. D'après la fille avec qui il avait parlé, Reed était absent. Il avait un « rendez-vous important ». Cloister supposait qu'il s'agissait de son avocat, de sa compagnie d'assurance ou des deux.

De plus près, le jardinier avait le visage buriné de quelqu'un qui travaillait à l'extérieur. Il était difficile de lui donner un âge. L'ombre d'une barbe sur sa mâchoire poussiéreuse était inégale, mais la peau était rugueuse et pleine de pores noirs. Quelque part entre vingt-cinq et trente ans, supposa Cloister.

— J'ai jamais vu un garçon dehors livré à lui-même, marmonna-t-il en fronçant le nez et en clignant nerveusement des yeux. J'l'ai déjà dit aux autres policiers.

— Je m'assure simplement que vous n'avez rien oublié, Matthew, déclara Javi. Parfois, on dit des choses dans le feu de l'action et on se rend compte ensuite qu'on a laissé échapper des détails. Donc, vous n'avez vu aucun garçon cette nuit-là ?

Matthew voûta ses épaules osseuses, gratta une griffure sur son cou et gigota.

— J'ai vu beaucoup de gamins. Y'a toujours beaucoup d'enfants dans les parages. Je ne les surveille pas, mais je les vois.

— Avez-vous vu les enfants Hartley ? interrogea Javi. William et Andrew ?

Le coin de la bouche de Matthew tressauta et il se déplaça.

— J'les ai peut-être vus.

Il étirait les mots comme s'il utilisait une pince.

— C'la dit, pas seuls. S'ils avaient été seuls, j'aurais dit quelque chose.

— Avec qui étaient-ils ? demanda Javi.

Il gifla l'air nerveusement avec le sécateur, et l'axe rouillé grinça.

— L'un avec l'autre, répondit l'homme. Le plus âgé allait quelque part, et le petit voulait le suivre.

— Quand ?

— Je ne sais pas. Tard. Je rentrais à la maison.

— Étaient-ils en train de se disputer ? questionna Cloister en s'appuyant sur la clôture basse.

Elle émit un craquement sous son poids, mais tint bon.

— Je suppose, répondit l'homme avec indifférence. Ils se chamaillaient. Les frères le font. Je peux y aller ?

Javi arrêta d'écrire sur son bloc-notes et le ferma en disant :

— Bien sûr.

Matthew referma le sécateur, son pouce remit en place la sécurité, il l'enfouit ensuite dans sa poche et s'empressa de partir. Ils le regardèrent tous les deux s'éloigner. Son cou était rouge et portait des boutons d'un rasage récent.

Javi brisa le court silence :

— Pourquoi avez-vous demandé s'ils se disputaient ?

— Apparemment, Drew avait dit aux autres enfants que c'était son dernier été à la Retraite. Il a dit que c'était la faute de son frère. Il a aussi dit à Millie qu'il avait une petite amie, mais je pense qu'il essayait de l'impressionner.

— Ça a marché ?

— Je ne pense pas.

Cela provoqua une lueur d'amusement dans les yeux noisette de Javi, mais elle s'évanouit rapidement. Cloister attendit qu'il range son bloc-notes dans sa poche et s'éclaircit la gorge.

— Cela ne veut rien dire. Les frères se disputent. Les enfants prennent les choses de travers.

— Ou cela signifie quelque chose, contredit Javi. Bill a dit qu'il avait laissé son frère au chalet, pas qu'il l'avait suivi dans le parc.

D'accord. Cloister s'écarta de la clôture, le bois craqua alors que son poids se déportait. Il enroula machinalement la laisse autour de sa main et sentit la sueur dessus.

— Voulez-vous descendre jusqu'à l'endroit où nous avons perdu l'odeur ? proposa-t-il.

Les coins de la bouche de Javi étaient tendus alors qu'il regardait vers la Retraite en direction du chalet des Hartley. Après une seconde, il hocha la tête.

— Passez devant, répondit-il.

C'était une randonnée facile à la lumière du jour, avec Bourneville trottant sur ses talons au lieu d'aller de l'avant, cependant il faisait plus chaud. Le vent secouait les arbres et soulevait des rubans de sable autour de leurs jambes, remontant jusqu'à leurs visages.

Cloister plissa les yeux et cracha. Javi sortit une paire de lunettes d'aviateurs de sa poche. Comme s'il n'était pas assez difficile à déchiffrer sans qu'il cache ses yeux derrière un verre sombre.

Une unique étiquette de preuve jaune était plantée dans le sol là où Cloister avait trouvé la bouteille de soda. L'étiquette était jaune-canari au départ, mais entre le soleil et le sable, elle avait déjà tourné au jaune d'œuf.

— Est-ce qu'il l'a simplement laissée tomber ? spécula Javi.

Il se retourna pour observer la distance qu'ils avaient couverte depuis la Retraite en poursuivant :

— Il avait parcouru une bonne distance, il était fatigué et il n'y avait personne pour le voir la jeter.

Cloister s'accroupit, en équilibre sur la plante des pieds.

— Il faisait chaud cette nuit-là, dit-il. Sec. J'étais assoiffé. Je n'aurais pas jeté une boisson, et il restait encore un tiers dans la bouteille quand elle est tombée.

Javi se rembrunit. Dans la courbe polarisée des lunettes, Cloister pouvait voir son reflet avec un œil presque fermé contre l'éblouissement.

— Ce n'était pas dans le rapport.

Cloister permuta l'œil fermé pour l'autre et leva une main au-dessus de son visage.

— C'était dans le mien, assura-t-il. J'ai pris une photo.

Un muscle de la mâchoire de Javi se crispa.

— Il y avait juste un dépôt dans la bouteille quand elle est arrivée au laboratoire. Qu'avez-vous fait ? Vous l'avez bue ?

Cloister prit appui sur sa main, les doigts en pyramide sur le sol, et se remit debout. Il se dirigea vers un arbre, grattant son pied sur la croûte dure de terre sèche. Les fourmis s'éloignèrent, perturbées et irritées.

— La bouteille fuyait, expliqua-t-il. Il l'a jetée pour une raison.

— Laquelle ?

Cloister haussa les épaules en répondant :

— Il a dix ans. Pas moi. Peut-être qu'il était en colère contre quelque chose ? Ou le soda avait un drôle de goût. Ou...

Il hésita, puis se retourna et regarda vers l'endroit où il savait que la limite se trouvait. Dans son esprit, un garçon traversait la terre compacte, transpirant et contournant des obstacles qu'un adulte aurait traversés. Mais il ne s'agissait pas des sombres cheveux bouclés de Drew qui ressemblait à ceux de sa mère et de son frère, contrairement à ceux de son père.

— Peut-être que je me trompe ? Si Drew a quitté la Retraite avec quelqu'un, il arrive ici et se rend compte que quelque chose ne va pas...

— Il jette la bouteille, enchaîna Javi en poursuivant l'histoire et en mimant le lancer... et court. Il va au bout du chemin et ensuite, soit il trébuche, soit celui qui le pourchasse le rattrape.

Le scénario semblait crédible pour Cloister, mais cela ne rendit pas l'expression de Javi plus joyeuse. Cloister supposa que cela n'augurait rien de bon pour Drew... ou Billy, si Matthew avait raison en disant les avoir vus ensemble.

— Les équipes de recherche sont toujours dehors, dit-il.

— Deux jours, lui rappela Javi.

Ils parcoururent le reste du chemin jusqu'à la route. Les ornières avaient été aplaties par le trafic, une camionnette de police était garée sur le bas-côté pour servir de QG mobile pendant la recherche. Tancredi était assise sur le pare-chocs quand ils arrivèrent, ses manches relevées et la sueur coulant de son visage tandis qu'elle remplissait un rapport. De l'autre côté de la route, des gilets jaunes apparaissaient par intermittence alors qu'ils passaient entre les arbres, le groupe de recherche descendant vers la route principale.

Au moins, Cloister n'avait pas à ramper sous la clôture. Elle avait été coupée et repoussée en arrière pour leur fournir un accès.

— Tancredi, interpella Cloister. Quelque chose ?

Elle passa la main sur son visage afin de se débarrasser de la sueur.

— Rien.

Levant les yeux, elle aperçut Javi et se remit sur ses pieds.

— Désolée, dit-elle en repoussant une mouche avec impatience. Je n'avais pas réalisé que vous étiez ici, monsieur.

L'année précédente, Tancredi avait demandé à rejoindre le FBI, se souvint Cloister. Elle avait renoncé après être tombée enceinte, mais à la manière dont elle essayait d'impressionner Javi, elle avait l'air d'y songer à nouveau.

— Inutile de m'appeler monsieur, affirma Javi. Agent Merlo fera l'affaire.

Tancredi aspira sa lèvre inférieure entre ses dents et la mordit. Un rougissement se répandit à travers sa gorge.

— Oui, Agent Merlo.

En lui tournant le dos, son épaule cogna contre le bras de Javi et Cloister murmura :

— Enfoiré.

Javi l'entendit probablement. Mais si ce fut le cas, il l'ignora.

— Le périmètre de recherche s'est étendu jusqu'où ? demanda-t-il à Tancredi.

Elle lui désigna le côté de la camionnette et indiqua les cartes à l'intérieur.

La laisse tira sur la main de Cloister. Il baissa les yeux et suivit la longueur en nylon tissé. Bourneville tirait sur son collier, sa queue tressaillant comme si elle avait capté le parfum de quelque chose. Probablement une poche d'herbe que l'un des bénévoles avait fait tomber. C'était la Californie, et le département du shérif avait toujours soupçonné que la Retraite ne s'était pas débarrassée de toutes ses plantes en pot.

Pas ce qu'ils cherchaient, mais c'était une trouvaille facile pour Bourneville, et elle avait besoin d'une victoire. Elle n'avait probablement pas compris les détails sur l'enfant disparu ou le mortel compte à rebours depuis le temps qu'ils étaient partis, mais elle savait qu'elle était supposée trouver ce qu'il lui disait. Échouer la faisait broyer du noir.

En outre, Cloister était assez indulgent pour croire qu'elle comprenait *certaines* des choses qui se passaient… du moins que certains cas bouleversaient Cloister plus que d'autres.

Il lui permit de faire à sa guise, accordant du mou à la laisse pendant qu'elle marchait d'un côté à l'autre du bas-côté. Le vent souffla de la poussière dans sa truffe, l'obligeant à s'arrêter pour éternuer. Ensuite, elle releva les molécules de l'odeur quelconque qui l'avaient titillée, et son museau resta au sol tandis qu'elle s'éloignait, se dirigeant vers la clôture. Elle essaya de se frayer un chemin dans l'amas de fil barbelé mis de côté et glapit de frustration.

— Bourneville, *Platz*, aboya Cloister.

Elle gronda dans sa poitrine, mais s'aplatit, restant sur place en tremblant jusqu'à ce qu'il la rejoigne.

— Bonne fille.

Cloister tendait la laisse tout en remontant à ses côtés et l'enroulait autour de son poignet. Il y avait du sang sur sa patte, étincelant contre la fourrure rouille. Cloister s'agenouilla et la leva pour l'examiner rapidement. Elle avait posé son coussinet sur un pic aiguisé, une grosse goutte de sang apparut entre ses griffes quand il la manipula. Cependant, il ne coulait pas tout seul, alors ce n'était pas trop sérieux. Bourneville gémissait de le sentir tripoter sa patte blessée, mais son attention restait sur le fil barbelé.

Il était plus simple de la laisser atteindre sa trouvaille que de l'en écarter. Cloister se pencha en avant et crocheta ses doigts dans les trous en forme de diamant. Un coup sec le tira en arrière, bien qu'il puisse sentir la pression élastique dans la jointure de ses doigts.

— *Bring* !

Bourneville s'avança, gratta avec ses pattes dans la terre, faisant apparaître un rectangle blanc usé qu'elle pinça délicatement entre ses dents de devant avant de le rapporter. Elle s'assit, laissa tomber un téléphone sur le sol et regarda Cloister dans l'expectative.

— Bonne fille, dit-il distraitement, lui tapotant la tête.

Il laissa retomber la clôture qui se recourba en claquant, les bords pointus raclant la terre. Cloister secoua ses doigts pour faire revenir le sang à ses extrémités tout en criant :

— Tancredi. Vous avez des gants ?

Elle en avait. Ce fut cependant Javi qui les enfila et tendit la main vers le téléphone sans attendre que Cloister lui donne son accord. Bourneville grogna après lui, un bruit sourd faisant vibrer sa gorge et sa truffe. Javi se figea, la tension agitant ses épaules.

— Doucement, intervint Cloister.

Il posa sa main sur l'épaule de Bourneville et enfonça ses doigts dans son collier.

— Laisse-le faire.

37

Elle grogna un peu, mais rabaissa ses babines sur ses crocs, et recula. Javi récupéra le téléphone. Sa bouche se tordit de dégoût sur la bave, il l'essuya sur sa jambe. Une fois qu'il fut propre, d'un doigt il appuya sur le bouton d'accueil, le latex mince collant sur la surface blanche gluante. L'écran s'alluma à la pression et Javi frotta son pouce de haut en bas.

— Il est débloqué ?

— Il y a des notifications, répondit platement Javi.

Sa bouche était pincée, et derrière ses lunettes de soleil, sa peau était tendue sur ses pommettes.

— La petite amie de Billy veut savoir pourquoi il l'ignore.

Javi se releva d'un seul mouvement fluide et lança sèchement à Tancredi :

— Rapportez-moi un sac de preuve et appelez une voiture pour me ramener à la retraite.

Elle hocha la tête avec enthousiasme, ses cheveux rebondissant, et courut vers la fourgonnette.

— Cela ne signifie pas que la famille est impliquée, déclara Cloister. Il pourrait l'avoir laissé tomber quand il était ici. Ses parents voulaient descendre hier, aider pour la recherche.

Même à travers les verres teintés, Cloister pouvait sentir son regard noir.

— Vous vous occupez des chiens, pas des découvertes, lui rappela Javi.

Il tenait le téléphone en l'air, le coin pincé entre ses doigts.

— À présent, il semblerait que vous ne vous occupiez même pas bien des chiens. Alors, pourquoi ne pas laisser ça aux gens qui savent ce qu'ils font ?

Sa bouche se tordit durement et brièvement avant qu'il remonte le bas-côté. Cloister lui lança un regard furieux, sa mâchoire si serrée qu'elle en était douloureuse, essayant de décider s'il voulait embrasser ou frapper l'expression suffisante de la jolie foutue bouche de Javier Merlo. Ou baiser cette foutue jolie bouche.

Quoi qu'il en soit, tout en claquant de la langue pour Bourneville et en se dirigeant vers la route, il décida qu'il pouvait imaginer les deux.

VI

K<small>EN ÉTAIT</small> courbé comme un homme qui avait perdu son souffle et s'était dégonflé sur l'énorme canapé crème. Le chagrin et l'inquiétude avaient atténué le luxe du chalet pimpant. La poussière et les empreintes de chaussures noires couvraient les sols en bois brillant, des boîtes ouvertes sans précaution avec des affiches *DISPARU*, fraîchement imprimées, étaient empilées contre un mur. L'odeur du papier chaud et de l'encre masquait presque l'aigreur de la nourriture que personne n'avait l'appétit d'avaler.

— Nous avons simplement besoin de parler à Bill, déclara Javi.

C'était toujours un mensonge, pourtant à cet instant, il semblait l'être plus que d'ordinaire.

— Il y a des choses concernant ce qui s'est passé ce soir-là, quand Drew a disparu, que nous voulons clarifier.

Le visage de Lara était tendu, des cernes noirs soulignaient ses yeux, mais l'expression de mépris qu'elle lui adressa était franche. Lara serra Billy contre elle, un bras enroulé autour de ses épaules pour s'opposer à l'adjoint qui tentait de mettre le garçon en garde à vue.

— À qui penses-tu parler ? riposta-t-elle. Vous pouvez lui parler ici ou vous pouvez sortir de chez moi.

— Lara…

Ses lèvres tremblèrent pendant une seconde, puis elle les pressa sévèrement en une ligne dure et cligna des paupières pour repousser ses larmes. Elle secoua la tête, ses boucles volant.

— Tu n'as pas à me dire ça. Nous ne sommes pas des amis en ce moment. Si tu me retires mon fils, nous ne le serons plus jamais.

Cela prit Javi à la gorge comme s'il avait avalé un caillou. Cela le surprit. Il avait des amis… si vous considériez *ami* quelqu'un à qui vous pourriez à la rigueur demander une faveur. Lara l'avait invité à Thanksgiving. Il n'y était pas allé, mais c'était quand même gentil.

— C'est mon travail, dit-il. Si tu veux que Drew revienne, je dois suivre chaque piste. Même si tu n'aimes pas ça.

— Non. Non, s'entêta Lara. Vous ne ramènerez *pas* mon bébé en prenant mon fils. Ce n'est pas comme cela que ça fonctionne. Non !

— Je crains que ça le soit, déclara Javi.

Il hocha la tête à l'adjoint et fit un léger tremblement de menton pour autoriser cette petite tâche sinistre. L'homme arracha Billy de l'étreinte de Lara et l'emmena dehors, le tenant fermement par le coude. Finalement, Ken se força à se lever, attrapa Lara, essayant de l'embrasser alors qu'elle refusait son réconfort.

— Ça va aller, Lara, assura Ken. Nous devons faire confiance à la police. Ils veulent trouver Drew également.

Lara serra ses mains si fort qu'elles devaient lui faire mal. Les tendons ressortaient sur ses poignets osseux, saillant sous sa peau. Elle ferma les yeux, déglutit et vacilla sur place pendant un instant. Javi crut qu'elle allait s'effondrer, mais ensuite, elle prit une inspiration et son dos se raidit.

— Mon fils a disparu. Quelqu'un l'a enlevé. Tu devrais le chercher, pas essayer de blâmer Billy. Il aime son frère.

— Et je ne dis pas que ce n'est pas le cas, ou qu'il a fait quelque chose, clarifia Javi. Là, tout de suite, je dois juste lui parler, et pour le bien de tous, il est préférable que ce soit officiel.

Lara renifla et s'éloigna de Ken. Elle leva les bras pour regrouper ses cheveux loin de son visage et fit claquer un élastique autour de la lourde masse.

— Tu sais ce que mon père me dirait s'il était là ? reprit-elle. Fais confiance à la police, mais trouve un avocat onéreux.

Elle attrapa une paire de clés et une poignée d'affiches sur la table. Puis, elle lança à Ken un regard aiguisé. Même debout, il avait toujours l'air affaissé, comme si ce dont il avait besoin pour rester à flot s'était enfui.

— Ne sois pas inutile, l'interpella Lara.

Ce n'était pas une insulte. Elle ne paraissait pas en colère. C'était juste une directive neutre. Elle lança un regard dur à Javi.

— Je te retrouverai au poste. Si tu parles à mon fils avant que j'y sois, je te détruirai. Et va te faire foutre d'avoir fait ça.

Elle sortit du chalet.

Ken déglutit, essuya son visage d'une main, frottant ses paupières gonflées avec son pouce et son index en demandant :

— C'est juste le protocole, n'est-ce pas ?

Ken était chirurgien orthopédique. Ce n'était pas le genre de tension qu'il pouvait gérer.

— Tu sais que Billy n'a pas fait ça ? Il ne le ferait pas ?

Il ne se rendait probablement pas compte à quel point cela sonnait incertain. Javi saisit son épaule pendant une seconde.

— Tu devrais aller avec Lara, lui conseilla-t-il.

Il aurait dû y avoir un ajout, un « elle a besoin de toi ». C'était assez déloyal pour rester dans sa gorge. La seule personne que Ken aiderait en restant là, c'était Javi. Ken avait le respect d'un bon garçon de la classe moyenne vis-à-vis des autorités.

Ken hésita une seconde, comme s'il attendait quelque chose, ensuite il hocha la tête et suivit Lara. Ni l'un ni l'autre ne s'inquiétèrent de verrouiller les portes. Javi supposa qu'il n'y avait rien d'autre qu'ils craignaient de perdre.

En sortant, il vit Matthew, le jardinier, errant autour d'un carré de gazon desséché alors qu'il regardait Billy se faire escorter par la patrouille. Il était le premier curieux, mais il ne serait pas le dernier. Avant le lendemain, Billy serait célèbre.

JAVI MONTA dans l'ascenseur en bronze et en verre du garage et fronça les sourcils face à son téléphone alors qu'il vérifiait ses e-mails. Il avait une autorisation de financer le groupe de travail du shérif contre les nouveaux dealers de méthamphétamine en ville ; des demandes de « clarifications » sur trois de ses rapports et cinq courriers d'anciens amis de Saul au bureau lui demandant des nouvelles de l'affaire.

— Merde, marmonna-t-il en le déplaçant dans le dossier « À gérer plus tard ».

À ce rythme, la prochaine fois qu'il aurait besoin d'une faveur, il lui faudrait inviter Cloister Witte à dîner. Il analysa cette pensée alors que l'ascenseur s'arrêtait à son étage, mais décida qu'elle était plutôt inoffensive. Ainsi, il n'aurait rien contre inviter Cloister à dîner... et toutes les choses qu'ils pourraient faire ensuite dans le lit d'un bon hôtel. Cela ne signifiait pas qu'il avait l'intention de briser sa règle du « ne jamais baiser à l'endroit où l'on vit ».

Même si ce serait probablement un rendez-vous peu coûteux. Cloister semblait le genre de type à préférer un Filet-O-Fish de chez McDonald à un ahi au sésame de chez Truluck.

Il laissa tomber cette idée fugace lorsque les portes s'ouvrirent pour lui permettre de sortir. Au bout du petit hall, l'administratrice du bureau leva les yeux de son ordinateur et hocha brièvement la tête en le reconnaissant.

41

Elle rassembla ses papiers sur son bureau, attrapa les informations par ordre d'importance au moment où il rentrait. Il marcha d'un pas vif et ouvrit la porte pour la laisser commencer.

— Agent Merlo.

Elle se leva de son bureau et glissa sa pile de papiers dans le creux de son bras. Sous sa belle coupe au carré de cheveux gris à la mode, il y avait un angle désapprobateur dans sa mâchoire.

— Le shérif a appelé. Les Hartley sont au poste. Il attend votre arrivée avant d'interroger leur fils.

Ah. Javi s'arrêta, laissa la porte se refermer derrière lui et replaça son téléphone dans sa poche.

— Est-ce un problème, Sue ?

Elle cligna des yeux et remonta ses lunettes sur son nez en demandant :

— Personnellement ou professionnellement ?

— Professionnellement.

— Alors non. Mon travail consiste à faire tourner ce bureau, Agent Merlo. Mes sentiments personnels n'entrent pas en ligne de compte.

Saul lui aurait quand même demandé quels étaient ses sentiments personnels. C'était probablement pourquoi elle préférait Saul. Lara avait sans aucun doute invité madame Daly à l'un de ses barbecues.

— Bien, déclara Javi. Je ne voudrais pas les faire attendre, alors. Y a-t-il quelque chose que je dois gérer immédiatement ? Ou est-ce que ça peut être reporté à ce soir ?

Elle feuilleta ses dossiers.

— J'ai besoin de votre signature pour ces achats.

Elle lui remit le dossier rouge. Il l'ouvrit et se pencha sur son bureau en le parcourant, cocha et signa les formulaires.

— Le laboratoire n'a toujours rien sur les résidus dans la bouteille, annonça-t-elle.

Javi s'arrêta au milieu de sa signature et leva les yeux, l'irritation resserrant ses sourcils. Elle haussa les épaules.

— Ils ont dû s'occuper d'un cas à Los Angeles. J'ai fait appel à quelqu'un qui devait une faveur à Saul pour l'accélérer, mais cela prend quand même du temps.

Il acquiesça. Il y avait des avantages à travailler dans une agence résidente – il ne serait pas là dans le cas contraire –, mais il y avait aussi des avantages à être assez proche du laboratoire pour porter en personne votre affaire aux techniciens. Il signa le dernier formulaire, les tapota en tas net et les lui rendit.

— Qu'en est-il des fichiers que j'ai demandés ?

Elle replaça le dossier dans sa pile et le ramena plus près de son corps.

— J'ai téléchargé les dossiers de Saul – l'agent Lee – sur votre serveur. Tout ce qui s'y trouve concerne ceux qui n'ont pas eu de peine d'emprisonnement ou dont les suspects ont été libérés. Il y a aussi toutes les anciennes menaces de mort qu'il avait l'habitude de recevoir. La plupart d'entre elles sont… expressives, mais cela ne signifie pas qu'il n'y a pas d'émotions dedans. Ça représente un paquet plutôt important. Pensez-vous toujours que c'est pertinent ?

— L'enquête est en cours, répondit-il. Pour l'instant, je ne rejette aucune piste d'investigation.

Ses sourcils se haussèrent.

— Ce n'est pas mon domaine d'expertise.

Elle se retourna, rangea délicatement les dossiers sur son bureau et vérifia sa montre-bracelet.

— Je vais prendre ma pause déjeuner tôt aujourd'hui, et puisque je suis sur mon temps personnel : ce garçon n'a pas fait ça, Agent. Vous devriez garder cela à l'esprit.

Cela dit, elle partit. Les lourdes portes en verre se refermèrent derrière elle. L'agacement bouillonnait au fond de la gorge de Javi. Il pouvait le goûter alors qu'il se déplaçait d'un pas raide dans son bureau, se connectait à son ordinateur et accédait au serveur. Il frappa les touches avec ses doigts en entrant son mot de passe et envoya les fichiers sur sa tablette pour les lire plus tard. Pourquoi tout le monde réagissait-il comme s'il voulait que William Hartley ait fait quelque chose d'horrible à son frère ? Il *voulait* croire que Billy était innocent. Son ventre lui disait qu'il devait y avoir une autre explication.

La preuve disait autre chose, et suivre la preuve était son travail. C'était Saul qui le lui avait enseigné.

Son arrêt express au bureau terminé, il se déconnecta et retourna en bas. Il envoya un SMS au shérif pour dire qu'il serait là d'ici quinze minutes, mais cela en prit vingt. Quand il arriva au poste, la presse était déjà là, les yeux plissés contre le vent, avec le bouclier du département du shérif comme toile de fond.

— Agent Spécial Merlo, avez-vous des commentaires sur la raison pour laquelle les Hartley ont été amenés ici ?

43

— L'agent du FBI, Javier Merlo, est arrivé au poste de police quelques minutes seulement après que la famille du garçon disparu a été escortée à l'intérieur.

— Drew Hartley est porté disparu depuis maintenant trois jours. La police aurait-elle dû chercher plus près de la maison ?

Javi passa à côté d'eux avec un « sans commentaire ». Une caméra filmait alors qu'il entrait et une part distraite de son cerveau se demanda comment l'image serait jugée le lendemain. Héros ou crédule ?

La personne derrière le bureau était différente de celle du matin. Javi dut consulter sa montre pour s'assurer que le temps avait passé au point qu'il y ait eu un changement de service.

— Agent, le salua le jeune homme en coinçant un stylo derrière son oreille. Les Hartley sont dans la salle d'interrogatoire et le shérif vous attend.

— Merci, répondit Javi. Pourriez-vous jeter un œil sur eux, leur apporter de l'eau et du café s'ils en veulent ?

L'homme – si Javi avait eu envie de plisser les yeux, il aurait pu lire son nom – eut l'air brièvement surpris, mais accepta avec un signe de tête.

Il était inutile de mettre Billy mal à l'aise en le laissant se déshydrater. Cela ne servirait qu'à lui mettre un peu plus sa famille à dos et, d'une manière ou d'une autre, ils restaient des victimes. Avec la presse à l'extérieur, il était important de s'en souvenir.

Javi se rendit au bureau de Frome et entra, s'annonçant en frappant pour la forme avec ses doigts contre la porte. Il enregistra le grondement de voix à travers le verre et le bois, mais ce n'est que lorsqu'il fut entré qu'il s'aperçut que Frome malmenait Cloister.

Son cerveau buta sur ce mot, tout en sombre chaleur et peau claquée, mais ce n'était pas de manière sexy.

Frome était tellement en colère que les veines ressortaient sur ses tempes et qu'elles pulsaient à mesure que sa pression sanguine grimpait. Cloister était… plat… avachi dans la chaise de bureau, les bras croisés et son visage maigre, toujours pas beau, totalement inexpressif.

— …vous avez beaucoup de marge de manœuvre parce que vous êtes l'un des meilleurs maîtres-chiens du département du shérif, alors ne foirez pas, Witte. Pas si vous voulez garder votre travail et votre chien.

Cloister cligna des yeux et attendit.

C'était le visage de quelqu'un qui avait beaucoup d'entraînement à supporter les mauvais traitements et à ne pas y réagir. Javi ne savait pas ce que cela disait de lui et il classa l'information pour plus tard. Bon ou mauvais, il le fit quand même.

— Quelque chose à dire ? questionna Frome.

Cloister bougea pour la première fois et releva légèrement le menton. C'était sa première réaction pour échapper à la réserve contrôlée qui gardait ses traits immobiles et ses mains détendues sur ses biceps.

— Non. Monsieur.

L'irritation creusa les joues de Frome.

— L'insolence ne couvre pas vos erreurs, Witte. Grâce à vous, nous avons perdu du temps à chercher ce garçon au mauvais endroit.

Ce coup bas atteignit quelque chose à vif, bien que Javi ne soit pas certain que Frome l'ait remarqué. Cloister plissa les yeux une seconde avant de les relâcher.

— Monsieur.

C'était sans inflexion.

— D'un autre côté, intervint Javi, c'est grâce à lui que maintenant nous savons que nous cherchions au mauvais endroit.

Il ne savait pas pourquoi il avait soudain ressenti le besoin de défendre Cloister. Ce ne pouvait pas être le lent frémissement de désir. Cela ne l'avait pas empêché d'écrire un rapport sur Cloister la fois où celui-ci lui avait dit d'aller se faire foutre. Et son aide ne lui apporta aucun remerciement non plus, juste un grognement de Frome et un bref coup d'œil de Cloister.

— Dois-je envoyer le téléphone que vous avez trouvé au laboratoire ? questionna Frome en s'asseyant derrière son bureau.

Il essuya son front et ramena la sueur dans ses cheveux.

— Pas encore, répondit Javi. Je pense qu'il sera plus utile ici pour l'instant. Voulez-vous participer à l'entretien, Lieutenant ?

— Je ne pense pas que cela soit nécessaire, refusa Frome. Ils ont déjà une relation avec vous. Me présenter ne ferait que brouiller les pistes.

Ce qu'il voulait *dire*, c'est que les retombées pourraient rejaillir sur lui, et il préférait que cela atterrisse sur le FBI. Cela ne dérangeait pas Javi – il préférait garder le contrôle de l'enquête –, mais il n'était pas dupe non plus.

— Puis-je emprunter l'adjoint Witte ? demanda-t-il.

— Vous pouvez le garder, accorda Frome.

Il pointa un doigt vers Cloister par-dessus la table en ajoutant :

— Soyez ce que l'Agent Merlo veut. Dites ce qu'il veut. Faites ce qu'il veut. Si vous déviez du script, je vous mets en congé administratif pour le reste de l'affaire et j'assigne le chien à Kent.

Javi dut se racler la gorge et essayer de ne pas être distrait par la variété de scénarios agréables qu'il pourrait élaborer avec ce genre d'ordres. Il y avait des problèmes plus pressants, mais ce n'était pas tous les jours qu'une connaissance professionnelle touchait vos failles personnelles aussi fortement sur la tête.

— Il a juste besoin de présenter la preuve, assura Javi. Ils le connaissent. Lara sait qu'il était à la recherche de son fils et, en ce moment, elle aura une réaction plus positive à son égard qu'avec moi. Je souhaite donc en profiter.

Cloister fronça les sourcils et s'agita sur sa chaise pour la première fois. Le plastique bon marché crissa sous lui, se prenant dans les coutures de son jean.

— Je ne fais pas d'interrogatoire, dit-il.

— Qu'est-ce que je viens *juste* de vous dire ? aboya Frome brusquement. Vous voulez réparer votre erreur ? Trouver ce garçon ? Faites ce que l'Agent vous dit.

Il serait contre-productif de sourire, mais c'était difficile de résister. Javi inclina la tête à l'intention de Frome.

— Je vais leur parler maintenant. Jusqu'à ce que nous en sachions plus, je continue à vouloir faire venir Reed pour une entrevue formelle. Y a-t-il la moindre chance de ce côté-là ?

Il y avait quelque chose dans le froncement de sourcils de Frome. Javi supposait qu'il pourrait s'agir de frustration à ne pas pouvoir présenter le propriétaire de la Retraite, mais il pensait que c'était plus une déception que Javi souhaite toujours poursuivre cette direction de l'enquête. Les parents ou les frères portant le chapeau étaient politiquement beaucoup plus convenables.

— Pas encore, répondit Frome. Je vous informerai quand nous le ferons.

Javi le laissa assurer le suivi et sortit dans la salle avec Cloister sur les talons. Il jeta un coup d'œil en bas. La jambe de l'uniforme de Cloister était mouchetée de poils de chien, mais l'animal était absent.

— Vous avez mis votre meilleure moitié au chenil ?

— Elle fait sa promenade, lui répondit Cloister

Ou le corrigea. Il fronça les sourcils et ceux-ci se réunirent en une barre au-dessus de son nez tordu.

— Je ne suis pas à l'aise pour faire cette entrevue.

— Parfait, assura Javi. Cela vous rendra plus sympathique. Souvenez-vous simplement de ce que votre patron vous a ordonné et faites ce qu'on vous dit.

Il aimait probablement dire cela plus qu'il l'aurait dû, mais le sentiment s'estompa rapidement lorsqu'il reporta son attention vers la tâche désagréable à venir. Ce n'était jamais facile d'interroger un mineur devant ses parents… et encore moins lorsque vous le connaissiez.

— Restez silencieux jusqu'à ce que je vous demande de dire quelque chose, conseilla-t-il à Cloister.

Le détaillant rapidement de haut en bas, Javi tordit sa bouche avec ironie en ajoutant :

— Au moins, essayez et n'ayez pas autant l'air de vouloir frapper quelqu'un.

Cloister soupira.

— Vous ne faites pas appel à mes qualités, là.

L'éclair d'humour sec fut bref, mais il surprit autant Javi que le tatouage avec sa cicatrice sur les côtes de Cloister. C'était l'indice qu'il y avait plus en lui que le simple aspect agressif. Javi n'appréciait pas le besoin de le savoir.

— Sommes-nous sur la même longueur d'onde, adjoint Witte ?

Il utilisa un certain formalisme pour mettre de la distance entre eux.

— Si vous me sabordez là-dedans, le Lieutenant Frome sera le moindre de vos soucis.

— Ne vous tracassez pas, Agent Spécial Merlo, déclara Cloister alors qu'il relevait une épaule avec indolence. Je ne me soucie d'aucun de vous.

Javi sourit pour dégourdir la tension de sa mâchoire, sentant grincer l'articulation, et lâcha :

— Alors, je suppose qu'il est temps de dire à Lara que son fils a probablement tué son frère.

VII

La salle d'interrogatoire était une relique du passé. Les murs étaient en plâtre vert institutionnel, la peinture descendait lentement dans de vieilles fissures et un suspicieux trou de la taille d'une tête avait grossièrement été rebouché. Les cinquante ans de nicotine coloraient le revêtement en plastique de la lumière fluorescente du plafond. Un anneau en métal était incorporé au centre de la vieille table usée, griffée et rayée par des années de poignets qui l'avaient malmenée.

Billy ne pouvait pas détourner les yeux du sinistre demi-cercle de métal. Il était voûté sur sa chaise et triturait nerveusement la peau autour de ses ongles avec ses doigts, son avocat se trouvait d'un côté, de l'autre sa mère. Lara donnait l'impression d'avoir une tige en acier à la place de sa colonne vertébrale – si raide que vous pouviez sentir la tension dans vos propres muscles –, son bras enroulé autour de l'épaule de Billy.

J. J. Diggs était le genre d'avocat que les requins désapprouvaient, refusant d'être comparés à lui : riche, soigneusement habillé et totalement amoral. Saul l'avait détesté, mais Javi supposait que cela avait du sens pour Lara de l'avoir appelé. Si vous faisiez le compte, Diggs avait baisé le FBI dans quatre affaires importantes, avait perdu difficilement sur deux cas, et sur un plan personnel, avait été baisé à fond par Javi une fois.

Cela ne comptait pas comme une rupture de la règle de Javi de « ne pas baiser où il vivait », même si cela l'avait un peu tordue. Diggs était basé à Los Angeles.

— Comme par hasard dans le secteur quand Lara a appelé ? questionna Javi en haussant les sourcils.

Diggs lui retourna son sourire, par habitude, avec sa dentition parfaite.

— Quelle chance, n'est-ce pas ?

Il ajusta sa cravate et positionna le nœud en soie bleue sur sa pomme d'Adam.

— Je suppose que cela ne prendra pas longtemps. Mes clients sont évidemment désireux de retourner à la Retraite pour rechercher leur fils.

— Nous voulons tous trouver Drew, déclara Cloister.

Le sévère accent traînant incita Diggs à lui jeter un coup d'œil rapide, prenant la mesure et assimilant l'apparence aux bords bruts et aux épaules larges.

— Si nous ne pensions pas que Billy pouvait aider, nous ne serions pas ici. Nous serions toujours dehors à fouiller, assura Cloister.

La simple sincérité dans sa voix atteignit Lara et atténua une partie de la raideur de son dos. Cloister semblait être un menteur épouvantable. C'était écrit partout sur ce « pas vraiment » beau visage, mais l'honnêteté pouvait également vous fournir ce que vous vouliez. Si vous saviez comment le mettre en œuvre.

Javi pourrait se détester pour cela plus tard.

— Ce qui est exactement ce que vous devriez faire, intervint Diggs. Ne pas harceler la famille sur des soupçons inventés de toutes pièces, afin que l'Agent Spécial Merlo puisse améliorer ses prochaines notations.

Billy bougea et se déploya de son avachissement pour s'asseoir aussi droit qu'un adolescent pouvait le faire. Il tordit les mains sur la table et serra ses doigts jusqu'à ce qu'ils soient repliés.

— Je veux aider, affirma-t-il. Si vous avez des questions, j'y répondrai.

— Billy, s'interposa Diggs en levant la main. Laissez-moi…

— Non, le coupa Billy, secouant la tête. Je veux aider à trouver mon frère. Je ne lui ai pas fait de mal. C'est mon *frère*.

Javi se pencha en avant en prenant la parole :

— Ce n'est pas ce que nous disons, Billy.

Pas encore, en tout cas.

— Tu nous as dit la vérité, mais pas toute la vérité.

— Ce n'est pas vrai, réagit Lara.

Elle serra ses doigts sur le bras de Billy et froissa le tissu entre ses articulations.

— Billy vous a déjà tout dit. Il a laissé Drew seul au chalet et il s'est passé quelque chose de terrible. S'il avait dû mentir, cela aurait été à ce sujet.

Billy déglutit difficilement. Sa pomme d'Adam remuait dans sa gorge, formant une bosse contre la peau rouge rasée. Il cligna des yeux deux fois.

— Parce que Drew n'est pas resté dans le chalet, pas vrai, Billy ? questionna Javi.

— Je ne…

Javi l'ignora et insista.

— Nous avons un témoin qui t'a vu te disputer avec Drew ce soir-là. Il voulait aller avec toi, n'est-ce pas ? Traîner avec son grand frère ?

— Non.

— Il a dû te taper sur les nerfs, continua Javi. Quand j'étais adolescent, je n'aurais pas voulu avoir un gamin de dix ans traîner dehors avec moi. Pas quand j'essayais d'impressionner les filles.

De l'autre côté de la table, Diggs leva les yeux assez longtemps pour lui jeter un regard amusé à cette affirmation. Son stylo frotta sur le bloc.

— Vous n'êtes pas mon client, dit-il. Billy était un frère dévoué.

— Est, rectifia Lara.

— Il *est* un frère dévoué, corrigea Diggs avec aisance, tendant la main pour toucher brièvement celle de Lara. Et nous savons que Billy était parti du chalet. Je ne suis donc pas certain de ce que vous essayez d'obtenir, Monsieur l'Agent.

Javi observa Billy mordre l'intérieur de sa lèvre.

— Drew a-t-il menacé de dire à tes parents que tu l'avais laissé seul ? interrogea-t-il. Tu avais déjà des problèmes, n'est-ce pas, Billy ?

— Comment avez-vous su… ?

— C'est un adolescent, déclara Diggs. Il a toujours des ennuis.

— Et il était à une fête, intervint Lara en se penchant en avant. Tu le sais. Il y avait des gens là-bas, d'autres enfants qui l'ont vu. Ses amis. Sa petite amie.

— Allison, n'est-ce pas ? demanda Javi. Malheureusement, elle n'a pas vu Billy cette nuit-là, pas vrai, Billy ? Tu n'as pas non plus répondu à ses textos.

Billy haussa les épaules, mal à l'aise, tordant toujours ses mains sur la table.

— Je… j'ai perdu mon téléphone. C'est tout.

— Je sais, reconnut Javi.

Il posa ses doigts sur le sac de preuve posé sur la table et l'ouvrit. Le téléphone glissa à l'extérieur.

— Nous l'avons trouvé. Ou plutôt l'adjoint Witte l'a fait.

La réticence de Cloister était évidente tandis qu'il déplaçait son poids sur la chaise, mais il faisait sa part.

— Il était en bas de la route, poursuit-il. Là où nous avons perdu la trace de Drew.

Le téléphone reposait sur la table, rayé et usé. Lara détendit ses doigts, laissant sa main glisser de l'épaule de Billy et écarta de manière visible son corps loin de lui. Billy tendit la main vers le téléphone, mais Javi la bloqua.

— Y a-t-il quelque chose que tu voudrais nous dire ?

— Je l'ai *perdu*, répéta Billy.

Il regarda Javi d'abord, puis ses yeux bifurquèrent vers Lara et sa voix craqua :

— Maman, je l'ai perdu. Je le jure.

Cette fois, ce fut la main de Diggs qui atterrit sur l'épaule de Billy. Elle avait l'air manucurée et élégante sur le tee-shirt gris effiloché d'un groupe trop aimé.

— Je pense que ça suffit pour les questions, déclara-t-il. Sauf si vous souhaitez rendre tout ceci officiel, Agent Merlo, nous allons partir.

— Est-ce que c'est ton téléphone ? demanda Lara.

Sa voix se fêla, la tension tirant sur les tendons de son cou sous sa peau.

— Billy. Est-ce ton téléphone ?

— Je… je ne sais pas, balbutia Billy.

La nécessité de répondre compensait la pression de la main de Diggs sur son épaule.

— Je ne sais pas où ça s'est passé, maman. Je l'ai perdu.

Lara posa ses mains tremblantes sur sa bouche et pressa ses articulations si fort contre ses lèvres qu'elles laissèrent des creux blancs sur la peau.

— Qu'est-ce que tu as fait ? lâcha-t-elle dans un souffle.

— Rien !

Billy tendit sa main vers elle, Lara recula et la repoussa.

— Si tu as fait quelque chose, tu leur dis maintenant, exigea-t-elle, sa voix tremblante montant d'un ton. Tu leur dis où est mon bébé.

Diggs parla par-dessus eux.

— Ne dites rien, William, ordonna-t-il.

Il reporta son attention sur Javi et plissa ses yeux bleus en déclarant fermement :

— Cet entretien est terminé, Agent Merlo. Mon client ne dira rien de plus.

— Si, il le fera, assura Lara. Il va leur dire pourquoi son téléphone était là. Il leur dira ce qui s'est passé. Je veux savoir.

— Je ne travaille pas pour vous, docteur Hartley. Je travaille pour Billy, et jusqu'à ce que j'ai une chance de discuter avec lui, ce n'est pas dans son intérêt de vous parler. Alors, sommes-nous libres de partir ou pas ?

Javi inclina sa tête en accordant :

— Pour l'instant.

Diggs fit taire Billy avant qu'il puisse révéler quoi que ce soit d'autre et s'empressa de le sortir de la pièce.

— Maman ! protesta Billy par-dessus son épaule.

Sa voix devint plus paniquée et supplanta les instructions tranquilles de Diggs.

— Maman, je n'ai rien fait.

Derrière la table, Lara se détourna, tout son corps lui tournant le dos. Ses épaules avaient l'air assez pointues pour piquer tandis qu'elle s'affaissait sur elle-même.

— Lara, dit doucement Javi et elle ne le corrigea pas. Penses-tu que Billy aurait pu faire quelque chose à son frère ?

Elle renifla. Les coins de sa bouche retombèrent et elle frotta son doigt sur sa lèvre supérieure.

— Je ne sais pas, dit-elle. Il n'avait pas l'habitude de… Il était juste tellement en *colère*.

Cloister se pencha sur la table, mais se courba pour paraître plus petit.

— Apparemment, Drew disait que c'était la dernière année où vous iriez à la Retraite, que c'était à cause de Billy ?

— Non. Pas juste à cause de Billy. Je veux déménager pour San Diego cet été, emmener Billy dans un nouvel environnement, mais Ken voulait attendre Noël. Il ne voulait pas contrarier son père.

L'amertume dans ses paroles avait dû mettre beaucoup de temps pour en arriver là… plus que quelques mois entre l'été et ce moment. Avant qu'ils puissent poser d'autres questions, Ken s'engouffra dans la pièce.

— Notre avocat dit que nous ne devrions pas vous parler, déclara-t-il.

Il attrapa le bras de Lara et le tira, mais elle ne bougea pas.

— Lara. Il est temps de partir.

— C'est son téléphone, dit-elle. Il n'était pas à la fête, et c'est son téléphone, Ken. Mon bébé est là, quelque part, et Billy…

— Non, la coupa catégoriquement Ken. Tu ne termineras pas cette phrase. Notre fils n'a pas fait ça.

— Docteur Hartley, intervint Javi en se mettant debout. Vous devez vous calmer.

— Non, répondit Ken. Mon avocat dit que nous devrions partir. C'est ce que nous allons faire.

Il obligea Lara à se mettre sur ses pieds et à sortir de la pièce, en murmurant à son oreille à chaque pas. Javi fit une grimace. Cinq minutes de plus et il aurait peut-être obtenu des réponses.

— Je ne m'attendais pas à ce qu'il retrouve ses couilles, marmonna-t-il.

Cloister se balança sur les pieds arrière de la chaise et étendit ses longues jambes sur le sol. Son visage était fermé à nouveau avec une couche de malaise qui masquait tout ce qu'il ressentait.

— Quoi ? questionna Javi.

— Ce n'est rien.

Cloister hésita et ajouta lentement :

— Juste quelque chose qui semble aller de travers.

— Un garçon pourrait avoir assassiné son petit frère, résuma Javi.

La frustration suintait dans sa voix, se transformant en sarcasme quelque part en cours de route.

— Nous devons le prouver pour ses parents. Y a-t-il quelque chose là-dedans, adjoint Witte, qui n'aille *pas* de travers ?

Cloister se gratta la mâchoire, ses ongles raclant la repousse de barbe dorée presque invisible. Il changea de sujet.

— Ken a un nouveau rôle, mais Lara est toujours le pilier. Si elle n'avait pas changé d'avis.

— Je sais, admit Javi tandis que la contrariété plissait ses lèvres. Cinq minutes de plus et nous aurions pu obtenir quelque chose d'utile de sa part. Cela n'a pas d'importance. Nous aurons une autre chance. La graine est plantée désormais. Chaque fois qu'elle regardera Billy, elle se demandera si, peut-être, nous n'avons pas raison.

— Ouais.

Cloister se leva de la chaise. Il accrocha ses pouces dans les poches de son jean et regarda de l'autre côté de la porte pendant un instant avant de reprendre.

— Et si nous n'avons pas raison ?

— Dans ce cas, nous aurons perdu du temps sur une mauvaise piste, répondit Javi. Et aidé un thérapeute familial à garder son cabinet. Notre travail consiste à savoir qui a enlevé Drew Hartley, pas à nous soucier de sa famille.

Les muscles de la mâchoire de Cloister fléchirent.

— Votre travail, rectifia-t-il. Mon boulot est de retrouver Drew. Je devrais y retourner, s'il n'y a rien d'autre ?

Il n'y avait rien. Rien d'approprié pour un lieu de travail, en tout cas. Javi le laissa partir. S'il s'attardait à la porte pour regarder son grand corps élancé se déplacer, ce n'était qu'en partie pour la vue. C'était avant tout parce qu'il se demandait si Cloister avait vu quelque chose qu'il n'avait pas décelé, ou parce qu'il ne voulait pas qu'un autre enfant grandisse en pensant que sa mère le détestait.

Peut-être que c'était les deux.

VIII

C'ÉTAIT UN cauchemar. Cloister le savait. La peur de celui-ci était familière comme un vieux survêtement, cependant cela n'aidait pas. Il continuait à être effrayé.

Il faisait sec et chaud. Cloister avait soif – cette soif torturante qui vous étouffait presque – et le sable lui picotait les jambes tandis qu'il courait. Il ne savait pas de quoi il s'enfuyait ni où il allait. Juste qu'il ne voulait pas être là. Il y avait quelque chose de mauvais devant et de pire derrière.

Alors il filait, la bouche sèche et les yeux brûlant en raison du vent qui y projetait de la poussière.

Ce fut seulement quand il trébucha et heurta un rocher qu'il se demanda pourquoi il était si petit. Il n'avait pas le temps de trouver du sens. D'abord, il entendit le sifflement, puis il entendit les chiens. C'était toujours le même ordre. Le sifflement, puis les chiens.

Une truffe humide au creux de sa main réveilla Cloister en sursaut. Pendant une seconde, il ne fut pas certain d'être réveillé. Sa bouche était encore sèche et la sueur le démangeait dans les plis de son corps. Mais quand il balança ses jambes hors du lit, elles étaient plus longues que tout son corps l'avait été dans le rêve. La cicatrice sur son genou – où une chute et une bouteille lui avaient permis de voir sa rotule plus en détail qu'il l'aurait voulu – était là également, et il n'en avait jamais rêvé.

Peut-être parce que le souvenir dégoûtant de l'os et du rabat plissé de la peau de son genou décalotté était trop répugnant pour que son subconscient le traite.

Bourneville s'avança entre ses jambes et réclama de l'attention. Cloister n'était pas certain de savoir si c'était la peur de son cauchemar qui l'ennuyait ou l'après-midi infructueux qu'ils avaient parcouru entre les chênes à la recherche de quelque chose appartenant à Drew Hartley.

Autre chose qu'ils auraient manqué.

Il s'attarda sur cette pensée pendant un instant puis essaya de voir comment elle s'ajustait, mais elle continuait à sonner faux. Tout le monde faisait des erreurs, mais il ne voyait pas comment celle-ci avait pu se produire. Il y avait assez d'odeur de Drew sur le téléphone pour que Bon le repère après les deux jours chauds qui avait suivi la disparition du garçon, mais pas quand elle avait été fraîche ? Et bien qu'il ait fait sombre cette nuit-là, Cloister avait rampé à plat ventre sous cette clôture. Le téléphone aurait dû être juste sous son coude.

Sauf quoi ? Si quelqu'un l'avait placé là, comment se l'était-il procuré si Billy n'était pas dehors cette nuit-là ? Et qu'est-ce que Billy avait fait cette nuit-là pour qu'il mente à ce sujet ?

Bourneville lui donna un coup sous le menton avec la tête, faisant s'entrechoquer ses dents avec suffisamment de force pour lui faire monter les larmes aux yeux. Apparemment, il avait été suffisamment distrait pour cesser de faire attention à elle. Il gratta ses oreilles, la repoussa et consulta sa montre.

Deux heures de sommeil. Il frotta le talon de sa paume sur ses yeux et sentit le grain de sable. C'était probablement plus du genre une heure et demie. Il était encore fatigué – son cerveau réagissait à la façon dont votre bouche le faisait après que le dentiste l'eut bourrée de coton –, mais s'il se rendormait, il replongerait simplement dans son cauchemar. Il le faisait toujours, et ce n'était jamais mieux la deuxième fois. Alors à la place, il se leva, enjamba Bourneville et attrapa des vêtements.

— Tu veux sortir pour une balade ? lui demanda-t-il.

Elle frappa le sol avec sa queue en réponse et pencha la tête sur le côté. Il lui sourit.

— Alors, allons-y.

Il poussa la porte pour l'ouvrir et laissa Bourneville sauter en bas la première. Ensuite, il s'assit sur les marches alors qu'il enfilait une paire de baskets usée et pleine de sable. Le vent était encore fort, faisant rouler des canettes de soda et des sacs en papier déchirés à travers le parc de mobile homes. Il faisait nuit, mais pas calme. Un enfant chouinait quelque part – ce pleurnichement ennuyeux et sourd allait durer un bout de temps –, et les pulsations sourdes de la basse de la caravane des camés étaient comme un battement de cœur.

Certains adjoints s'inquiétaient de le voir ici, et il avait vu le sourire de mépris sur les lèvres de Javi un peu plus tôt, mais cela lui convenait. Lorsque vous étiez un insomniaque de longue date, la dernière chose que vous vouliez la nuit c'était la paix et la tranquillité. Le silence lui donnait simplement l'impression que le monde vous taquinait à la manière dont il dormait.

En outre, les seules racines qu'il avait jamais eues s'étaient révélées empoisonnées. Il avait donc payé le loyer pour un vieux Airstream vétuste, et son vieux paquetage avait fait une deuxième carrière en lui servant d'armoire.

Il se leva et siffla Bourneville. Elle s'extirpa de sous de la caravane, des toiles d'araignées décorant ses oreilles, avec une vieille balle de tennis dans la gueule.

— Je t'achète des affaires, Bon, lui dit-il. De bons trucs, mais tu préfères courir avec une balle au rebut d'un magasin d'occasion ? Les gens jasent.

Elle lui sourit, sa langue passant derrière la balle tandis qu'elle riait. Un mouvement de sa main l'envoya courir vers le rivage. Il roula des épaules pour dénouer ses muscles et fit la course avec elle jusque là-bas.

La chienne l'emporta.

CLOISTER AVAIT passé sa vie à courir : dans les ennuis, après les chiens, loin de tout ce qui pouvait se trouver dans ses cauchemars. L'erreur que les gens comme Bozo le consommateur de méth faisait, c'était de penser que vous pouviez distancer vos problèmes. Cela ne fonctionnait jamais. Les problèmes vous rattrapaient toujours à la ligne d'arrivée. Tout ce que vous pouviez faire, c'était courir jusqu'à ce que le plus gros souci soit de savoir si vous alliez vomir ou jouir.

C'était vomir cette fois-ci.

Cloister claudiqua dans les vagues, les muscles douloureux d'avoir couru sur les appuis mouvants du sable grossier. Il prit de l'eau de mer en coupe et la fit tourner dans sa bouche. Le sel et le sable mirent fin au goût de graisse et d'acide, puis il recracha.

Derrière lui, Bon roulait avec enthousiasme, ajoutant des amas de sable au sel qui tapissait son manteau de poils soyeux. Elle allait avoir besoin d'un bain.

Cloister courait jusqu'à épuisement, se vidant le cerveau pour avoir cette minute de clarté. Bon courait parce que c'était une chienne. Mais pourquoi Drew Hartley avait-il couru ? Les garçons de dix ans ne s'éloignaient pas de leurs grands frères, à moins que quelque chose se soit déjà imposé comme très mauvais dans cette famille.

La voix de Lara résonna dans son oreille.

Il était tellement en colère.

Mais était-ce ainsi qu'elle l'aurait formulé avant que Drew disparaisse ? Une fois que vous commenciez à penser que votre enfant aurait pu faire quelque chose d'horrible, tout ce qu'ils avaient fait était déformé par association. Personne n'avait dit que Drew avait peur de Billy. Fâché contre lui, le harcelant, mais pas effrayé.

Les enfants de dix ans buvaient ce que leurs frères leur donnaient, même si cela avait un goût bizarre. Les enfants de dix ans couraient vers eux s'ils savaient que quelqu'un leur voulait du mal... pas parce qu'ils pensaient que quelqu'un pourrait le faire. La peur de paraître stupide entrait en jeu dans ces cas-là.

L'effroi qui se limitait habituellement à ses cauchemars s'étira à l'arrière du cerveau de Cloister, provoquant des picotements moites sur sa nuque. Il pouvait deviner *pourquoi*, mais il ne voyait pas comment des souvenirs fractionnés, remontant à plusieurs années et se situant à des kilomètres de distance pouvaient l'aider.

Cloister resta là encore un instant, fixant l'étendue d'eau sombre agitée alors que la marée projetait des vagues autour de ses genoux. Il ne pensait toujours pas que Billy était coupable, mais il ne parvenait pas à intégrer ce sentiment au fond de son esprit.

Le dossier contre Billy contenait des preuves, des témoignages et le doute d'une mère. Il avait des cauchemars et une scène floue dans sa tête qui pourrait être une théorie, ou pourrait être un vœu pieux. S'il n'y avait pas eu *son* instinct, même s'il admettait les mérites de l'affaire de Billy.

— Qu'est-ce que tu en penses ? demanda-t-il à Bourneville en sortant de la mer.

Ses baskets étaient trempées. Les coutures rugueuses frottaient contre ses chevilles tandis que les lacets détrempés traînaient sur le sol.

— Est-ce que je suis simplement trop gentil avec le gamin ?

Bourneville se releva brusquement et se secoua violemment, projetant l'équivalent de la moitié d'une plage en sable et en coquilles. L'autre moitié resta emmêlée dans son pelage noir soyeux. Sa langue pendait hors de sa gueule derrière ce qui restait de la balle.

— Tu as raison.

Il remonta la plage vers elle. Il y avait des algues dans ses bajoues. Il les retira et la gratta sous le menton.

— Nous devrions nous en tenir à ce pour quoi nous sommes doués : trouver des gens et veiller tard. Laissons le travail de détective aux gars qui doivent porter des costumes.

58

Elle remua la queue avec approbation et souleva du sable.

— Alors, allons-y, dit-il en accrochant sa main dans son collier. Allons à la maison pour te rincer. Peut-être que j'arriverai à dormir une heure de plus avant de devoir me lever.

Au lieu de remonter le long de la plage en suivant la longue saillie du promontoire, Cloister emprunta le chemin étroit jusqu'à la vue panoramique sur la route. Le chemin de terre étroit rampait sur la colline escarpée, et la terre sèche et les coquillages glissaient sous ses pieds. Au moment où il atteignit l'ovale défoncé de l'aire de stationnement, ses baskets détrempées étaient sèches et raides sur ses orteils lorsqu'elles se pliaient.

Ils marchaient le long de la route et Bourneville collait docilement son épaule contre Cloister. Deux voitures les dépassèrent, la musique hurlant et les hommes portant des lunettes de soleil au volant. De retour au parc de mobile homes, Khaled Hirmiz – un ouvrier en bâtiment et un voisin – jurait à mi-voix après son pick-up.

— Des problèmes ? demanda Cloister en s'arrêtant sur son chemin à travers la parcelle.

Khaled leva les yeux, la bouche ouverte pour râler, mais se retint en découvrant qui lui parlait. Il ferma la bouche et serra les lèvres sous sa moustache d'une semaine. Il avait toujours été mal à l'aise à proximité de Cloister depuis qu'il avait appris qu'il était flic, pas que Cloister l'ait jamais vu, lui ou sa tranquille petite famille, ne serait-ce que jeter des détritus par terre.

— Non, répondit Khaled en s'éloignant de Bourneville qui reniflait les pneus. Juste les enfants. Ils ont dénoué toutes les cordes à nouveau. Je peux les refaire.

Habituellement, cela aurait été la fin de leur interaction. Cloister ne jouait les mascottes que lorsque le lieutenant l'envoyait avec Bourneville dans les écoles pour être le vague visage abordable du département. Ce soir, il s'attarda et fixa le nouveau logo en plastique attaché au pick-up.

Andres et Fils Construction

Son cerveau était comme une voiture bloquée au point mort, vrombissant jusqu'à ce qu'elle fume, mais incapable de bouger. L'« indice » dont il avait besoin pour l'identifier, le décoincer était là. Il ne pouvait tout simplement pas le localiser. Ce n'était pas Andres, c'était...

— Adjoint ?

Cloister regarda Khaled et demanda :

— Est-ce qu'il y a un constructeur en ville du nom d'Atkins ?

Khaled fronça les sourcils et secoua la tête.

— Je ne crois pas.

Il haussa les épaules et risqua incertain :

— Il y a Utkin, un promoteur immobilier ?

C'était ça. Birdie Utkin.

Cloister donna une claque sur l'épaule de Khaled.

— Merci, dit-il. Cela m'a tracassé toute la journée.

Cloister laissa un Khaled confus finir d'attacher l'équipement à l'arrière de son pick-up et marcha à grands pas vers sa caravane. Toute idée de repos s'était envolée. Maintenant, ce qu'il devait découvrir, c'était ce qui l'avait titillé au sujet de l'affaire, et il avait besoin de déterminer ce que cela signifiait.

Pour le cas *où* cela signifiait quelque chose. Cela faisait dix ans que Birdie Utkin avait disparu.

IX

Il y avait une bouteille de whisky à moitié vide posée sur le bureau, faisant double office en servant de presse-papiers pour la pile de permis de conduire photocopiés. Celui du dessus appartenait au propriétaire de la Retraite, Tranquil Reed. Soit la suppression de ses lunettes à monture de grand-mère, soit l'encre baveuse, l'avait débarrassé de son éclat distingué. Il avait l'air grincheux et pincé sur la photo.

— Qu'est-ce que vous voulez ? questionna Javi avec impatience tandis qu'il refermait les portes du bureau derrière Cloister. Je n'ai pas le temps de vous dorloter pendant cette enquête. Si la preuve est si difficile pour vous à digérer, retirez-vous de l'affaire. Vous ne pouvez pas être le seul flic de la brigade canine en ville.

Il marcha à grands pas vers le bureau et s'assit dans le lourd fauteuil en cuir. Qui que soit celui qui avait descendu le whisky, ce n'était pas lui. Il avait l'air fatigué, pas ivre. Son col était détaché, sa cravate dénouée et les manches nettes de sa chemise élégante étaient roulées sur ses avant-bras minces et fermes. Une lourde montre coûteuse – le genre onéreux à mécanisme et face en cristal, pas le genre onéreux résistant aux coups et aux rayures – entourait l'un de ses poignets. De discrètes cicatrices blanches couraient à l'intérieur de ses avant-bras, des lignes nettes et parallèles, mais s'il ne l'évoquait pas, Cloister ne le ferait pas non plus.

Il ne semblait vraiment pas juste que cet enfoiré soit autorisé à être aussi sexy.

— Le réceptionniste en bas a dit que vous travailliez encore, déclara Cloister. Avez-vous quelque chose ?

Javi s'adossa à son fauteuil. Le cuir poussa comme un soupir sous son poids et il fit un mouvement irrité de la main vers le bureau.

— J'ai des alertes d'incendie dans les collines pour demain, des excuses des techniciens du laboratoire, et un mémo écrit *très* soigneusement par San Diego au sujet de la minceur de la glace sur laquelle ma carrière repose. Et maintenant, j'ai une odeur de chien dans mon bureau.

— Elle a pris un bain, répliqua Cloister.

Il regarda Bourneville qui faisait comme chez elle tout en reconnaissant :

— L'odeur persiste un peu. Écoutez, vous vous souvenez que j'ai dit que quelque chose allait de travers ?

— Et j'ai dit que vous devriez laisser les enquêtes aux gens qui savaient ce qu'ils faisaient, répondit Javi en désignant l'autre fauteuil de la pièce en même temps. Asseyez-vous. Qu'est-ce qu'il y a ?

Cloister prit place et le regretta immédiatement. Être assis de l'autre côté du bureau de Javi lui donnait l'impression d'être à un entretien d'embauche ou comme s'il demandait une augmentation à son chef. Il pouvait sentir les poils de sa nuque se hérisser, tous les nerfs à vif et la rancœur de l'attente que quelqu'un dise quelque chose. Parce qu'ils l'avaient toujours fait.

Il laissa tomber sa main par-dessus l'accoudoir du fauteuil et fit courir ses doigts dans le collier épais et sur les épaules de Bourneville.

— Il y a dix ans, une fille a disparu, déclara Cloister. Elle s'appelait Birdie Utkin. Elle avait quinze ans.

Javi descendit ses manches sur ses bras et boutonna les poignets sans les regarder.

— Sexe différent, groupe d'âge différent, grand écart de temps, commenta-t-il. Je ne vois pas la connexion.

Le « va te faire foutre » semblait être une boule dans la gorge de Cloister. Il dut serrer la mâchoire pour le retenir, et il gigota, mal à l'aise. De l'autre côté du bureau, Javi attendait, la tête basculée contre l'appui-tête du fauteuil.

Il voulait se lever, sortir comme une tornade et claquer la porte si fort qu'il pouvait imaginer les vitres voler en éclats. Les muscles de ses cuisses étaient tendus, prêts à bouger. Ce serait une réaction stupide et enfantine de le faire, mais cela ferait du bien.

— Ce que vous êtes censé faire maintenant, reprit Javi, c'est expliquer votre théorie. Est-ce qu'elle a disparu de la Retraite ?

Cloister se leva. Il parlait toujours mieux debout. Bourneville leva la tête du sol, ses oreilles dressées alors qu'elle le regardait. D'un geste de la main, il lui signifia de ne pas bouger, elle laissa retomber son menton entre ses pattes.

— Non. La Retraite était encore un groupe de hippies à l'époque.

Il fourra ses mains dans ses poches.

— Ce n'était même pas Reed le responsable. Il y avait quelqu'un avant lui. Un véritable vieil anarchiste, aux dires de tous. Birdie Utkin était une bonne fille… une famille riche, de bonnes notes, un petit ami que son père aimait.

Une ride plissa la peau entre les sourcils de Javi.

— Je reste dans le noir, dit-il. Et comment en savez-vous autant sur ce cas ? Ce devait être avant votre arrivée.

— J'ai jeté un œil dans quelques anciens dossiers lorsque j'ai été affecté ici, expliqua Cloister.

Il y en avait une pile dans sa caravane, à côté de son lit, pour occuper les heures où il ne pouvait pas dormir et où Bourneville était trop fatiguée pour courir. Des enfants disparus, des mères perdues, des pères qui n'étaient jamais rentrés chez eux… il n'était vraiment pas utile de prendre un psy pour résoudre ses problèmes.

— Celui-ci m'a frappé. Le truc, c'est qu'il y avait un Hartley mentionné dans l'enquête initiale. Le petit ami.

Javi avait l'air sceptique.

— Ken Hartley a trente-quatre ans. À moins que les Utkin n'aient été très ouverts, ils n'auraient pas approuvé qu'il courtise leur fille il y a dix ans.

— Pas lui. Le petit ami était John Hartley. Cependant, le nom apparaît dans deux cas de disparition d'enfants !

Javi avait l'air dubitatif.

— Ce n'est pas un nom rare, Cloister.

Le manque d'enthousiasme était flagrant. Quand Cloister avait retrouvé le souvenir qui l'avait tracassé, il avait été certain que cela signifiait quelque chose. Peut-être qu'il avait eu tort. Hormis dans ses tripes, il ne le croyait pas. Cela faisait des années qu'il avait lu le dossier de Birdie Utkin, pourtant il y avait une raison pour laquelle l'affaire Hartley l'avait démangé.

— Ils n'ont jamais trouvé Birdie, dit-il.

— C'est triste, déclara Javi. Cela ne veut pas dire que cela a quelque chose à voir avec cette affaire.

Il fit une pause, dans l'expectative, comme s'il attendait que Cloister dise autre chose. Il y avait probablement un argument à exposer qui inciterait au moins Javi à regarder l'affaire classée. Cloister ne pouvait pas l'expliquer avec des mots. Il savait simplement qu'il y avait quelque chose qui reliait Birdie Utkin et Drew Hartley au-delà du fait qu'ils avaient tous deux disparus.

— Bien, se résigna-t-il.

Un claquement de doigts mit Bourneville sur ses pattes. Elle bâilla en montrant des dents blanches aiguisées, laissant une touffe de poils noirs sur le tapis épais.

— Je n'aurais pas dû vous faire perdre votre temps, Agent Merlo.

Il fit un pas vers la porte.

— Attendez, le stoppa Javi.

Il avait l'air irrité... ou frustré.

— Vous sautez aux conclusions, adjoint Witte. Je ne dis pas qu'il n'y a aucun lien entre les affaires, mais vous êtes celui qui a ce pressentiment. Convainquez-moi.

Cloister ne le voulait pas. Il était habitué à prendre des mesures en amont ou en aval au cours d'une chasse à l'homme, et il n'avait jamais à les justifier. Ensuite, il entendit le son distinctif d'un bouchon en métal tournant sur une bouteille en verre.

— Prenez un verre, offrit Javi tandis que Cloister se retournait.

Il tira deux gobelets en verre poli d'un tiroir, pencha la bouteille au-dessus d'eux et les remplit au deux tiers.

— Convainquez-moi.

Ce n'est pas le whisky qui le persuada de rester. Pour une fois, ce n'était même pas la pensée de ce pauvre enfant perdu. Cloister resta pour la sombre lueur dans les yeux de Javi et le sourire suffisant sur sa bouche quand Cloister prit le verre. Il resta parce qu'il était avide de punitions.

— À Saul, dit Javi en cognant doucement la base de son verre contre celui de Cloister.

Le whisky remua contre les parois courbes des verres et ils produisirent un tintement sourd de verre bon marché. Quand Cloister eut une expression désapprobatrice au toast, Javi haussa les épaules et leva la boisson à ses lèvres en expliquant :

— Sa bouteille.

Tous les deux avalèrent leur whisky.

Il brûlait comme du white spirit et avait un arrière-goût qui mélangeait le désodorisant pour voiture au pin et le miel aigre. Cloister le garda dans sa bouche pendant une seconde, refusant désespérément de faire offense, mais ensuite il le recracha dans le verre. Son goût s'attardait dans sa bouche et sa gorge comme un film de graisse.

— C'est...

— Infame, termina Javi avec une grimace pour le goût.

Il frotta sa bouche avec sa main en déclarant :

— Nouveau plan. Allons quelque part avec un bon whisky, et vous pourrez me convaincre.

Il s'avéra que « quelque part avec un bon whisky » était le loft en briques rouge et en verre que Javi louait à proximité. Un mur avait été complètement remplacé par une baie vitrée, donnant une vue ridiculement bonne sur les usines abandonnées et les boutiques fraîchement rénovées qui occupaient le quartier.

Cloister s'assit dans un des élégants fauteuils en cuir, ses longues jambes s'étendant devant lui, et il sirota son verre de whisky. Il glissait tranquillement, avec un mordant intense et fumé, et définitivement meilleur que le diluant à peinture que l'agent Saul Lee cachait dans son tiroir de bureau.

Derrière le réconfort indistinct du whisky, la culpabilité continuait à percer des trous dans son estomac. Un petit garçon était perdu, et qu'est-ce qu'il faisait ? Il buvait du whisky et soupçonnait qu'on tentait de le séduire. Sa conscience le lui ferait payer plus tard, mais pour le moment, il l'étouffa avec une autre gorgée de whisky. Parfois, il fallait simplement trouver un moyen de vivre.

— Alors vous buvez votre whisky, dit Javi en sortant de la chambre.

Il jeta un coup d'œil à Bourneville qui s'était endormie sur une serviette roulée en boule. Elle ressemblait à une virgule noire imprécise.

— Et votre chienne fait comme chez elle. Est-ce que vous allez finir par tenter de me convaincre ou non ?

Le costume avait disparu. Javi l'avait échangé contre un pantalon de survêtement noir lâche et un tee-shirt à manches longues. Ses pieds étaient nus, ses cheveux humides, commençant à friser autour de ses oreilles. Il aurait dû avoir l'air d'être détendu, mais il parvenait encore à paraître intimidant et sévère.

Et foutrement sexy.

Cloister gigota dans le fauteuil et ses bourses se resserrèrent lui rappelant qu'il s'était passé un certain temps depuis qu'il avait eu... quoi que ce soit. Un insomniaque avec des problèmes pouvait compromettre beaucoup de relations dans un court laps de temps. L'intérêt d'une construction lente de la *réflexion* s'aiguisa en *espérance* qu'il se laisserait séduire.

Cela aiderait probablement s'il répondait à la question plutôt que de rester assis comme un idiot. Il se déplaça sur le fauteuil pour alléger la pression du denim sur son sexe.

— J'ai un nom et un sentiment instinctif, déclara Cloister. Je ne sais pas comment vous le vendre.

Javi traversa la pièce et s'appuya contre la fenêtre, long, maigre et la silhouette découpée par le ciel nocturne. Il leva le verre à sa bouche et prit une lente gorgée.

— Rendez-le pertinent pour mes intérêts, dit-il. Vous m'expliquez en quoi faire ce que vous voulez m'apporte ce dont j'ai besoin.

— Comment ?

Javi le considéra par-dessus le bord du verre pendant un instant. Son regard s'attarda sur les cuisses de Cloister et la largeur de son torse. Puis il haussa les épaules et bascula la tête contre la vitre, avalant le reste de son whisky.

— C'est ce que vous devez mettre au point.

Javi s'écarta de la fenêtre pour se resservir. Il souleva la bouteille et l'inclina vers Cloister en une question muette. Il n'y avait plus que de l'eau teintée dans le verre de Cloister, mais il secoua la tête.

— Ça suffit pour mériter un coup d'œil, affirma-t-il. Ressortez simplement le dossier des archives et regardez-le. Qu'avez-vous à perdre ?

— Du temps, rappela succinctement Javi tout en versant une généreuse quantité de whisky dans son verre.

L'évocation du temps qui s'écoulait pour Drew Hartley jeta un froid entre eux. Ils entamaient le quatrième jour. Il y avait encore de l'espoir, mais cela allait à l'encontre de toutes les preuves et les statistiques. Cloister posa le verre sur sa cuisse et sentit le froid humide à travers le denim. Il chercha une raison qui ressemblerait à quelque chose que Javi dirait.

Son beau-père lui avait enseigné la clé pour convaincre les gens. Ils ne voulaient pas vous entendre être intelligent. Ils voulaient s'entendre eux-mêmes.

— Si j'ai raison, vous ne perdrez plus de temps sur le mauvais suspect, déclara-t-il. Si je me trompe, personne ne pourra dire que vous n'avez pas considéré tous les angles. Quoi qu'il en soit, je vous serai redevable.

Javi poussa ses lèvres en avant en réfléchissant, puis il hocha la tête.

— C'est mieux, accorda-t-il avant de traverser la distance jusqu'à Cloister. Mais les dettes ne sont bonnes que si vous pouvez compter dessus.

Dix ans qu'il était parti de la maison, et la réponse continuait à grogner dans la poitrine de Cloister comme s'il ne l'avait jamais quittée :

— Les Witte tiennent parole.

— Vraiment ?

Javi appuya une main sur le dossier de son fauteuil, se pencha et afficha le sombre intérêt qui avait fluctué depuis le bureau.

— Et si c'est quelque chose que vous ne voulez pas faire ? demanda-t-il.

— Comme quoi ? riposta Cloister.

Il pouvait sentir Javi alors qu'il inspirait : savon, citron, et une odeur propre et masculine. Il passa distraitement sa langue sur sa lèvre inférieure, et Javi baissa les yeux pour regarder le mouvement avec une attention décomplexée.

— Je parie que tu peux deviner.

Javi appuya son deuxième bras sur l'arrière du fauteuil et épingla efficacement Cloister en place.

— Dans les villes de cette taille, les gens parlent, poursuivit-il.

— Tu serais surpris de ce qu'ils omettent, assura Cloister.

La tension palpitait dans sa voix, l'abaissant à un grognement rauque et guttural. Il supposa qu'il pourrait être mal interprété cependant.

Javi l'embrassa avec un dur et impatient mouvement de bouche et de langue. Il tordit une main dans les cheveux de Cloister. Ses articulations étaient pressées contre son crâne, et il avait un goût de menthe sous le whisky. Donc, c'*était* une séduction, songea Cloister complaisamment.

— Comme ça, déclara Javi en reculant.

Sa voix semblait tellement contrôlée qu'elle était froide, mais sa main tordait encore sans ménagement les cheveux de Cloister, et sa respiration était irrégulière.

— Et si je te demandais de faire ça ? Tu continuerais à garder ton...

Cloister attrapa son tee-shirt dans son poing et ramena Javi pour un baiser. Ses dents trouvèrent la courbe sexy de sa lèvre inférieure et la pincèrent. Il perçut le chatouillement de la respiration forte de Javi et la surprise qui traversa son corps mince et tendu.

Pendant un rapide décompte jusqu'à trois, Cloister contrôla le baiser. Puis, Javi resserra sa prise sur ses cheveux et le reprit, l'écrasant dans le fauteuil avec un douloureux et exigeant baiser qui laissa Cloister haletant et raide.

X

C'ÉTAIT LE problème avec les mauvaises décisions. Même si vous saviez qu'elles l'étaient, vous finissiez par les prendre. Javi ne pouvait même pas blâmer l'alcool pour cela. Il savait ce qu'il voulait avant de verser ce premier verre d'essence que Saul avait gardé dans une bouteille de whisky dans son bureau.

Il poussa Cloister contre l'immense baie vitrée, la faisant trembler, et le mordilla tout le long de la mâchoire avec des baisers passionnés et impatients jusqu'à rejoindre de nouveau sa bouche. Demain, ce serait un désastre, alors Javi devait tirer le meilleur parti de cette soirée. Et plus d'une fois, il nourrit le rêve de prendre Cloister contre le mur en verre.

Cloister émit un bruit rauque et approbateur dans leur baiser, attrapa l'ourlet du tee-shirt de Javi et le remonta sur ses épaules. Javi écarta sa bouche assez longtemps pour passer le vêtement par-dessus sa tête. Il le jeta sur le côté et replongea dans un autre baiser alors que Cloister prenait sa nuque en coupe d'une main dure.

Le frottement des doigts calleux contre sa peau sensible et la friction de son début de barbe contre sa mâchoire propulsa son sang bouillant à travers sa colonne vertébrale directement vers le bas. Cependant, ce n'était pas ce qu'il avait prévu. Il aimait quand les choses se déroulaient comme il les avait envisagés.

Il saisit les poignets de Cloister, enfonçant ses doigts dans les épaisses bandes de muscles et l'épingla contre la baie vitrée. Cloister fléchit ses longs doigts et les serra. Javi pouvait sentir le jeu des tendons sous ses paumes. C'étaient de belles mains, remarqua-t-il : de longs doigts, de larges paumes. Sa mère les aurait qualifiées de mains de pianiste et aurait déploré les cicatrices et les coupures. Javi les imagina sur son sexe et dut se mordre l'intérieur de la joue. Le *désir* s'empara d'une poignée de terminaisons nerveuses et les comprima.

— Tu veux baiser ? dit-il. Nous allons le faire à ma manière.

Ils n'en prenaient pas vraiment le chemin, alors Javi supposa qu'il n'était pas si étrange qu'il n'ait jamais vu Cloister sourire auparavant. Il était immense, puéril et creusait une fente distrayante sur sa joue. Cela n'embellissait pas son nez ni son ossature épaisse. Cloister ne serait jamais un bel homme, mais avec ce sourire, il n'avait pas besoin de l'être.

— Que dis-tu de ça ? demanda-t-il d'une voix traînante alors qu'il courbait ses phalanges vers l'intérieur et gigotait ses auriculaires. Avec tes petits doigts à l'extérieur ?

Javi déplaça son poids et s'appuya contre les lignes dures du corps de Cloister. Il pouvait sentir le renflement du sexe de Cloister pressé contre sa cuisse. Ce contact poussa Cloister à serrer la mâchoire et à respirer entre ses dents.

— Tu sembles apprécier jusqu'à maintenant.

— Au cas où tu ne l'aurais pas remarqué, répondit Cloister d'une voix rauque en déplaçant ses épaules et en décalant ses pieds, transformant son plaquage en quelque chose d'insolent. J'ai des problèmes avec l'autorité.

Il ne souriait plus. Javi ressentit l'envie de changer cela, mais cela ne pouvait pas rivaliser avec le désir irrépressible de se concentrer sur l'idée de baiser Cloister à en perdre la tête. L'artère sous la mâchoire de Cloister pulsait, sa peau était tendue par l'inclinaison de sa tête. En se penchant, Javi la mordit assez fort pour le faire sursauter, assez fort pour laisser une marque. La barbe naissante griffa ses lèvres. Elle était légèrement poussiéreuse, à la manière dont tout l'était quand le vent se levait, Cloister poussa contre la prise qui le retenait. Pas trop fort.

— Tu étais dans l'armée et tu es flic, fit remarquer Javi. Des choix étranges pour un esprit libre.

— J'avais d'autres problèmes aussi.

Les muscles que Javi explorait avec la bouche bougeaient d'une manière qui suggéra qu'il souriait à nouveau d'un air suffisant.

— Je suis un homme compliqué, affirma-t-il.

Il le dit comme s'il s'agissait d'une blague. Ce n'était pas le cas. Javi n'était pas profiler, mais il n'était pas non plus aveugle, et il avait observé Cloister. Si vous vouliez avoir des fantasmes sombres et détaillés à propos de quelqu'un, vous deviez lui prêter attention.

C'était dommage. S'il avait été un homme facile, Javi aurait pu justifier de le baiser plus d'une fois.

— Eh bien, c'est simple, répliqua Javi.

Sa voix était basse et quelque peu acerbe, le contrôle exigeait beaucoup de sa mâchoire jusqu'à son sexe.

— Agis comme tu parles et je te baiserai contre cette fenêtre pour que quiconque passe devant puisse te voir.

Cloister déglutit difficilement. Les lignes nettes de sa pomme d'Adam le trahissaient. Ce n'était pas exactement une capitulation, mais il cessa d'argumenter. C'était suffisant. Javi lâcha ses poignets, recula et passa sa langue sur sa lèvre inférieure.

— Déshabille-toi !

Cloister laissa retomber ses bras et crocheta ses pouces sous la ceinture de son jean. Tout en le déboutonnant, il le détailla lentement, ses yeux suivaient l'étendue de muscles vers le bas, en direction du ventre plat et tendu de Javi.

— J'aime ton corps, déclara Cloister.

Il laissa son pantalon béant, accroché à ses hanches et saisi son tee-shirt pour le retirer.

— J'étais inquiet que cette carrure soit juste due à une bonne coupe de vêtement.

— Je suis content d'avoir éclairci ce point pour toi. Je suis certain que cela te gardait éveillé la nuit.

— Entre autres choses, déclara Cloister alors qu'il jetait le tee-shirt sur le côté.

Le coton usé n'avait pas vraiment caché grand-chose, puisque le tissu souple s'accrochait à chaque creux et dénivelé de muscles, Javi avait déjà pu les admirer tous les jours. Cela ne faisait rien. Les voir continuait à rendre sa bouche sèche.

C'était la façon dont Cloister *bougeait*. La surface élancée des muscles et de peau cicatrisée était élégante en mouvement : souples et soyeuses. Il était comme un grand félin de zoo, mais il était l'un de ceux que Javi pourrait toucher. Cette pensée projeta une onde de désir vers son sexe, et une douleur sourde tordit ses bourses.

Cloister baissa le jean et se débarrassa du tas de denim.

Cette fois, Javi n'avait pas vu *cette* partie auparavant. Il n'était pas déçu, même s'il devait remettre ses fantasmes à l'échelle à l'avenir. Le sexe de Cloister était plus grand qu'il l'avait imaginé dans son esprit : un pénis lourd et charnu, d'une nuance plus sombre que sa peau. Le prépuce avait été soigneusement circoncis, montrant un gland délicat et brillant alors qu'il se courbait vers le ventre plat de Cloister.

— À ton tour, affirma Cloister en basculant la tête contre la baie vitrée et en se mordant la lèvre.

Il enroula sa main autour de son membre et tira paresseusement dessus entre ses doigts lâches.

Javi réduisit la distance entre eux, tendit la main pour attraper la nuque de Cloister et l'entraîna dans un baiser. Il n'y avait pas beaucoup de différence de taille entre eux, mais il y en avait bien assez, et Javi ne voulait pas s'étirer pour le rencontrer. Il embrassa profondément Cloister et enfonça sa langue dans sa bouche. Puis il le retourna afin qu'il soit face à la vitre. Cloister se rattrapa en posant ses mains sur le verre, les muscles de son bras et de son dos tendus et définis.

— Baisser la lumière, dit Javi.

Les ampoules du plafonnier s'atténuèrent jusqu'à la pénombre. Baiser l'adjoint Cloister Witte contre une baie vitrée était un fantasme. Avoir un public dans la rue en dessous serait un cauchemar. Il laissa courir une main vers le bas – les lignes longues et soyeuses de sa peau étaient humides de sueur – jusqu'à la courbe de ses fesses. Même dans la faible luminosité, il pouvait voir qu'il était uniformément bronzé et parsemé de taches de rousseur. Il fléchit ses doigts sur ses fesses afin d'apprécier la fermeté du muscle sous l'épaisseur de peau douce.

— Dernière chance de changer d'avis, Cloister.

Il n'avait pas voulu faire cette offre, et elle aurait pu avoir plus de poids moralement s'il n'avait pas glissé une main entre les jambes de Cloister pour serrer ses testicules. Celui-ci émit un son déchiré qui se transforma en juron et son souffle embua le verre devant lui.

Puisque *putain* n'était pas un *non*, Javi vida les poches de son pantalon d'exercice et le retira. Le sachet de préservatifs et la dosette de lubrifiant à la framboise percèrent un autre trou dans son excuse bancale que ce n'était pas planifié. Il déchira le coin du sachet avec les dents. La puissante odeur douceâtre du fruit sucré était légèrement écœurante, mais également suffisamment familière pour que, dans une réponse sexuelle pavlovienne, elle fasse remonter ses testicules contre son corps.

Il enduisit ses doigts de gel et les fit pénétrer dans Cloister. Il appuya ses doigts au-delà de l'étroitesse du muscle et profondément à l'intérieur. Puis il courba son index et gratifia la prostate de Cloister d'un petit coup ferme. Cloister serra les poings contre la vitre et ses articulations devinrent blanches. Il déglutit difficilement avec une sorte de bruit humide, et il se recula sur les doigts de Javi.

— Contente-toi de me baiser, grogna-t-il avec impatience.

Le ton de commandement de la voix de Cloister aurait dû irriter Javi. Au lieu de cela, il actionna un étrange bouton qu'il ignorait posséder. Peut-être parce qu'il savait qu'il allait baiser cet adjoint plein d'entrain.

71

Il attrapa les hanches de Cloister à pleines mains, ses doigts autour des saillies de ses os pour le repositionner. Quand il eut fini, Cloister était en appui sur la baie vitrée plutôt que simplement contre. Les longs muscles de ses jambes étaient tendus pour conserver son équilibre, la lotion à la framboise faisait briller ses fesses et l'intérieur de ses cuisses.

Le sexe de Javi était tellement dur qu'il venait cogner son ventre, et une douleur sourde traversa ses bourses jusqu'à ses cuisses. Le désir de baiser Cloister, de *l'avoir* contre sa putain de baie vitrée, était tellement pur qu'il n'était pas certain de pouvoir lui faire confiance. Il n'allait pas le renier cependant.

— Je ne sais même pas pourquoi je veux te baiser, avoua-t-il alors qu'il posait le latex étroit du préservatif sur son gland.

La gaine paraissait glissante et humide sur la peau plus foncée de son membre, elle s'accrocha à la base.

— Tu n'es pas mon type.

Cloister était généreusement dressé. Se reflétant dans la vitre, son sexe se montrait sous un angle fier et sans contact, entre ses cuisses écartées.

— Ouais, eh bien, je ne t'aurais pas demandé non plus d'aller faire un tour, répondit-il. Mais tu es là, alors…

C'était exactement le genre d'engagement émotionnel que Javi voulait : inexistant. Alors, il pouvait ignorer la brûlure de contrariété qui le démangeait. Il attira les globes fermes aux taches de rousseur en arrière et pressa son sexe contre le petit trou plissé. Celui-ci s'étira autour de lui : une pression étroite et constante sur son membre qui provoqua un feu d'artifice de plaisirs bouillant sur ses nerfs et sa colonne vertébrale.

Le clair de lune soulignait les muscles vallonnés du dos et des épaules de Cloister en lignes dures et nettes sous sa peau. Il bascula ses hanches en arrière, accueillant un centimètre de plus à l'intérieur de son corps. Javi se pencha, attrapa l'épaule de Cloister et enfonça ses doigts dans l'épaisse arche du muscle pour l'utiliser comme une poignée.

Il se recula, ce qui fit gémir Cloister, puis s'enfonça de nouveau en lui. La sueur et le liquide à la framboise coulaient entre ses fesses et ses cuisses, glissants et humides. Cloister jurait et suppliait. Il haletait les mots entre ses respirations irrégulières.

D'une caresse, Javi descendit une main du flanc de Cloister vers son ventre, il sentit ses muscles se contracter et se détendre à chaque poussée.

— Veux-tu que je te touche ? demanda-t-il alors qu'il s'enfonçait dans Cloister d'un coup rapide et ferme.

Il étala ses doigts sur la surface plate du ventre musclé, son index trébuchant sur une cicatrice. Il se retira et revint claquer, serrant la mâchoire face à son contrôle vacillant. Le besoin de baiser Cloister *contre* la vitre pulsait entre ses oreilles et à l'intérieur de ses testicules, mais il voulait d'abord cela. Il déploya davantage sa main et plongea son petit doigt dans le nombril de Cloister. C'était très suggestif, assez pour qu'il se tortille en arrière à sa rencontre.

— Cloister, je t'ai posé une question.

— Profondément jusqu'aux couilles, gémit Cloister d'une voix fêlée et inégale.

C'était probablement mesquin de se sentir content de soi et qu'il semble plus... défait que Javi. Celui-ci le sentait de toute façon.

— Et tu restes un enfoiré.

— Tu te plains de mon enfouissement ? interrogea Javi.

Il roula des hanches dans une poussée lente et dure qui arracha à Cloister un frisson et un « fils de pute » dans une inspiration.

Il laissa retomber sa tête et retrouva suffisamment de souffle et de sang-froid pour dire entre ses dents :

— Pas de ta technique, juste de toi.

Javi glissa sa main vers le bas et sur le côté, se déplaçant autour du sexe épais et excité, en direction de la peau fine dans le pli de ses cuisses. Son corps était pressé contre le dos de Cloister, et la chaleur était moite entre eux. Javi pouvait le humer : le sel, le chien et la sueur par-dessus l'odeur musquée d'un corps masculin sain. Cela aurait dû être une puanteur, mais c'était dilué sur la peau de Cloister, et cette combinaison était agressivement masculine.

Il déposa un baiser mordant, la bouche ouverte, sur l'épaule de Cloister et profita de la saveur de sa peau. Il projeta à nouveau ses hanches et s'enfonça davantage dans son orifice étroit et brûlant.

— Tu n'as toujours pas demandé.

— Enfoiré.

— Je te l'ai dit. Seulement si tu demandes.

— Touche-moi.

Javi renifla en disant :

— Demander, pas exiger.

Le soupir se répercuta tout le long de Cloister, même les parties qui étaient enroulées autour de son sexe. C'était... intéressant.

— S'il te plaît, céda Cloister.

Il y avait moins de réserve dans sa voix qu'il n'y en aurait eu dans celle de Javi s'il avait été à sa place. Ce dernier déposa un autre baiser sur la gorge de Cloister pour sentir la chaleur qu'il avait déjà insufflée à sa peau en se demandant s'il pouvait le faire supplier.

Peut-être. Pas ce soir, cependant. Ses muscles semblaient en plomb, saturés d'adrénaline et d'endorphines, il pouvait sentir son orgasme dans un nœud de pression tout au bas de son dos. Il décida que le *s'il te plaît* était suffisant et enroula sa main autour du sexe de Cloister.

Il était lourd et chaud dans sa paume… doux, souple et pulsant de sang. Cloister poussa ses hanches vers l'avant à son contact, manquant presque d'en extraire le membre de Javi. Son souffle était irrégulier et visiblement, il pouvait à peine rassembler un staccato de jurons. Le *désir* brut qui vibrait dans sa paume était presque meilleur qu'une supplique. Enfin, presque.

Il poussa son sexe à l'intérieur, sa main effectuant un mouvement rotatif sur son érection en même temps. Cloister émit un mot intelligible : les syllabes du prénom de Javi dans un souffle. Les dernières bribes du contrôle de Javi échappèrent à sa prise, et il les laissa aller. Il actionna sa main rudement autour du sexe de Cloister et conserva un rythme en contrepoint à la poussée puissante et saccadée de ses hanches. Main et sexe n'étaient jamais complètement synchronisés.

Cloister plia les bras sous lui, ses coudes heurtant le verre alors qu'il se retenait sur ses avant-bras. Il réussit à récolter quelques jurons supplémentaires, des *putain, merde* et *Javi* entrecoupé de grondements de gorge rauque.

La pression grimpa le long de la colonne vertébrale de Javi, ravageant toutes ses extrémités nerveuses surstimulées et la déversant dans les sacs chauds et tendus de ses bourses. Il enfonça son visage dans le dos de Cloister, gardant muet tout ce qui se déversait de sa bouche. Il bougea silencieusement ses lèvres contre la peau bronzée et le martela.

Il jouit et, pendant une seconde, le jet de sperme inondant quelqu'un d'autre fut tout ce qui importait. Le reste du monde, le Bureau, sa carrière, et même le pauvre disparu, Drew Hartley, s'estompèrent en arrière-plan. Le point de pivot de son monde était l'endroit où son sexe rencontrait un cul. Même le grognement et le déversement de l'orgasme de Cloister, son sperme à moitié sur ses doigts et à moitié sur la baie vitrée, était un effet secondaire.

C'est pourquoi Javi préférait garder sa vie sexuelle et sa vie séparées. Trop distrayant.

Il repoussa Cloister contre la fenêtre et le maintint là, ce qui étala le sperme de Cloister sur son ventre et ses cuisses. Son sexe était encore en lui et la décharge électrique de la surstimulation était agréable à sa façon.

— N'importe qui peut te voir, murmura-t-il à son oreille.

Les cheveux blonds coupés au petit bonheur la chance par Cloister chatouillaient sa mâchoire.

— Baisé rudement et collant d'avoir apprécié. Que penses-tu qu'ils fassent dans ce cas ?

Cloister posa son front contre le verre pour reprendre son souffle.

— Je ne sais pas, dit-il. Probablement des photos.

Cloister semblait indifférent, mais c'était certainement parce qu'il ne pensait pas vraisemblable d'avoir été vu par quelqu'un qu'il connaissait. Si l'un de ses voisins passait, Javi doutait qu'il serait aussi arrogant. Pas que cela ait de l'importance de toute façon, se rappela-t-il.

L'épuisement le rattrapa. Il se sentait vidé par sa jouissance d'autant qu'il n'avait pas bien dormi depuis plusieurs jours. La chambre semblait incroyablement loin. S'il n'avait pas eu de la compagnie, il se serait couché sur le divan et aurait fait la sieste. Puisqu'il en avait et que raccompagner Cloister à la porte, comme au lit, impliquait de franchir une distance épuisante, il considéra paresseusement les diverses solutions.

Le bruit d'un bâillement qui ne venait ni de lui ni de Cloister insuffla une énergie toute fraîche à ses muscles. Il s'éloigna de l'homme, sa nuque hérissée sous la paranoïa, et se retourna.

AU LIEU de… quoi qu'il ait pu s'attendre… il trouva cette maudite chienne étendue sur son canapé en cuir, les observant avec ce qu'on pourrait, au mieux, décrire comme une expression blasée. Autant qu'un chien puisse avoir une expression.

— Est-ce que ta chienne nous a regardés baiser ?

Il retira le préservatif et se pencha pour récupérer son pantalon de survêtement sur le sol. La chienne laissa tomber son menton sur ses pattes.

— Eh bien, ce n'est pas comme si elle pouvait allumer la télé, répondit tranquillement Cloister.

Cela aurait dû être le coup de grâce. Curieusement, lorsque Cloister, dans un bâillement à s'en décrocher la mâchoire, lui demanda s'il devait partir…

— Non, décida Javi en reprenant son pantalon.

Sa voix sonnait sévère et il n'était pas certain de savoir à quoi il voulait qu'elle ressemble vraiment. Plus enthousiaste ? Moins ? En fin de compte, il se retrouva avec un ensemble familier d'émotions : la frustration et le désir.

— Il est tard. Tu as bu. Reste pour la nuit, cuve, et tu pourras partir au matin.

XI

TROIS HEURES de sommeil ne suffisaient pas. Javi se réveilla vaseux juste avant cinq heures. Il était à plat ventre sur son lit, puant le sexe dans des draps qui sentaient l'adoucissant plutôt que l'homme. Cloister s'était effondré sur le canapé et ses longues jambes pendaient ridiculement sur le bord. Sur le moment, Javi avait été soulagé. Il préférait dormir seul, surtout en Californie. L'hiver au Minnesota pourrait rendre attrayant une nuit en cuillère cela dit. Au milieu de l'hiver à San Diego, vous finissiez par être collé à l'autre comme une cuisse en sueur sur du vinyle.

Mais se réveiller seul en étant parfumé à l'odeur de sexe donnait une impression étrange et vide.

Il se retourna, s'assit et plissa les yeux à l'éclat des lumières à travers la fenêtre. La ceinture de son pantalon descendait bas sur son ventre, coupant la ligne sombre des poils qui descendait vers son aine. Il la gratta distraitement tout en tendant l'oreille aux sons de quelqu'un qui se déplacerait. Rien. Cloister devait toujours être endormi.

C'était une pensée étrange. Habituellement, les seules personnes dans les lieux étaient sa femme de ménage et, une fois par an, sa famille. La pensée qu'une nouvelle personne dormait chez lui le rendait un peu mal à l'aise. Bien sûr, il songea avec une pointe d'autodérision amère que partager une tasse de café serait encore plus intime et embarrassant.

Il se glissa hors du lit et attrapa son téléphone sur la table de chevet en passant. Il n'avait pas sonné durant la nuit, donc rien de dramatique n'avait évolué dans ses affaires en cours. Il parcourut quand même les notifications, examina les plus importantes et enregistra les choses qu'il aurait besoin de faire.

Un e-mail de J.J. Diggs l'enjoignait à faire passer toutes les prochaines communications avec les Hartley par lui. Il se terminait par une allusion à leur unique partie de jambes en l'air qui était tellement à mots couverts que Javi n'était pas certain de savoir si c'était une menace ou une invitation. Un texte de Frome lui disait que Reed serait disponible pour une entrevue le lendemain après-midi à seize heures, ce qui demanderait un certain remaniement d'agenda. Il toucha l'écran et composa un rapide e-mail à

Debi pour le faire dès qu'elle arriverait à huit heures, et il pénétra dans la salle principale.

Il leva les yeux et fronça les sourcils en appuyant sur envoi. La pièce était vide, la fenêtre maculée par leurs ébats avait été nettoyée, et le drap qu'il avait lancé à Cloister la nuit précédente, plié sur une table d'appoint. Pas étonnant que l'endroit soit calme. Apparemment, Cloister aimait filer à l'anglaise très tôt.

— Fils de pute, marmonna Javi.

Il lui fallut vingt minutes pour se doucher et s'habiller. Il enfila sa veste et ignora le souvenir de Cloister qui admirait son corps. Il jeta le drap et la serviette en boule qu'il avait trouvée sous la télévision – couverte de poils et de bave – dans le panier à linge pour la femme de ménage.

Sur le chemin vers sa voiture, il appela Frome.

— Sortez-moi les dossiers sur l'affaire de la disparition d'Utkin, ordonna-t-il quand Frome répondit.

Celui-ci avait la voix rauque du « réveillé, mais à court de café » qui signifiait qu'il s'était levé soit tôt soit en retard. Une version moins sexy de la voix éraillée de Cloister questionna :

— Utkin ? Pourquoi ?

— Appelez ça une intuition.

— D'accord. Je les ferai envoyer à votre bureau.

— Je viendrai les chercher cet après-midi, précisa Javi.

Frome grogna son accord et Javi raccrocha. Il hésita, le téléphone toujours dans sa main, se tâtant à appeler Cloister ou non. Il avait besoin de lui parler et de s'assurer qu'ils étaient sur la même longueur d'onde la veille au soir. Mais il avait également besoin de prendre la route s'il voulait aller à la RJD Correctional Facility, la prison d'État située dans le comté de San Diego, et revenir à temps pour jeter un œil aux dossiers d'Utkin.

Il ne *voulait* pas non plus avoir une conversation gênante. Donc, le téléphone atterrit dans sa poche. Il monta dans la voiture et mit le moteur en marche grâce au bouton d'allumage. La radio bipa doucement en se synchronisant avec son téléphone, et sa playlist de conduite s'enclencha automatiquement. Javi l'annula au milieu de la chanson, jeta un bref coup d'œil par-dessus son épaule en sortant de son emplacement et mit le téléphone en mode dictaphone.

Il y avait deux heures et demie de route jusqu'à la prison d'État lors des bons jours. S'il était coincé dans au moins un embouteillage, Javi aurait le temps de dicter la plupart des rapports qu'il avait relégués au second plan durant la semaine.

LES PRISONS sentaient toujours mauvais. C'était un mélange de fluides corporels, de graisse cuite et de misère. Les prisonniers avaient probablement des problèmes plus pressants à s'occuper, mais cela prenait Javi au nez chaque fois qu'il devait venir.

Il s'assit sur la chaise dure en métal de la salle d'entrevue, avec le dossier de Branko Nemac ouvert sur la table devant lui pendant qu'il le parcourait. La photo jointe était celle d'un homme souriant et d'âge moyen avec un col joliment amidonné et une barbe sévèrement taillée, remplaçant un vrai menton. Chef d'une bande albanaise locale, Nemac pensait qu'il était intouchable jusqu'à ce que Saul lie l'assassinat d'une jeune serveuse au gangster étranger affable.

Il l'avait tuée parce qu'il pensait qu'elle avait craché dans sa nourriture.

Il y avait beaucoup de criminels ayant une raison d'avoir une dent contre l'agent Saul Lee, mais Nemac était le seul à avoir de la rancune et les ressources pour faire quelque chose à ce sujet. Il n'était plus le patron dernièrement. La prise de contrôle hostile avait laissé trois morts et Nemac avait été amputé d'un demi-poumon, mais il avait encore des contacts. Plus important encore, le FBI croyait qu'il avait toujours accès à une quantité importante d'argent qu'il avait dissimulée au fil des ans. Dans ses cercles, l'argent signifiait plus que la fidélité.

Le bruit d'un tintement de chaînes dans le couloir détourna Javi du dossier. Il le referma tout en levant les yeux et garda un visage composé alors que la porte s'ouvrait. Nemac entra dans la pièce d'un pas traînant.

La barbe méticuleusement travaillée était devenue négligée, et l'affabilité avait disparu. Pour le reste, Nemac n'avait pas changé. Il continuait à trop sourire.

— Agent Merlo. Le joli garçon, dit-il. J'avais entendu dire que vous aviez repris le flambeau de Lee. Qui aurait pensé qu'il avait un cœur, hein ?

Les gardes le poussèrent sur une chaise et menottèrent ses mains sur la table. Il accompagna aimablement le mouvement et tapota distraitement le Formica rayé avec ses doigts. Leur travail effectué, les gardes débitèrent la liste habituelle des règles et dirent à Javi de crier s'il avait besoin d'aide.

Il attendit qu'ils aient quitté la salle, puis haussa les sourcils à Nemac en prenant la parole :

— Il semblerait que vous gardiez toujours de la rancune contre l'agent Lee.

— Moi ? s'étonna Nemac. Il est mort. Je ne le suis pas. Je gagne.

— Vous êtes toujours ici.

Nemac haussa les épaules.

— Et il est sous terre. Je gagne encore.

— Gagner semble très important pour vous, fit remarquer Javi.

Le mépris tordit le visage de Nemac.

— C'est parce que je suis un gagnant, affirma-t-il en frappant la table de sa main menottée. Vous savez qui prétend que gagner n'est pas important ? Les gens qui ne gagnent pas.

— Alors, lorsque l'agent Lee vous a arrêté, cela a dû être un choc.

Un sourire dépourvu d'humour ourla la bouche de Nemac.

— Ne croyez pas que ceux qui se font baiser aime ça.

— Certes, mais la plupart des gens ne passent pas autant de temps à se vanter d'être intouchables comme vous l'avez fait, souligna Javi. Qu'est-ce que vous avez dit lorsque vous avez été condamné ? Qu'il le regretterait, que vous lui retireriez tout…

Nemac s'adossa à la chaise, les bras tendus devant lui. Les manches de sa chemise remontèrent, exhibant la lourde iconographie noire imprimée sur la peau de ses bras.

— Et comme je l'ai dit, il est mort. Je ne le suis pas.

— Le petit-fils de l'agent Lee a disparu, déclara Javi. Des serveuses de dix-huit ans et des petits garçons de dix ans… ça ressemble à votre trip, pas vrai ?

Un muscle se crispa sur la joue de Nemac. Il se tordait sous la peau grossière et couperosée par la boisson.

— Allez vous faire foutre, Merlo.

Cette invective en particulier était beaucoup plus sexy quand Cloister la grognait. Javi ignora sa brève digression mentale et étudia le visage de Nemac. Il ne s'attendait pas à de la culpabilité. Nemac avait emmené son ex-femme, la mère de son fils, au Nevada et l'avait laissée dans le désert en sous-vêtements et pieds nus. Ou du moins, c'est ce qu'ils avaient déduit. Par la suite, depuis son lit d'hôpital, la femme avait insisté sur le fait qu'il s'agissait d'un accident tragique. Elle avait laissé tomber l'affaire de garde d'enfant contre Nemac également.

L'expression que Nemac avait, à cet instant précis, était ce que Javi cherchait – une sorte de répugnante satisfaction hautaine, que sa vision de ce qu'il méritait était ce qu'il recevait – juste le regard creux d'un homme qui ne se souciait de rien au-delà de lui-même.

— J'imagine que tenir cette promesse impressionnera vos anciens associés, souligna Javi. Cela pourrait les convaincre que vous n'êtes pas un has-been.

Nemac tourna la tête et cracha avec mépris sur le carrelage bon marché.

— Qui diable croyez-vous pouvoir impressionner en tuant un gosse de dix ans, Nemac ?

Il se pencha en avant et ses entraves tremblèrent lorsqu'il s'arc-bouta en posant sa main à plat sur la table. Son souffle était aigre. Javi jeta un coup d'œil à la porte, et d'un doigt légèrement levé, il dissuada l'intervention instinctive du garde pour l'aider.

— Si j'avais fait ça, et je ne dis pas que je l'ai fait, cela donnerait l'impression que je suis faible – comme si j'avais peur de faire quelque chose quand Lee était en vie – ou cinglé. Aucun n'est bon pour moi, n'est-ce pas ? Enlever l'enfant ne me profiterait pas et, au cas où vous ne l'auriez pas remarqué, je ne suis pas en mesure d'aller me faufiler à proximité de la maison d'une quelconque salope durant la nuit.

Il s'adossa de nouveau à la chaise, détourna les yeux de Javi et fixa le mur en creusant ses joues. Après avoir passé un moment à étudier le visage de Nemac, pâle sous sa barbe, Javi fit signe aux gardes de l'emmener.

Si c'était Nemac, il n'était pas près de l'admettre ni de négocier. Mais Javi ne pensait pas qu'il était responsable.

Les gardes détachèrent Nemac et l'obligèrent à se relever. Il se pencha en arrière malgré eux, prenant appui sur ses pieds et sourit à Javi.

— Cependant, dit-il. J'espère que l'enfant est toujours en vie… et que quelqu'un de vraiment mauvais l'a eu. J'espère qu'il mourra en souffrant.

DE RETOUR à Plenty, Javi regarda la caisse jaune du dossier et se demanda si « Birdie » Bridget Utkin avait souffert avant de mourir. La photographie dans le dossier la montrait portant des vêtements à la pointe d'une mode remontant à dix ans auparavant, l'image qui datait la montrait légèrement triste malgré son sourire. Il n'y avait pas de photos mises à jour pour la jolie fille blonde avec un strabisme et le – selon la section des caractéristiques d'identification de l'ancien rapport de la personne disparue – tatouage d'un papillon sur sa hanche.

— Je me souviens de cette affaire, déclara la jeune femme pulpeuse qui lui avait apporté le dossier.

Après un trou de mémoire d'une seconde, il se souvint l'avoir vue laisser échapper un sac en plastique et le vent l'emporter pendant qu'elle jurait. Elle avait été obligée de lui en amener un autre. Tancredi.

Elle s'attarda dans l'embrasure de la porte avec ses bras croisés et un air sombre, plissant ses sourcils rouge terne.

— Je ne savais pas que vous étiez l'un des agents de la police départementale qui étaient restés après que le Bureau a pris le contrôle de cet endroit.

Elle secoua la tête.

— Je n'en suis pas un. Cependant, je vivais en ville depuis longtemps, quand j'étais une adolescente. Ma mère a fait quelques boulots pour monsieur Utkin. Il était agent immobilier. Pensez-vous que ce qui est arrivé à Birdie a quelque chose à voir avec le jeune Hartley ?

Javi haussa une épaule sans s'engager. Il s'était installé dans la pièce ou on recevait les familles sur les sièges en similicuir rafistolés avec du scotch, buvant du café qui ne s'était pas amélioré depuis la dernière fois. Les dossiers de la boîte étaient posés sur le sol à côté de lui, le carton était desséché et décoloré par endroits.

— Avez-vous une minute pour en parler ? demanda-t-il, désignant la chaise en face de lui.

Tancredi jeta un regard par-dessus son épaule pendant une seconde, puis hocha la tête et entra. Elle referma la porte, s'assit en face de lui et posa les paumes de ses mains sur ses genoux.

— Je ne la connaissais pas bien, commença-t-elle. Elle était plus jeune que moi… Je ne m'intéressais pas beaucoup à elle jusqu'à ce qu'elle disparaisse.

— J'ai les dossiers, fit remarquer Javi en tapotant un doigt contre le papier kraft qui les contenaient et qui reposaient sur ses genoux. Je connais les détails de l'affaire. Racontez-moi comment était la ville à l'époque.

— *Tendue*, répondit Tancredi, étirant exagérément le mot. On était censé être en sécurité à Plenty, vous comprenez ? Un espace ouvert pour que les enfants puissent jouer, pas de crime, une police de quartier amicale…

Elle s'arrêta avec une torsion sardonique de sa bouche. Cette dernière attente, au moins, s'était achevée avec la désillusion et le scandale.

— Je me souviens que ma mère ne m'avait plus laissée faire quoi que ce soit pour le restant de l'année, continua Tancredi. Elle pensait qu'elle avait été enlevée. Certaines personnes pensaient que Birdie s'était enfuie. Personne n'a jamais su cependant. Pas avec certitude. J'ai toujours pensé qu'elle avait fugué. Beaucoup de ces enfants l'ont fait, vous savez.

— Qu'est-ce que vous voulez dire ? Sa famille voulait la garder loin des problèmes ?

— Oh, elle avait traîné avec des gamins locaux, déclara Tancredi. En regardant en arrière, ce n'étaient que des petits voyous. Ils consommaient de la drogue dans des maisons abandonnées, ils vandalisaient les nouvelles constructions et se bagarraient. À l'époque, nous pensions qu'ils étaient des gangsters. J'avais entendu dire que Birdie traînait avec eux, mais ses parents y ont mis fin.

— Et le petit ami ? interrogea Javi.

Tancredi poussa ses lèvres en avant.

— Hum, je ne le connaissais pas. Il était…

Elle cligna des yeux alors que sa mémoire la rattrapait finalement.

— C'était un Hartley, n'est-ce pas ? John Hartley. J'avais oublié ça. Cela ne signifie probablement rien. Je veux dire, il y en a beaucoup dans la ville.

Effectivement. Javi avait fait ses recherches lors d'un arrêt en bord de route avec son téléphone en captant une connexion Wi-Fi d'un McDonald, une fois qu'il avait accepté que l'intuition de Cloister avait fait son chemin dans son cerveau. Beaucoup de Hartley, mais il n'y avait que quelques degrés de séparation entre John et Drew Hartley. Ils étaient cousins. Cela aurait suffi pour désigner l'homme comme suspect, si John n'avait pas déménagé en Australie pour aller à l'université et n'était jamais revenu depuis.

— Comment Birdie et son petit ami s'étaient-ils rencontrés ?

Tancredi secoua lentement la tête.

— Je ne sais pas. Je pense par Kelly Hartley… la tante de Ken Hartley, la directrice de la banque, peut-être ? Elle était amie avec les Utkin. Ma mère disait qu'elle était toujours chez eux à l'époque. C'est peut-être comme ça.

Elle s'arrêta, sa langue pointa entre ses dents et son nez se plissa.

— Quoi ?

— Maman avait l'habitude de bavarder. Elle pensait que monsieur Utkin et Kelly avaient une liaison, répondit-elle presque en s'excusant. Maman était un peu commère.

— Dans notre métier, les commères peuvent être utiles, assura Javi. Merci pour le contexte, adjoint.

Elle comprit le non-dit, se leva et se dirigea vers la porte.

— Écoutez, dit-elle en hésitant à la porte. Je ne sais pas si cela a quelque chose à voir avec ça, mais Witte a raison.

— Vraiment ?

L'irritation qui donnait du tranchant à la voix de Javi était probablement plus que l'adjoint Tancredi n'en méritait. Cela la fit grimacer, ses épaules s'affaissèrent comme si elle encaissait un coup, mais elle tint bon.

— Il n'y a aucune chance qu'il ait manqué ce téléphone, déclara-t-elle. Les gens sous-estiment tout le temps Witte, mais il est vraiment bon dans son boulot. Nous le sommes tous. Même si l'un d'entre nous, *d'une manière ou d'une autre*, a manqué un iPhone juste au milieu de notre zone de recherche, aucune chance que nous l'ayons tous fait !

Elle avait l'air sérieuse et résolue, déterminée à défendre l'intégrité de son service. Elle connaissait probablement Cloister mieux que lui. Baiser un homme ne vous donnait pas accès à son moi intérieur.

— Je garderai ça à l'esprit, adjoint, dit-il.

Elle grimaça un sourire embarrassé et referma la porte derrière elle en partant. Javi retourna aux dossiers et brassa les piles de rapports et de photos de la scène du crime, comme s'il s'agissait d'une pile de cartes. Que deux membres de la même famille soient impliqués dans des disparitions semblables à une décennie d'intervalle… c'était mince.

D'un autre côté, ce n'était pas rien.

Ce fut le statu quo pendant la demi-heure suivante alors qu'il fouillait dans l'ancienne enquête à la recherche de tout ce qu'il pourrait utiliser. Il ne trouva rien qui démontrait effectivement un lien, mais juste assez pour soutenir que la légère suspicion qu'il y avait là, pouvait être le *quelque chose* du pressentiment de Cloister. Le souvenir de la nuit précédente se faufila dans son cerveau pour lui rappeler que Cloister *avait* dit qu'il lui devrait une faveur. La pensée s'accrochait à son cerveau, tout en tentation, collante et rusée, tandis qu'il emportait la boîte et sortait. Il n'avait pas l'intention de le lui accorder. Les retombées de leur unique aventure sans lendemain étaient encore à venir, et il n'avait pas besoin de craquer pour de nouveaux fiascos, mais sa libido ne semblait pas s'en préoccuper.

La vibration silencieuse du téléphone dans sa poche l'arracha au bourbier de désir qui le distrayait et de ses notes mal écrites. Javi se redressa, remua le cou d'un côté à l'autre pour faire craquer ses vertèbres cervicales et récupéra le téléphone.

Un rapide coup d'œil à l'écran annonça qu'il s'agissait d'un appel du laboratoire. D'un rapide balayage du doigt, il accepta la communication et souleva le téléphone à son oreille.

— Merlo, dit-il. Avez-vous les résultats pour la bouteille ?

— Oui, oui, nous les avons, affirma la voix à l'autre extrémité.

Les restes d'un vieux bégaiement s'entendaient entre les mots. Toutes les syllabes sortaient, mais avec des écarts étranges entre eux. C'était bien pire en face à face. Si Fletcher pouvait voir vos yeux, il parvenait difficilement à aligner deux mots.

— Qui que soit celui qui a mélangé tout ça ensemble, il ne cherchait *pas* à faire un bon trip. C'est un mélange de Red Bull, de dipt… diisopropyltryptamine – un hallucinogène – et, comme un retour en force du passé, de méphédrone.

— Le Foxy est en progression dans le sud de la Californie, indiqua distraitement Javi, tandis qu'il remettait un sac de preuve dans la boîte.

— Je sais, confirma Fletcher. Je l'ai vu débarquer quelques fois au laboratoire cette année, bien que Plenty reste encore principalement à la méthamphétamine. Je n'en ai jamais entendu parler dans un mélange comme celui-là, cependant. En outre, cette méphédrone est une ancienne composition chimique qui se présentait dans les sels de bain [3].

Javi s'arrêta et tapota distraitement le dessus de la boîte avec ses doigts.

— Ancien à quel point ?

Il y eut une pause et le son des touches cliquetant rapidement en arrière-plan.

— Comme je l'ai dit, c'est une ancienne composition. La plupart des drogues aux États-Unis utilisaient MPDV. La méphédrone était utilisée principalement en Europe. Je suppose de 2004 à 2008 ?

— N'est-il jamais apparu à Plenty avant ?

— Possible, mais comme je l'ai dit, Plenty a toujours été une ville de méth, répondit Fletcher. Et pas toujours douée pour garder les rapports. Désolé.

— Non. C'est vraiment utile. Je vous remercie.

---

3 Sels de bain : cocktail de drogues récréatives de synthèse personnalisées. La poudre blanche, les granulés et cristaux utilisés ressemblent souvent à de vrais sels de bain, d'où leur nom.

Plus qu'utile. L'appel de Fletcher avait finalement donné un coup de pouce suffisant à l'intuition de Cloister pour justifier une enquête plus approfondie. Pas que Javi envisage d'acquitter Billy Hartley dans la seconde – le garçon cachait clairement quelque chose, et il était la dernière personne à avoir vu son frère –, mais si un garçon de treize ans était sur le point de droguer quelqu'un, il utiliserait le Valium de sa mère ou prendrait l'échantillon gratuit de méthamphétamine d'un dealer, pas un médicament qui était populaire du temps ou Birdie traînait avec des trafiquants de drogue.

Il enfonça le couvercle sur la boîte, se leva et l'emporta sous son bras pour rejoindre le service administratif. Mel leva les yeux de l'ordinateur lorsque Javi installa la boîte d'archives sur son bureau. Un éclair dans son regard bleu vif derrière des lunettes à la monture cat-eye lui signala qu'elle l'avait vu, et un doigt levé lui indiqua d'attendre. Elle donna des ordres vifs d'un ton sec, puis retira ses écouteurs pour les accrocher autour de son cou.

— Quoi ?

Soit Mel avait travaillé au central assez longtemps pour adopter le rythme staccato de la radio de la police dans son langage quotidien, soit elle n'aimait tout simplement pas être dérangée.

— L'inspecteur Sean Stokes, annonça Javi. Vous vous souvenez de lui ?

Elle haussa ses drôles de sourcils poivrés avec curiosité.

— Oui. Bon inspecteur. Mauvais goût en amis.

Cela signifiait qu'il s'était contenté d'une corruption passive : il fermait les yeux au lieu d'accepter des pots-de-vin.

— Est-il toujours en ville ?

Mel hocha la tête. Elle fit courir ses doigts sur le clavier de son ordinateur, et un froncement accentua la ligne entre ses sourcils. Elle attrapa un stylo et griffonna une adresse avec une écriture qui court en diagonale sur le Post-it.

— Ici, déclara-t-elle.

Elle le retint par un coin alors que Javi essayait de le récupérer.

— Il n'a jamais aimé les fédéraux. Cela l'aurait rendu dingue d'avoir une agence résidente ici.

Cela dit, elle remit son casque et retourna au travail.

Javi déchiffra l'adresse et révisa mentalement son opinion sur Stokes : des yeux fermés et *quelques* pots-de-vin. Un policier local n'achetait pas une maison dans Spruce Groves rien qu'avec son salaire.

XII

La Retraite avait ouvert son hall récréatif à l'équipe de recherche, et empilé des vestes jaunes et des cartes stratifiées à la hâte sur des tables à tréteau contre un mur. Des groupes de personnes tenaient fermement des sifflets dans leurs mains moites en écoutant des instructions rapides et grossières sur le bon protocole de recherche, tandis que les caméras des infos filmaient sur le côté, interceptant de manière aléatoire des personnes pour des entrevues déchirantes, puisque les Hartley laissaient leur avocat parler au public.

Cloister récupéra une bouteille d'eau de l'une des glacières. Il y en avait beaucoup qui circulaient. Le jardinier dégingandé de la Retraite transportait des seaux de glace et des packs d'eau une à deux fois par heure. Cloister ne savait pas si Reed avait approuvé ou non, mais Matt lui avait fait un sourire gêné et tordu quand il avait posé la question.

— Je sais ce que c'est d'être assoiffé, déclara-t-il en essuyant une main moite de transpiration sur sa nuque rougie par le soleil.

L'un des journalistes était alors venu lui poser des questions et Matt s'était fait rare. Donc il n'y avait pas que les beaux agents du FBI qui le mettait mal à l'aise.

Cloister ouvrit le bouchon de la bouteille, la versant dans un bol pour Bourneville en le présentant fermement sous son nez. Elle éternua dedans, tourna en rond en rechignant et passa au-dessus de la laisse comme si c'était une corde de saut. Compte tenu de l'option, elle aurait préféré courir dans la chaleur jusqu'à l'épuisement au lieu de se faire retirer d'une chasse sans aucun résultat.

C'était un bon trait de caractère quand ils pistaient réellement, mais ils n'étaient même pas certains que Drew soit encore dans la région. La plupart des adjoints avaient été retirés de l'affaire, laissant les bénévoles de recherche et de sauvetage battre les buissons et faire du porte-à-porte dans les fermes et les commerces voisins. Cloister voulait également ramener le garçon chez lui, mais il ne se laisserait pas mourir, pas plus que sa chienne, pour y parvenir. Il attrapa le collier de Bourneville et lui désigna l'eau à nouveau.

— Bois, ordonna-t-il.

Elle soupira, ses côtes se soulevant sous son manteau poussiéreux. Elle fourra son museau dans l'eau.

— Tenez, intervint une adolescente en remettant à Cloister une bouteille.

Elle portait un badge avec le visage de Drew. La plupart des nouveaux bénévoles en avaient. Cloister n'avait aucune idée de qui avait organisé cela ni quand.

— Vous avez l'air aussi assoiffé qu'elle.

— Merci, répondit Cloister en acquiesçant.

Elle lui sourit en retour, puis eut l'air coupable de l'avoir fait.

Alors qu'elle distribuait d'autres bouteilles autour de la pièce, Cloister prit une gorgée et le froid frappa sa cage thoracique à la manière d'une crise cardiaque. Cela lui arracha une grimace, mais il continua à boire. Le mal de tête qui l'avait affecté durant la dernière heure s'atténua, et l'irritation dans sa gorge disparut. Peut-être que Bourneville n'était pas la seule idiote avec une tendance à trop s'impliquer.

Il s'accroupit contre le mur, la tête inclinée vers l'arrière et la bouteille d'eau coincée entre ses genoux. Sa nuque semblait bouillante et le démangeait à la suite d'un coup de soleil, la sueur et la poussière avaient transformé la douleur agréable du matin en une démangeaison irritée. Rien de tout cela ne le dérangerait s'il n'y avait pas ce lourd sentiment de futilité logé dans le creux de son ventre.

L'ambiance de la pièce changea brusquement, le doux murmure des entrevues émotionnelles fut remplacé par des questions vives et se chevauchant.

— ...a questionné la famille...

— ... reste-t-il une chance de trouver Drew Hartley vivant après...

— ...répondez aux théories selon lesquelles la disparition de Drew est liée à l'arrivée récente d'immigrants...

Cloister savait qui était arrivé avant même d'entendre l'intonation basse et mesurée de Javi répondant aux questions avec des inflexions rassurantes, mais sans intérêt. Sa voix se glissa sous la peau de Cloister et pinça un faisceau de nerfs.

Cela l'avait toujours fait, bien sûr. La différence était que, au lieu de penser que Javi était un enfoiré, Cloister pensait à la manière de s'enfouir en lui.

Il redressa la tête et regarda Javi qui s'occupait de la presse. Il était « trop tôt pour savoir quoi que ce soit » et « irresponsable et imprécis de sauter à ces conclusions » et il promit de les tenir au courant dès qu'ils sauraient quelque chose. Il regarda autour de lui tout en parlant, balayant la pièce jusqu'à ce qu'il aperçoive finalement Cloister. Quand il le vit, il plissa légèrement les yeux et inclina son menton dans un bref salut.

Ce n'était pas l'attention la plus chaleureuse, mais le sexe de Cloister frémissait encore au souvenir de la main de Javi sur lui et de la raucité de cette voix contrôlée dans son oreille. Il lui demanda mentalement de se tenir tranquille – ce qui ne fonctionna pas aussi bien que d'ordinaire – se releva et s'écarta du mur. Bourneville le regarda et de l'eau goutta de son museau alors qu'elle penchait la tête.

— Pas encore, lui dit-il.

S'extrayant des journalistes, Javi se dirigea vers Cloister.

— J'ai besoin d'un agent local pour mener un entretien.

— Tu serais mieux loti avec Tancredi, affirma Cloister. Elle est vive.

— Je n'ai pas besoin de vivacité. J'ai besoin de…

Javi s'interrompit et réfléchit au choix du mot.

— …d'accessibilité. Je l'ai déjà arrangé avec Frome.

Accessible ? Cloister n'était pas certain d'apprécier cette description. Pendant la plus grande partie de sa vie, ressembler au gars le plus susceptible de balancer un coup de poing l'avait aidé à éviter d'en donner un. Il se surprit à se rembrunir et à froncer les sourcils de son air le moins engageant possible. Javi ne sembla pas impressionné.

— Je suppose donc que je n'ai pas le choix, dit-il.

— C'est ton pressentiment, répliqua Javi.

Il regarda Bourneville et se renfrogna.

— Nous pouvons également prendre ta voiture. Elle sent déjà le chien.

Le vague sentiment de culpabilité qui avait rongé Cloister depuis qu'il avait déserté le divan de Javi relâcha sa prise sur lui. Il s'éloigna du mur et retint sa langue sur les questions qu'il voulait poser. Les médias avaient déjà trop de théories sur l'affaire. Ils n'avaient pas besoin d'en avoir d'autres.

— Donc, tu n'es pas hétéro, dit Javi.

Il fit descendre la vitre et posa son bras sur le rebord de la portière. Les lunettes de soleil aux verres noirs cachaient ses yeux. En jetant un coup d'œil vers lui, Cloister n'était pas certain qu'être capable de voir son regard l'aiderait. Baiser Javi ne l'avait pas rendu plus facile à déchiffrer.

— Ouais, sans déconner, Sherlock.

Il reporta son attention sur la route où un corbeau s'était posé devant eux, picorant et tirant sur un cadavre écrasé, desséché par le soleil. Quoi que cela ait pu être, il était là depuis assez longtemps pour qu'un bon nombre de véhicules lui soient passés dessus et que la seule chose qu'il pouvait en dire avec certitude, c'est qu'il avait été autrefois de couleur brunâtre. Le corbeau attendit jusqu'à ce qu'il soit dangereusement proche de finir son dîner avant de décoller, à demi planant et à demi sautant sur le côté de la route pour attendre qu'ils soient passés. Bourneville le provoqua à travers la vitre arrière avec un aboiement disant : « Je suis dans la voiture de fonction, alors je dois bien me tenir, mais je te vois ».

Cloister tendit une main pour lui donner une tape affectueuse en continuant :

— Je peux comprendre comment tu es entré au FBI.

Il n'avait pas besoin de regarder Javi pour savoir qu'il était en train de lui jeter un regard noir. Il pouvait le sentir sur le côté de son visage.

— Je n'ai jamais dit que j'étais hétéro.

— Tu n'as jamais dit que tu ne l'étais pas.

— C'est parce que ce serait bizarre, déclara Cloister.

Il tira sur l'ourlet de sa chemise. Il enfilerait les affaires de rechange qu'il gardait dans sa voiture, même si cela les maculait de la poussière et de la sueur accumulées dans la matinée. Cela le démangeait trop.

— Qu'est-ce que tu voulais que je fasse, te prendre à l'écart au milieu d'une chasse à l'homme et te dire : « Au fait, j'aime les queues ? » D'ailleurs, si tu pensais que j'étais hétéro, qu'est-ce que tu pensais qu'il allait se passer exactement la nuit dernière ?

Il y a eu une pause, puis Javi renifla, avant de répondre :

— Quatre-vingt-dix pour cent de chance d'une scène déplaisante, dix pour cent de chance de « J'étais bi tout du long ». Quel que soit le résultat, j'aurais arrêté de me demander ce que tu ferais si je te collais ma queue dans le cul.

Le miroir installé dans le virage sans visibilité de Rottsdown Road captura le soleil, et l'éclair de lumière fit loucher Cloister. Il prit le tournant et jeta un autre regard sur Javi une fois que la route fut de nouveau droite.

— Je suis un plouc et un policier, rappela-t-il. Et si j'avais sorti un flingue ?

Javi ricana.

Cloister ne savait pas vraiment s'il devait prendre cela comme une insulte ou non. Peut-être que c'était parce qu'il était « accessible ». Il se moqua de cette idée dans sa tête.

— Pour information, précisa Javi, cela ne filtrera pas par moi. Si tu n'es pas… sorti du placard, je veux dire.

— Je suis ouvertement gay depuis que j'ai quatorze ans, quand mon beau-père m'a surpris en train de me masturber sur une photo de Colin Farrell dans un magazine.

— Gênant, accorda Javi.

Sa voix semblait prudente ; la tonalité que vous preniez lorsque vous n'étiez pas certain si vous touchiez un point sensible ou pas.

— A-t-il… mal réagi ?

— Cet enfoiré s'est moqué de moi, répondit Cloister.

La vieille humiliation était encore cuisante, mais ce n'était pas tout à fait juste, pas envers son père.

— Non. J'ai eu mes problèmes avec lui, mais il se fichait complètement que je sois gay.

— Tu es chanceux.

Cloister se mit à rire, mais il n'y avait pas beaucoup d'humour dans celui-ci.

— Pas souvent, dit-il. Donc je suppose qu'on me devait quelque chose.

Cela sembla couper court à la conversation. Durant le kilomètre suivant, le seul son dans la voiture fut Bourneville qui haletait à l'arrière. La banlieue grossit autour d'eux alors qu'ils avançaient. Les buissons poussiéreux et les lézards cédèrent la place à des zones artificiellement verdoyantes de pelouse et à des panneaux de signalisation de quartier.

— Donc, si tu n'es pas dans le placard, reprit Javi, semblant s'en vouloir de cracher les mots, comment se fait-il que tu te sois volatilisé ce matin ?

Cela donnait l'impression qu'il ne voulait pas poser la question, et Cloister ne souhaitait pas particulièrement y répondre. Il y avait une foule de raisons pour lesquelles un homme désertait un canapé après deux heures de sommeil et partait – cela allait d'un problème de longue date avec l'attachement à un besoin de sortir le chien pour ses besoins.

— Ton canapé est inconfortable, répondit-il, en choisissant la vérité la plus innocente. D'ailleurs, admets-le, tu étais soulagé. Si tu avais plus de

91

problèmes d'engagement, un drapeau annonçant « sans attache » serait sorti de ta queue lorsque tu as joui.

— Je n'ai pas de problèmes d'engagement, affirma Javi.

Cloister fit tourner son Tacoma noir dans l'allée circulaire pavé et se gara derrière une rangée de voitures. La maison était tout en longueur, basse et blanche comme un coquillage : l'un des édifices de style plantation qui supplantaient les boîtes modernes qui dominaient habituellement la banlieue. Il y avait un chien. Cloister pouvait l'entendre aboyer son mécontentement à leur arrivée.

— Nous avons eu des relations sexuelles et tu m'as dit de dormir sur le canapé, rappela Cloister en coupant le moteur.

— Je ne voulais pas avoir de puces dans mon lit, déclara Javi d'une voix saccadée par la contrariété.

— Sérieusement ? demanda Cloister, en haussant les sourcils. Alors, au lieu des problèmes d'engagement, tu préfères que les gens pensent que tu es un snob avec un goût pour la prostitution ? Pas ce que je choisirais, mais c'est comme tu veux.

Il sortit de la voiture, claquant la portière sur la protestation bredouillante de Javi et récupéra Bourneville. Elle sauta, se secoua et projeta un nuage de poussière et de poils.

— Je voulais parler de la chienne, assura Javi par-dessus le toit de la voiture.

Il avait retiré ses lunettes de soleil, les pliant pour les plonger dans sa poche pendant qu'il parlait. Ses yeux sombres se plissèrent pour lutter contre la luminosité.

— Là où tu vas, elle te suit.

— Tu n'aimes pas les chiens ? demanda Cloister.

— Je les aime bien, déclara Javi tout en lançant un regard mal à l'aise à Bourneville.

Cloister était pratiquement certain que c'était un mensonge.

— C'est simplement qu'ils n'ont pas leur place à l'intérieur. C'est la raison pour laquelle les niches ont été inventées.

Cloister pencha la tête sur le côté.

— Tu n'avais *pas* de chien quand tu étais enfant, n'est-ce pas ?

— Nous déménagions beaucoup, expliqua Javi. Les animaux de compagnie étaient une responsabilité supplémentaire que mes parents ne voulaient pas prendre. Pourquoi ?

— Cela explique beaucoup de choses.

— Non. Absolument pas.

Il ne semblait pas amusé, aussi Cloister laissa-t-il tomber. Mais si Javi faisait *cette* tête devant sa caravane, il devrait l'emmener dans sa maison d'enfance un jour. Les chiens qui travaillaient restaient dans les niches, mais lorsqu'ils devenaient vieux, ils emménageaient pour devenir des animaux de compagnie et sa mère avait élevé une petite meute de Poméraniens au mauvais caractère qui poursuivait des moutons de poussière comme s'il s'agissait d'une meute de loups. Cloister n'avait pas vu un coussin sans poils de chien avant ses dix ans.

Son bon sens tira subitement sur les rênes, parce que Javi ne resterait pas suffisamment longtemps pour s'habituer à la caravane. Même s'il l'était, une heure hallucinante à haleter contre une baie vitrée n'était pas une bonne raison pour planifier un voyage chez lui afin de le présenter à ses parents. Pas après autant d'années.

Ne pas tomber amoureux, se rappela Cloister pendant qu'ils marchaient vers la porte d'entrée d'un bleu éclatant. Ne pas s'attacher excessivement comme un chien errant qui montrerait une certaine affection. Javi Merlo était juste un connard sexy qu'il avait dans la peau, pas le prochain ex-petit ami qu'il allait décevoir.

Il tombait facilement amoureux. Cela ne signifiait pas qu'il était doué pour ça.

Derrière la brillante porte bleue, Sean Stokes leur prépara du café. Il était noir et assez épais pour faire tenir une cuillère debout, mais pas aussi amer que l'homme qui l'avait préparé.

— Alors, de quoi s'agit-il ? questionna-t-il alors qu'il versait une dose de whisky dans son café.

Il était, supposa Cloister, midi passé. Depuis l'arrière-cour, le chien de Sean – un épagneul continuellement en mouvement – aboyait dans une frénésie confuse d'adoration et de haine après Bourneville, celle-ci l'ignorant vaillamment de là où elle s'était étalée.

— Les fédéraux ne pouvaient rien me mettre sur le dos à l'époque, alors maintenant vous êtes de retour pour un second round ?

Javi sourit comme un requin.

— Pourquoi ? Est-ce qu'il y a quelque chose à trouver ?

Il était difficile de dire si Javi jouait l'affrontement en qualité de « méchant flic » ou agissait selon sa nature. Cloister se pencha en avant pour prendre sa tasse. La céramique était chaude contre la paume de sa main.

— Vous avez vu l'enfant disparu aux infos ? demanda-t-il.

Sean renifla et prit appui contre le comptoir de la cuisine. Bien qu'il soit peut-être midi passé, il avait quand même l'air d'être juste sorti du lit avec son boxer et son tee-shirt usé. Ses cheveux n'avaient pas encore été coiffés et ses yeux étaient encore injectés de sang à cause de la gueule de bois de la nuit précédente.

Apparemment, la retraite anticipée ne lui convenait pas.

— Aux infos, sur Facebook, sur les poteaux télégraphiques, épinglé au supermarché, lista-t-il en buvant son café épicé.

Il plissa les yeux, oscillant visiblement entre la douleur et la curiosité.

— Le seul endroit où je ne l'ai pas vu, c'est à l'arrière d'une brique de lait. Cependant, je suis certain que ça viendra. Qu'est-ce que ça a à voir avec moi ?

— Birdie Utkin, déclara Cloister.

Un muscle se crispa dans la mâchoire de Sean et enfla sous sa peau à l'énoncé du nom.

— C'est vous qui enquêtiez sur cette affaire.

Le café était assez chaud pour ébouillanter quelqu'un, même avec du lait et du whisky. Sean vida sa tasse, fit une grimace en se brûlant et la posa brutalement dans l'évier.

— J'ai enquêté sur beaucoup d'affaires, affirma-t-il avant que son regard bascule sur Javi. Jusqu'à ce que le FBI me mette à pied.

— La police de Plenty était corrompue, répliqua Javi.

— Je ne l'étais pas.

— Pourtant, vous semblez avoir quelque chose à cacher.

Sean grogna.

— Il est temps pour vous d'y aller.

— Attendez, intervint Cloister en élevant la voix. Écoutez, cela n'a rien à voir avec la corruption. Nous voulons simplement en savoir plus sur l'affaire Utkin.

Sean avait l'air aigri.

— Je pensais que vous aviez dit que ça n'avait rien à voir avec la corruption.

Il sortit de la cuisine, ses pieds nus martelant le parquet.

Ce n'était pas le genre de chose que quelqu'un dirait s'il n'était pas disposé à vous parler. Cloister jeta un coup d'œil à Javi et haussa les sourcils. Il obtint un « vas-y » muet en réponse, reposa son café et suivit Sean. Javi resta en arrière avec une Bourneville au regard lourd de reproches.

La maison était entièrement en murs de plâtre blanc et en planchers de bois pâle. Il n'y avait pas beaucoup de meubles. Sean s'installa dans l'unique chaise et regarda d'un mauvais œil l'épagneul qui tournait autour du jardin, aboyant frénétiquement à travers les portes vitrées coulissantes, puis refaisant un autre tour.

— Ce n'est même pas mon chien, déclara Sean sans regarder Cloister. Celui de mon ex. Elle a pris les meubles et laissé le chien.

— Après avoir perdu votre emploi ?

— Après avoir perdu mon alliance chez une prostituée.

Sean afficha un visage triste puis haussa les épaules.

— Vous voulez savoir si Hartley avait quelque chose à voir avec la première disparition ?

Cloister hocha la tête. Sean le fixa et gratta négligemment le début de barbe argenté de sa mâchoire.

— Eh bien, l'affaire a été classée il y a longtemps, mais hypothétiquement ? Pourquoi ne pas en parler, accorda Sean.

Il passa sa main dans ses cheveux, ce qui les releva dans toutes les directions.

— Le premier jour où l'affaire est arrivée sur mon bureau, le capitaine m'a dit de la classer le plus tôt possible. Juste une autre fugueuse, m'a-t-il dit. Pas besoin de faire de vagues.

— Qui faisait pression sur lui ?

— Je ne peux pas le jurer, prévint Sean, mais les Utkin disaient à tout le monde que nous n'en faisions pas assez pour retrouver leur enfant. J'ai reçu des lettres de la mère jusqu'à ce que le FBI me fasse virer de mon bureau. La pauvre vieille femme continue probablement encore à les envoyer. De plus, à cette époque-là, le capitaine avait des goûts de luxe à entretenir et les coffres des Utkin étaient à sec.

— Ils étaient fauchés ?

Sean fit un signe de la main dans la pièce vide, les marques de griffures sur le sol et les crochets sur le mur, muet témoignage de ce qui s'y était trouvé.

— Pas fauché comme ça, précisa-t-il. J'ai un viager et je paye toujours pour la télévision sur laquelle mon ex regarde le football. Les Utkin avaient une foule de propriétés qu'ils avaient fait construire, mais pas d'argent comptant. Contrairement à la bonne amie de la famille, qui était aussi une mère surprotectrice.

— Kelly Hartley.

Sean mima un révolver avec ses doigts et fit comme s'il l'armait.

— Elle était tout sucre tout miel autour des Utkin, mais à la minute où elle m'a coincé seul, elle m'a chanté la même chanson que le capitaine : juste une autre fugueuse. Et c'était probablement vrai, déclara-t-il. Personne ne l'a traînée dehors par cette fenêtre. Elle y est passée par ses propres moyens. Les choses n'allaient pas bien à la maison entre ses parents, elle avait eu une terrible bagarre avec Hartley Junior, et ses amis ont dit qu'elle était de nouveau en contact avec son ex. Quoi qu'il lui soit arrivé plus tard. Le truc, c'est que personne ne s'en souciait assez pour le découvrir. Y compris moi.

Son dégoût s'installa progressivement, et il semblait attendre avec espoir que quelqu'un vienne l'absoudre. Cela ne viendrait pas de Cloister. Des mots de colère s'agglutinaient à l'arrière de sa langue. Il souhaitait dire à Sean qu'il ne s'était pas contenté de juger la corruption du capitaine. Il avait été tout aussi minable, juste moins cher.

Cela n'aiderait pas.

— Quelle était votre théorie ? demanda-t-il à la place.

Sean poussa un soupir et se gratta à nouveau la mâchoire.

— Elle avait envoyé un texto à une de ses amies pour dire que son ex voulait qu'ils se remettent ensemble. Disant que, *évidemment*, elle n'allait pas le faire, qu'elle avait un nouveau petit ami.

Il haussa les épaules en ajoutant :

— Je pense qu'elle mentait et qu'elle allait le voir cette nuit-là. Qu'elle y soit arrivée ou non, je ne sais pas.

Javi interféra alors qu'il prenait appui contre l'encadrement de la porte, tandis que Bourneville le contournait. Elle s'avança jusqu'à Cloister et s'appuya ostensiblement contre sa jambe sans le regarder.

— Qu'est-ce que l'ex-petit copain a dit ? D'ailleurs, lui avez-vous même parlé ? questionna Javi.

Sean tenta un ricanement. Son rire n'avait pas de profondeur. Sa rancune contre le FBI lui échappait face à sa culpabilité. Il se pencha en avant et posa ses coudes sur ses genoux.

— Je lui ai parlé à plusieurs reprises, affirma-t-il. C'était un sans-abri. Assez mignon pour passer pour un mauvais garçon au lieu d'un perdant. Il consommait de l'herbe au lieu de la méth. Toutefois, la nuit où Birdie a disparu, il était à l'hôpital pour faire recoudre son cuir chevelu. Un de ses amis lui avait cassé une bouteille sur la tête. D'ailleurs, il semblait véritablement dévasté. Drogué, mais dévasté.

— Quel était son nom ?

Sean fit une grimace et glissa encore sa main dans ses cheveux comme si cela pouvait ramener sa mémoire à la surface.

— C'était il y a dix ans, grommela-t-il.

— Vous avez laissé tomber Birdie Utkin, répliqua Cloister. Vous vous souvenez de ça.

— Je doute même que ce soit son vrai nom, déclara Sean après une seconde. Hum, Hector quelque chose. Hector Andrew ? Anders ? Il avait seize ou dix-sept ans ? Quelques années de plus que Birdie. Juste un autre gamin. Il habitait dans sa voiture, une vieille Charger de 69, mais à ce moment-là c'était déjà devenu une épave toute rouillée. Ça doit être de la poussière dans le vent maintenant. Écoutez, ce qui s'est passé avec Birdie était pourri. Elle a été balayée sous le tapis pour éviter au jeune Hartley de faire les gros titres et pour empêcher la chute du marché de l'immobilier. On ne voulait pas que ces charmants professionnels de San Diego se demandent si ce ne serait pas une bonne idée de déménager, n'est-ce pas ? Cela dit, je ne vois pas en quoi mon affaire est liée à l'enfant disparu. Il y a beaucoup de Hartley en ville. Des malheurs doivent leur arriver parfois, vous ne croyez pas ?

Javi s'écarta du chambranle en répondant :

— Ce n'est plus votre affaire. C'est la mienne. Merci pour votre aide, monsieur Stokes. Nous trouverons la sortie.

Il partit. Cloister s'apprêtait à le suivre, poussant Bourneville avec son genou pour l'empêcher de l'ignorer. Elle grogna, se leva et étira ses épaules vers l'avant.

— Attendez, l'arrêta Sean.

Il se hissa hors de sa chaise et tapota ses cuisses avec les mains avant de se souvenir qu'il ne portait que son boxer.

— Merde. Ne bougez pas.

Il s'élança à grands pas dans la cuisine, puis en ressortit, rattrapant Cloister dans le couloir.

— Tenez.

Il lui fourra une carte cornée dans la main, ses bords étaient abîmés pour avoir été fourrée dans un portefeuille. Il proclamait *Stokes Investigations* en haut, en caractères noirs bien visibles.

— Si vous trouvez quelque chose sur Birdie, quoi que ce soit, faites-le-moi savoir ? J'étais un bon inspecteur. Il y a toujours eu un truc qui me chagrinait avec la manière dont je l'ai laissée tomber.

La poitrine de Cloister restait toujours crispée par la colère, mais il savait ce que c'était que de ne pas avoir de réponses. Il accepta d'un bref signe de tête, fourra la carte dans sa poche arrière et suivit Javi par la porte d'entrée.

Il faisait assez clair pour l'obliger à plisser les yeux et l'épagneul continuait à aboyer après Bourneville derrière sa clôture. Javi se tenait à côté de la voiture. Il était au téléphone.

— …Tancredi, disait-il alors que Cloister se rapprochait, où Birdie et les autres gamins avaient-ils l'habitude de traîner ?

XIII

CELA AURAIT pu être une Charger autrefois. Ce serait au laboratoire de le confirmer une fois qu'ils auraient gratté les résidus et la rouille, et reconstruit les morceaux qui avaient pourri. Cela sentait la moisissure et l'urine, superposé au parfum rance de la vermine cuite. Le siège arrière était déchiqueté, le rembourrage éventré jusqu'aux ressorts, et les jantes étaient à nu, éraflées creusant le macadam fondu.

— On aurait pu penser que quelqu'un l'aurait remorquée, déclara Cloister alors qu'il essuyait la rouille et de la graisse collante sur son jean.

— C'est sur un terrain privé, pas une voie publique. Personne n'a besoin d'en prendre la responsabilité, donc personne ne le fera, répondit Javi.

Il repoussa ses lunettes de soleil sur le haut de sa tête. Il ferma un peu les yeux, pas au point de les plisser, tout en regardant autour de lui.

— Ça semble être l'approche générale qu'adoptent les gens dans le secteur. À première vue, rien n'a été entretenu ici depuis la disparition de Birdie.

Un bloc de maisons avait été coupé du quartier, encagé derrière du fil barbelé et laissé à l'abandon. Des panneaux usés annonçaient, sous les bandes de graffitis bleus et jaunes, que le parc Mallard était un projet de régénération urbaine, apportant des logements résidentiels de luxe et des espaces verts pour revitaliser la région. Une banlieue d'un point de vue urbain. Au lieu de cela, il y avait des bâtiments vides, la moitié d'entre eux détruits et affaissés comme des châteaux de cartes imbibés, les autres à moitié construits et anguleux comme un jeu de Tetris interrompu. Le seul espace vert était un champ de bouteilles cassées devant un mur publicitaire.

— Certains des promoteurs locaux étaient trop ambitieux, commenta Cloister. Ils pensaient qu'il y aurait un marché pour une vie urbaine professionnelle. Il s'avère que si vous faites deux heures de trajet afin de ne pas avoir à vivre dans une cage à lapins avec une seule chambre à San Diego…

— Vous ne voulez pas vivre dans une cage à lapins avec une seule chambre quelque part d'encore moins excitant, acheva Javi pour lui. Qui est le propriétaire ?

99

— La banque maintenant, pour la plupart d'entre eux, répondit Cloister.

C'était le genre de connaissance communément acquise à laquelle vous ne réfléchissiez jamais vraiment. Ce ne fut qu'après l'avoir énoncé qu'il se souvint.

— La banque de Kelly Hartley, je suppose.

Javi haussa les sourcils presque jusqu'à la racine de ses cheveux, créant une rangée de quatre rides en forme de V sur son front.

— Les coïncidences commencent à s'accumuler.

— Quand est-ce devenu une preuve ? demanda Cloister.

— Je te le ferai savoir, répondit Javi.

Il tourna lentement sur lui-même, examinant les bâtiments.

— J'espérais qu'il pourrait y avoir quelqu'un avec qui nous pourrions discuter. Un résident ou l'un des amis sans abri d'Hector.

— Dix ans, lui rappela Cloister.

— Les humains ont besoin d'un foyer, affirma Javi. Même si ce n'est pas une *maison*, les gens souhaitent rester dans un endroit familier. Habituellement.

— De temps en temps, la banque et les entrepreneurs envoient des gens pour les déloger, expliqua Cloister. Le département du shérif aussi, chaque fois que quelqu'un met en place un laboratoire de méthamphétamine ou une maison de culture. Cela dit, ça ne peut pas faire de mal de regarder dans les parages.

Il ignora le grognement sceptique de Javi et se dirigea vers la voiture. Bourneville était aplatie comme une crêpe sur le siège arrière, paraissant s'ennuyer. Ses oreilles se redressèrent lorsque Cloister ouvrit le coffre. Elle se mit debout quand il traîna sa boîte d'équipement par-dessus la roue.

— Qu'est-ce que tu fais ? interrogea Javi.

— Il y a beaucoup de morceaux de verre, expliqua Cloister.

Il siffla entre ses dents en faisant signe à Bourneville de sortir de la voiture. Elle sauta dehors, attendant, puis leva une patte comme une Cendrillon à poil lorsqu'il s'accroupit à côté d'elle. Il glissa une chaussette à semelle épaisse et fixa le Velcro au sommet.

— Des chaussons ? s'étonna Javi.

Cloister se tourna et leva les yeux en fermant un œil vers la fine silhouette.

— Tu voudrais marcher ici pieds nus ?

— Je ne suis pas un chien, répliqua Javi.

— Bourneville non plus, affirma Cloister. Elle est adjoint du département du shérif, et cela coûte plus cher quand elle est en congé maladie que lorsque tu l'es.

Javi renifla comme s'il ne le croyait pas. Il n'avait visiblement jamais vu une facture de vétérinaire.

Cloister finit de lui enfiler les chaussons et il se remit debout. Les premières fois où il les lui avait mis, elle avançait les jambes raides et pleines de reproche comme s'il lui avait attaché des abeilles aux pattes. Désormais, elle savait que cela voulait dire qu'ils allaient faire quelque chose d'intéressant : de la recherche, du sauvetage ou récupérer un corps.

Et après dix ans, Cloister ne pensait pas que Birdie Utkin avait besoin d'être secourue. Juste d'être retrouvée.

Cloister attrapa un os en tissus et le sortit de la voiture, il le fourra dans sa poche arrière et jeta les clés à Javi.

— Tu peux attendre dans la voiture si tu veux, dit-il.

— Je suis venu jusqu'ici. Je pourrais aussi bien venir voir.

Cloister eut un petit sourire suffisant et se pencha pour débloquer la laisse de Bourneville. Il pouvait la sentir vibrer de l'énergie accumulée tandis qu'elle attendait son ordre.

— Bourneville, trouve RJ, dit-il d'un ton sec. Où est RJ ?

C'était plus sympa que *cadavre* si une famille, ou la presse, était présente, et Cloister était le seul qui savait ce que cela signifiait vraiment. En plus, cela fonctionnait. À la minute où il lâcha le collier de Bourneville, elle s'élança.

Elle trotta sur les deux premiers mètres, renifla aux alentours et revint sur ses pas. La voiture brûlée l'attirait et elle en fit le tour deux fois sur ses grandes pattes protégées.

— Elle sent un raton laveur, grommela Javi avec impatience.

— Non, contredit Cloister. Elle peut faire la différence.

Quelque chose s'était passé dans la voiture, mais entre le temps, les années et le feu, ce n'était pas suffisant pour retenir l'odorat de Bourneville. Elle s'ébroua, abandonna la voiture, et se dirigea tout droit vers la porte avant défoncée d'une des maisons voisines. Comme la voiture, quelqu'un y avait jeté une allumette à un moment donné. Le toit s'était écroulé à l'intérieur et les fenêtres n'étaient plus que des éclats de verre noircis par la fumée.

Il y avait assez d'espace au bas de la porte pour qu'elle puisse ramper. Cloister marcha en allongeant le pas et la rattrapa alors que sa queue disparaissait dans le noir. La porte avait été brisée précédemment. Du métal tordu sortait du bois carbonisé. Cloister la poussa pour l'ouvrir. Des déchets entassés derrière raclèrent le sol, et il découvrit une pièce qui ressemblait au genre d'endroit où on s'attendrait à trouver un cadavre.

Des obscénités avaient été gravées sur les murs, des draps tachés étaient poussés dans un coin, et des boules de papier d'aluminium jetées conservaient la morsure acide de l'héroïne à travers la puanteur d'urine et de fumée du lieu. Toutefois, Bourneville était déjà partie et les traces indistinctes d'empreintes de ses pattes gantées apparaissaient dans le résidu de suie sur le sol.

Il y avait quelqu'un de mort à proximité, et l'odeur devait être forte.

Cloister se mit à courir. Tous ces sprints de fin de soirée sur la plage ne servaient pas uniquement à le fatiguer pour qu'il puisse dormir sans rêver. Les chiens qui détectaient une odeur se rappelaient rarement que leurs maîtres étaient limités par des jambes humaines assez lentes. Il passait beaucoup de temps à essayer de la suivre.

Il traversa la cuisine, se dépêcha de passer au-dessus d'une poutre éclatée qui s'était écrasée sur l'évier, et courut à travers l'allée à l'arrière. Un chat de gouttière tigré, fâché, décharné ayant encore le dos rond et le poil hérissé par une rencontre inattendue avec un gros chien, lui feula dessus du haut d'un mur brisé.

Bourneville slalomait à travers des décombres et des bâtiments inachevés. Elle se dirigea vers une porte et sortit par une autre, revint sur ses pas, et quadrilla son propre chemin. Parfois, elle s'arrêtait et regardait autour pour vérifier qu'elle savait où se trouvait Cloister.

— Elle a perdu l'odeur ? demanda Javi quand il rattrapa Cloister.

Ils transpiraient tous les deux, le tee-shirt de Cloister lui collait à la peau, et le col rigide de la chemise de Javi était humide et sans forme. Il n'était pas aussi essoufflé que Cloister aurait pu s'y attendre, mais d'un autre côté – la respiration rapide de Cloister se bloqua un instant – il *avait* vu les lignes fermes des muscles cachés sous le costume soigné.

— Non, déclara Cloister en tirant sur le col de son tee-shirt pour essuyer son visage. Elle fait… de la triangulation.

Un reniflement à la base d'une palette de briques, et Bourneville reprit sa course. Elle fonça comme une flèche pratiquement tout droit dans l'ébauche d'une rue et dans la carcasse d'un bâtiment qui n'avait jamais dépassé le stade du rez-de-chaussée. À un moment donné, les murs avaient été plâtrés et le toit intact, mais des années de sable et les intempéries avaient fait leur œuvre, les rendant aussi mince que du papier et criblés de trous. Les fenêtres étaient intactes, un film protecteur en lambeaux s'y accrochant encore.

Bourneville s'aplatit sur le sol, le menton sur ses pattes et gémit. Ses yeux étaient fixes et sa queue collée autour de son arrière-train. C'était son langage, pourtant Cloister ne pouvait jamais s'empêcher d'avoir l'impression qu'elle se sentait mal de ne pas avoir pu trouver le corps quand il était encore en vie.

— Bonne fille, dit-il en posant un genou à côté d'elle.

Il la câlina jusqu'à ce qu'elle se détende, abandonne sa posture et s'assied. Cloister tira l'os en tissus de sa poche et le jeta à travers la pièce pour elle. Bourneville s'élança derrière, manquant presque de rentrer dans le mur la tête la première, elle le plaqua au sol pour baver dessus. Pendant qu'elle était occupée, Cloister tapota de ses doigts courbés le sol en planches d'aggloméré. Il était assez sec pour résonner sous ses articulations.

Il n'y avait pas d'odeur. Pas de tache.

— Aurais-tu vu un pied-de-biche à l'extérieur ? demanda-t-il.

Quand Javi renifla d'un air moqueur, il haussa les épaules et chercha dans sa poche la forme du gros rectangle de son ancien couteau suisse. Le dessus était ébréché et usé, la saleté s'était glissée dans les charnières, mais c'était ce qui s'approchait le plus d'un héritage familial chez les Witte : trois générations, deux séries d'initiales et démonté au moins deux fois pour extraire du sang avant qu'il rouille.

Il enfonça son ongle dans la rainure et sortit la lame du couteau.

— Peut-être que ce n'est pas elle, dit Javi.

Il avait son téléphone entre les mains et le flash l'éclaira alors qu'il prenait une photo du sol.

— Ça reste quelqu'un.

Cloister supposait qu'ils pouvaient appeler et attendre que l'équipe de la police scientifique, la CSI, creuse la zone correctement. Sauf qu'il n'était pas désireux d'encaisser les railleries si cela s'avérait être un sac de côtelettes de porc qu'un ouvrier avait jeté dans les fondations au lieu de les mettre dans la poubelle. En outre, si c'était Birdie Utkin, elle était dans ce lieu déplorable et âcre depuis assez longtemps.

Il creusa avec le couteau dans le panneau aggloméré qui craqua et éclata sous le point de pression. Il tourna la lame jusqu'à ce que le trou soit assez grand pour y glisser ses doigts. Les arêtes vives s'enfoncèrent dans sa peau tandis qu'il l'arrachait, et la planche de bois remonta sous la tension.

Deux clous sortirent du plancher faisant crisser le bois, et un morceau de l'aggloméré céda.

— Merde, déclara Javi. Tu avais raison.

Le flash fonctionna de nouveau, la brillante lumière paraissait crue sur le plastique recouvrant le visage desséché et flétri d'une fille bien trop jeune pour finir abandonnée sous un plancher. Elle était recroquevillée sur le côté, s'étreignant fermement et tannée par le soleil. Ses cheveux étaient un halo fragile, fin et clairsemé, plus poussiéreux qu'autre chose. Mais ils étaient probablement blonds.

— C'est elle, dit Cloister.

— Nous ne le savons pas. Pas encore, rectifia Javi.

Il tapota la cheville de Cloister avec son pied et recula pour signaler la découverte.

— Ne touche à rien. Nous devons faire venir les équipes médico-légales… voir s'il reste quelque chose d'utilisable. Bon sang, comment ont-ils pu rater ça la première fois ? Je pensais que la force de police de Plenty était corrompue, pas incompétente.

Il s'éloigna de la pièce poussiéreuse pour aboyer des ordres dans son téléphone.

Cloister replia le couteau et le fourra dans sa poche arrière. Ses mains tremblaient alors que l'adrénaline se frayait un chemin à travers ses tendons. Il savait déjà qu'il ferait un cauchemar ce soir, mais au moins, une famille aurait des réponses.

— Il est temps de rentrer à la maison, Birdie, murmura-t-il.

XIV

La fille morte avait l'air très petite tandis qu'ils la transportaient hors du bâtiment sur une civière. Sous le drap blanc, son cadavre desséché ressemblait plus à un enfant ou à un animal. Rien que des os et de la peau burinée.

— Je ne peux rien vous dire avant d'avoir terminé l'autopsie, déclara la médecin légiste.

Elle essuya ses lunettes avec son pouce, les reposa sur son nez et plissa les yeux sur les taches graisseuses jusqu'à ce que ses pupilles s'ajustent.

— À mon avis, le cadavre a été déplacé ici alors qu'elle était déjà morte depuis un certain temps.

— Combien de temps ?

Galloway soupira. C'était une femme banale avec des cheveux blond terne et des yeux bleus délavés. Même sa peau avait cet effet étrange, qui provenait du fait qu'elle passait la majeure partie de sa vie sous des lumières fluorescentes. Elle était bonne dans son travail, cela dit.

— Je préfère ne pas donner mon avis tant que je ne l'ai pas autopsiée, dit-elle avant que ses sourcils blanchis se soulèvent. Est-ce que vous pensez vraiment que je vais faire des suppositions ?

— Y a-t-il quelque chose que vous pouvez me dire ?

Elle poussa ses lèvres en avant et tirailla distraitement un morceau de peau sèche.

— Aucune cause évidente de la mort, répondit-elle. Il semble qu'elle ait été retenue quelque part avant sa mort. Ses doigts montrent des signes de dommages.

Elle mit ses doigts en crochet et griffa l'air pour faire passer l'idée.

— Cela dit, ça *pourrait* être dû à un prédateur. J'en saurai plus quand…

— Vous aurez fini l'autopsie, acheva-t-il pour elle.

Galloway lui adressa un bref sourire et se retourna pour partir. Avant qu'elle puisse le faire, Javi tapota son doigt sur son coude pour réclamer son attention.

— Pouvez-vous mettre le turbo sur ce cas ? demanda-t-il. Le faire passer avant ?

— Je pourrais, admit-elle tout en écartant son bras. Pourquoi le devrais-je ?

Javi hésita. La preuve d'une connexion entre les deux cas atteignait un point de bascule, mais il n'était pas certain de vouloir déjà engager son nom. Partir à la chasse au dahu, même celle qui se révélait fructueuse, ne faisait pas bonne impression sur le dossier d'un agent ou lorsqu'elle arrivait devant les tribunaux. Laissez J.J. Diggs sur un cas basé sur des pressentiments au lieu de preuve et d'une procédure d'enquête, et il s'en donnerait à cœur joie.

— Ça pourrait être connecté à une autre affaire, avoua-t-il. Peut-être.

Galloway fit une grimace.

— Le petit garçon de Lara ? demanda-t-elle.

Bien sûr, elle connaissait la famille, réalisa Javi. Il n'y avait pas beaucoup de médecins à Plenty, et le bureau du coroner du comté traitait également des décès à l'hôpital.

— Ce n'est pas confirmé, précisa Javi. Et je ne veux pas que ça revienne aux oreilles de la famille Hartley. Pas encore.

Cela lui valut un regard cinglant.

— C'est une connaissance professionnelle, pas ma « meilleure amie », répliqua Galloway sèchement. Mais je vais m'assurer d'examiner ce corps dès que je peux.

Javi la laissa partir. Alors qu'elle surveillait le chargement du corps dans le fond de la fourgonnette du coroner, Javi pinça son nez entre ses doigts et appuya comme si la pression pouvait aider à rendre la situation actuelle plus simple.

Si les deux affaires *étaient* connectées, alors comment ? Si la famille Utkin avait finalement conclu que Kelly Hartley avait exercé une pression sur l'enquête, ils auraient pu enlever Billy par vengeance. Mais malgré les connexions avec Utkin, cela paraissait être un bond impressionnant dans un comportement antisocial pour un constructeur de Californie du Sud sans antécédents criminels.

Sauf qu'ils ne *savaient* toujours pas si le cadavre qu'ils avaient trouvé était Birdie Utkin, se rappela-t-il. Jusqu'à ce qu'ils le sachent, il pourrait aussi bien mettre ça de côté et gérer la situation actuelle.

Cloister avait fini de jouer à « va chercher » avec le chien, et les équipes d'informations s'étaient jointes à la foule des curieux réunis à l'extérieur des clôtures métalliques. Les adjoints en service essayaient de les retenir, mais un mélange de curiosité et de préoccupation les poussait à s'approcher.

Il se dirigea vers le périmètre et passa à travers la batterie de questions.

— Est-ce que ceci est lié à l'affaire Hartley ? demanda une femme vaguement familière, alors qu'elle coinçait une mèche de cheveux derrière son oreille.

Il lui fallut une seconde, mais Javi remit un nom sur son visage : Harriet Green, de la station de télévision locale.

— Avez-vous trouvé le corps de Drew Hartley ? questionna un homme plus direct. Avez-vous un suspect ?

Il avait des lunettes noires et un sac d'ordinateur portable. Journal papier ou blog.

— Ce sont deux affaires séparées, déclara Javi. Pour le moment, nous n'avons aucune raison de le relier au jeune garçon disparu, Drew Hartley. Nous espérons que nous pourrons ramener Drew chez lui, heureux et en bonne santé.

Il y avait eu de la *confiance* dans les premières heures après que Drew fut sorti de la Retraite et qu'il n'y soit pas revenu, mais plus le temps passait, plus il devait gérer les attentes. Il n'y avait aucun bienfait à entretenir l'espoir après un certain point.

— Qui a été retrouvé ? Nous les avons vus apporter une civière, interrogea encore Harriet, se penchant en avant pour brandir le micro sous son nez.

Avant qu'il puisse dire quoi que ce soit, l'un des techniciens du CSI cria pour l'interpeller :

— Agent Merlo. Il y a quelque chose que vous devriez voir.

Par-dessus le col de sa combinaison blanche, le visage de l'homme était sombre et préoccupé.

— Je ne suis pas en mesure de partager d'autres informations pour le moment, déclara Javi en douceur. Dès que nous en saurons plus, nous vous le ferons savoir. Je vous remercie.

Il se retourna et s'éloigna rapidement, ignorant les questions jetées dans son dos. Le technicien du CSI retournait déjà vers le bâtiment alors que Javi s'approchait.

— Qu'est-ce qu'il y a ? demanda Javi.

— Mauvaises nouvelles, répondit l'homme. Nous avons soulevé le plancher pour sortir le corps. Elle n'était pas seule là-dessous.

L'image d'une douzaine de cadavres bruns en position fœtale s'imprima dans la tête de Javi. Il grommela un juron et allongea ses pas. Il plongea sous la bande en plastique qu'ils avaient collée sur la porte. La zone était quadrillée avec des étiquettes jaunes et des caméras. Il n'y avait pas de corps. Cela aurait presque été mieux s'il y en avait eu. Au moins, cela aurait été une situation claire.

Cinq sacs en plastique avaient été déterrés du sol. Chacun était rempli de vêtements soigneusement pliés, jusqu'à une paire de chaussures méticuleusement placées sur le dessus.

— Fils de pute, siffla Javi à travers ses lèvres pincées.

— Regardez ça, indiqua le technicien en contournant Javi.

Il se fraya un chemin à travers le cadre en bois sur le sol, traînant les pieds dans ses bottes surdimensionnées et s'accroupit pour ramasser un des sacs déjà étiquetés et photographiés. Il l'inclina vers Javi. Même à travers le revêtement en plastique blanchâtre, Javi pouvait voir le tissu rouge usé du tee-shirt et le logo sérigraphié des Avengers.

Captain America était le préféré de Drew, Lara le leur avait dit quand elle leur avait donné sa description, mais lui aussi aimait les Avengers.

— Amenez-les au laboratoire, analysez-les et donnez-moi le rapport avant la fin de la journée, ordonna-t-il sèchement.

L'habitude fit que le technicien commença à vouloir se dérober, mais Javi le coupa avec impatience.

— Cette enquête sur la disparition d'un enfant est sur le point d'être requalifiée en un crime en série. Fournissez-moi ce rapport.

Le technicien pinça les lèvres – soit par ressentiment, soit en comprenant que le niveau de l'affaire venait de s'élever d'un cran, mais Javi s'en moquait – et hocha la tête.

— Agent.

Javi jeta un dernier coup d'œil à la pièce, l'imprimant dans son esprit pour plus tard, quand il aurait besoin de lui donner un sens, puis il se dirigea vers l'extérieur. Il était temps de dire à Cloister que son pressentiment était devenu une théorie. Il semblait que les disparitions de Drew et Birdie Hartley *étaient* liées. Javi pensa aux autres petits sacs de vêtements qu'ils avaient déterrés et pinça la bouche en une ligne sinistre. Au *moins* ces deux affaires.

BIRDIE AYANT disparu, il en fut de même pour ce qui maintenait le mariage Utkin à flot. Heather Utkin avait divorcé de son mari au cours de l'année et déménagé hors de la ville. Hors de l'état, en fait.

— Elle est retournée en Illinois, expliqua Lew Utkin.

Le choc avait balayé l'assurance dans sa voix, la laissant confuse et distraite. C'était un homme grand, bien qu'il commence à s'épaissir un peu au niveau du ventre, et qui était en temps normal probablement encore beau. Aujourd'hui, la peau de son visage avait l'air de glisser un peu sur ses os, s'affaissant comme si le chagrin avait un poids. Il était assis sur la chaise métallique bon marché, triturant un verre d'eau en plastique.

— Je n'ai pas son numéro, mais, euh... J'ai l'adresse de sa sœur. Je peux la contacter. Êtes-vous *certain* que c'est Birdie ?

C'était la quatrième fois qu'il posait cette question. Javi n'était pas certain de la réponse qu'il espérait.

— Nous attendons le retour des tests ADN du laboratoire, dit Javi. C'est une des raisons pour lesquelles nous vous avons demandé de venir, afin que nous puissions obtenir un échantillon de votre part pour analyse.

Lew hocha la tête avant même que Javi ait fini de parler.

— Bien sûr, accorda-t-il. Je... tout ce que je peux faire pour aider.

— Nous avons aussi quelques-uns de ses effets...

— Ne puis-je pas juste *la* voir ? Je saurai si c'est ma fille. Cela fait dix ans, mais je reconnaîtrai ma propre fille.

Javi superposa mentalement la jolie fille souriante de la photo au visage à moitié momifié de la morte, ses paupières affaissées sur des orbites vides et des lèvres remontées sur des gencives dures et des dents cassées. Il ne pensait pas qu'il y ait quelque chose à reconnaître.

— Cela fait dix ans, monsieur Utkin. Laissez le laboratoire faire son travail d'abord.

Lew ferma les yeux.

— Est-ce que quelqu'un lui a fait du mal ? demanda-t-il.

— Nous n'en savons encore rien. Vous sentez-vous la force de regarder certains des éléments que nous avons trouvés avec elle, pour voir si vous pouvez les identifier ?

L'acquiescement prit un peu plus longtemps cette fois. Lew hocha finalement la tête avec raideur et serra la mâchoire, au point que Javi crut

109

entendre ses dents grincer. Il se leva de la chaise comme s'il était beaucoup plus vieux que ne l'indiquait son visage.

— Finissons-en avec ça, dit-il.

Javi descendit avec lui dans la salle des preuves où un technicien fit un prélèvement à l'intérieur de sa joue. Ensuite, il sortit un plateau en métal propre, sur lequel étaient soigneusement disposés les articles qu'ils pensaient appartenir à Birdie. Une chemise jaune et un haut réduit à l'état de chiffon sale qui avait probablement été une mousseline hippie vaporeuse à une certaine époque, des tongs avec des sangles en plastique craquelé et une paire de boucles d'oreilles en argent ternies. Il y avait encore un cheveu coincé dans l'une d'elles – frisé et entortillé sous la lumière vive. Et pour finir, une série de clés, toutes de différentes couleurs vives et brillantes, avec un pêle-mêle de photos jaunies de Zac Efron attachées à l'anneau.

— Prenez votre temps, conseilla Javi alors qu'il observait discrètement le visage de Lew.

Il se fripait sous le chagrin. Lew tendit la main vers le plateau, mais la retira avant que Javi n'ait eu besoin de dire quoi que ce soit. Il se frotta grossièrement le visage et enfonça ses doigts dans ses cheveux grisonnants et bien coupés.

— Les, euh… les clés sont les siennes, s'étrangla-t-il. Les boucles d'oreilles ressemblent aux siennes aussi. Des petits oiseaux. Elle les portait toujours. Je ne… Je ne sais pas pour les vêtements. Elle aimait le jaune. Elle portait toujours du jaune. Je… ah, je pense que j'ai besoin de m'asseoir.

— C'est bon, déclara Javi.

Il fit un signe de remerciement rapide au technicien et ramena Lew dans le hall. Il y avait un long banc à mi-parcours avec un Coca vide posé dessus, il y accompagna Lew. Celui-ci se laissa tomber dessus, se repliant, et pressant ses paumes fortement contre ses joues.

— On l'a peut-être volée, marmonna-t-il. Ça pourrait être ce qui s'est passé. Elle a été dévalisée et peut-être frappée à la tête ? Cela expliquerait pourquoi elle n'est jamais revenue à la maison.

— Monsieur Utkin…

Lew se redressa et frotta sa bouche sur sa manche.

— Je sais, dit-il. Je le sais, mais je ne suis pas *obligé* de le savoir maintenant, n'est-ce pas ? J'ai le droit de ne *pas* le savoir.

Il semblait désespéré de voir Javi lui donner la permission, et son visage suppliait pour ce petit acte de bonté. Javi voulait des enfants – ou s'attendait à avoir des enfants –, mais l'idée d'être vulnérable à quelque chose que vous ne pouviez pas contrôler le terrifiait.

— Nous en saurons plus une fois qu'ils auront fait le test ADN, accorda-t-il.

Lew hocha la tête.

— Pouvez-vous nous dire quoi que ce soit que vous n'avez pas dit à l'inspecteur Stokes lors de la première enquête ?

— Enquête ? Est-ce que c'est comme ça que vous l'appelez ? demanda Lew avec amertume. Personne ne se souciait de ma fille. Ils voulaient juste faire une croix dessus. Vous savez combien d'argent j'ai donné lorsque nous faisions campagne pour rester une zone non incorporée et ne dépendre d'aucune municipalité ? Des tonnes. Juste pour que je n'aie pas à voir cet uniforme tous les jours, n'oubliez pas comment ils ont laissé tomber Birdie.

— Dites-moi n'importe quoi, répéta Javi avec patience. Même quelque chose qui ne semblait pas avoir d'importance à l'époque. Qu'en est-il du petit ami de Birdie ? Elle était avec un Hartley, n'est-ce pas ?

Le regret tendit les traits de Lew.

— Je pensais que ce serait bien pour elle. C'était un bon garçon : intelligent, ambitieux, respectueux. Kelly y veillait. Birdie disait qu'il était ennuyeux – elle avait probablement raison –, mais je l'ai poussée. Pas seulement moi, sa mère aussi. Nous avons pensé qu'il la calmerait.

Il hésita, ses sourcils se réunirent au-dessus de son nez.

— Vous ne pensez pas qu'il ait eu quelque chose à voir avec ça ? Ils ont dit qu'il avait un alibi. Kelly...

— J'essaie simplement d'y voir plus clair, assura Javi. Parfois, les gens laissent des choses de côté parce qu'ils pensent que cela n'est pas pertinent, ou ils craignent que cela puisse donner une image peu flatteuse de la victime.

— Elle avait quinze ans, dit Lew. La pire chose qu'elle ait jamais faite était de dépasser le couvre-feu.

— Et son autre petit ami ? demanda Javi. Celui que vous n'aimiez pas ?

— Hector ?

Utkin secoua la tête.

— Je ne lui faisais pas *confiance*. Dans mon métier, Agent Merlo, vous rencontrez des gens qui ne sont pas... gentils. Vous apprenez à reconnaître les signes. Hector Andrews n'était pas quelqu'un de fréquentable, et il l'aurait blessée un jour, mais pas ce soir-là. Quelqu'un l'avait envoyé à l'hôpital.

— Quelqu'un ?

— L'un de ses amis voyous, répondit Lew.

Il y avait du défi dans sa voix, l'expression de ses yeux quelque part entre la bravade et la suffisance.

— C'est le truc avec les voyous, Agent. Ils vous poignarderaient dans le dos pour cinquante dollars.

— C'est le tarif en vigueur pour donner un coup de bouteille à la tête ? suggéra Javi calmement.

Lew s'arrêta avant de faire des aveux. Il laissa remonter le coin de sa bouche dans un sourire amer et bref.

— Disons que je n'étais pas désolé de l'apprendre.

— Avez-vous la moindre idée de l'endroit où se trouve Hector maintenant ?

Lew fit une grimace et baissa le menton vers son cou.

— Je ne savais pas où il vivait à l'époque. Il était sans abri. Sa famille avait perdu leur maison et était partie, mais il s'était accroché. Je l'ai dit à Birdie. Quelque chose ne va pas avec un homme dont la famille ne veut pas. Elle ne m'écoutait pas.

C'est à ce moment-là que la capacité de Lew à se mentir vint visiblement à manquer. Il se replia sur lui-même, semblant soudain perdu dans ses souvenirs et ferma les yeux. Le coin de ses lèvres s'affaissa alors qu'il reniflait en prenant une profonde inspiration. Pas de larmes, mais si Lew avait une liaison avec Kelly Hartley, il pleurerait sur son épaule plus tard après avoir avalé une bouteille de whisky.

— Je, euh… je devrais appeler ma femme, dit-il avant d'essuyer sa bouche. Mon ex-femme. Réserver un vol pour elle et… et tout. Avez-vous besoin d'autre chose ?

— Pas pour le moment, répondit Javi.

Lew hocha la tête et se leva lentement.

— Vous me ferez savoir si…

Javi hocha la tête et posa une main rassurante sur son bras.

— Nous vous informerons dès que les résultats seront arrivés. Prenez soin de vous.

— Pourquoi ?

XV

JAVI DEMANDA à un adjoint qui passait d'escorter Lew Utkin. Il n'était pas certain que l'homme serait parti dans le cas contraire. Puis il se dirigea vers la grande salle en open-space. Il y avait quatre adjoints à leurs bureaux, deux adolescents et un motard assis sur le banc contre le mur. Ce dernier avait les bras croisés et les yeux fermés. Cela aurait pu être une façade, mais Javi pensait que l'homme était réellement en train de faire une sieste.

Un blond manquait à l'appel, celui que Javi cherchait était l'adjoint assis dans le coin au fond à gauche, sous la fenêtre. Cloister eut la décence de paraître embarrassé quand il se rendit compte qu'il avait été découvert. Il tâtonna sur le bureau et attrapa avec espoir les papiers épars avec ses grosses mains éraflées.

— Je t'ai dit que je voulais que tu sois là pour l'entretien avec Lew Utkin. Pas...

Il arracha une feuille des mains de Cloister, y jeta un coup d'œil et arqua un sourcil de surprise en poursuivant :

— ... des demandes de remboursement de frais pour de la nourriture de chien et des factures de vétérinaire ?

Cloister se gratta la nuque. La manche noire de son tee-shirt remonta au-dessus du renflement dur de son triceps. C'était plus distrayant que quelques centimètres de peau auraient dû l'être.

— Bon s'est blessée la patte en trouvant le téléphone. Mieux vaut prévenir que guérir, dit-il.

— Jusqu'à ce que Frome dise le contraire, lui rappela Javi. Tu es à moi.

Quelque chose de sombre se glissa dans ces mots, lourd, brûlant et exigeant. Plus que Javi n'avait souhaité mettre dans sa voix. Il se mordit l'intérieur de la joue d'embarras. Quelqu'un rit sous cape. C'était sorti probablement plus fort que prévu, à la façon dont la personne s'y prenait pour l'étouffer, et presque bienvenu pour rediriger l'irritation de Javi et lui permettre de retrouver son sang-froid. Il serra la mâchoire suffisamment fort pour avoir mal au crâne et prit une grande inspiration. Avant qu'il puisse sortir une réplique, Cloister pointa son majeur en direction du ricaneur. Sa source était, Javi le découvrit en se retournant, un jeune homme à l'allure robuste et à l'apparence d'un athlète de lycée, avec des cicatrices d'acné qui s'estompaient.

— Il sait que je suis gay, Collins, déclara Cloister. Alors maintenant, tu as juste l'air d'un connard. Et devant nos invités qui cherchent à éviter de payer leurs PV.

Sans ouvrir les yeux, le motard renifla.

Le jeune et robuste Collins se tortilla sur place pendant un instant, puis marmonna quelque chose qui aurait pu être des excuses et se pencha sur son bureau. Son cou était entièrement rouge jusqu'à son cuir chevelu, visible à travers ses cheveux coupés courts, son stylo griffonna assidûment le papier. Javi s'autorisa une pensée peu charitable en étant surpris que le sportif sache lire. Il aurait pu être encore plus cruel, mais ce n'était pas le moment.

— Je ne te dis pas de faire des choses simplement pour le plaisir d'écouter ma propre voix, affirma-t-il. Alors, laisse les factures et viens avec moi. J'ai fini avec Utkin, mais j'ai besoin que tu fasses d'autres courses...

Cloister fronça les sourcils à la mention méprisante de « courses », mais fit ce qu'on lui demandait et s'écarta du bureau. Apparemment, la chienne était là au niveau de ses genoux. Elle se faufila dehors derrière eux, haletant gentiment. Javi leva les yeux au ciel. C'était comme avoir un chaperon, mais il présuma que la chienne avait été utile jusqu'ici.

— Est-ce que la patte du chien va bien ? demanda-t-il alors qu'elle sortait de la pièce avec eux.

— De la chienne, corrigea Cloister.

Il tendit la main distraitement et ébouriffa les oreilles dressées.

— Et elle va bien. Elle a juste été piquée par un fil barbelé, je voulais m'assurer que ça ne s'était pas infecté.

Dans le couloir, Javi jeta un regard en coin vers Cloister.

— Alors, je suis vraiment le seul qui ne savait pas que tu étais gay ?

Cloister haussa les épaules.

— Pratiquement.

Il hésita et laissa retomber sa main sur la tête de Bourneville.

— J'aurais dû être là pour parler à Utkin. Je suis désolé.

En matière d'excuse, c'était sorti sans remords, brutal et droit au but ; plutôt comme Cloister en un sens. C'était agaçant que Javi trouve cela attrayant.

— Personne n'aime informer les parents, admit-il.

Après un instant, il poursuivit au souvenir du « pourquoi » sans espoir d'Utkin dans ses oreilles.

— Pour être honnête, je me demande s'il n'aurait pas été plus heureux de ne pas savoir. Il aurait pu garder ce dix pour cent de chance qu'elle se soit enfuie vers une nouvelle vie quelque part. Dans cette situation, je ne sais pas si je voudrais connaître la vérité.

Cloister ne dit rien. Le silence s'étira assez longtemps pour qu'un ange passe. Javi ne savait plus où se mettre, ne sachant pas pourquoi il s'était exposé autant. Il ravala son humiliation – c'était aride et sablonneux – et tenta de changer de sujet.

— Peut-être qu'il…

— Ce n'est pas dix pour cent, l'interrompit Cloister à voix basse. Sans corps, les parents sont à quatre-vingt-dix pour cent certains que leur enfant est encore vivant… peut-être pour une vie nouvelle, mais qu'elle est plutôt douloureuse et effrayante. Il y a du chagrin, mais on ressent aussi de la peur.

Cette fois-ci, ce fut au tour de Javi de ne pas savoir quoi dire. Cela semblait aussi direct que ses excuses, c'était trop honnête pour lui. Cela aurait été plus facile si Cloister demeurait grand, blond et baisable, sans rien d'aussi gênant que des sentiments. Le malaise le démangeait sous sa peau et au lieu de demander à Cloister qui il avait perdu, Javi revint sur un terrain plus sûr.

— La prochaine fois que j'aurai à annoncer de mauvaises nouvelles, je prendrai ça en compte, déclara-t-il parce que, apparemment, *connard* était une issue vers son espace sécurisé.

Bourneville gémit et enfonça sa truffe dans la main de Cloister, sa langue rose léchant ses doigts parce qu'elle était émotionnellement plus mature que Javi. Ils arrivèrent devant les portes, Javi en poussa une pour l'ouvrir, son irritation la propulsant plus fort que nécessaire. Il faisait encore chaud, mais les vents avaient finalement chuté. Il y avait une humidité dans l'air qui n'était pas là auparavant, et on arrivait mieux à respirer.

— Pour l'instant, je veux que tu ailles parler aux Hartley. Fais-leur savoir que nous ne nous intéressons plus à Billy. Ça passera mieux de ta part, expliqua Javi. Prends le téléphone avec toi – les techniciens n'ont pas encore réussi à le débloquer – et fais-le déverrouiller. Quelle qu'en soit la manière, le téléphone est arrivé là. Découvre ce que Billy cache et qui il protège.

— Pourquoi moi ?

Javi regarda la chienne collée avec dévouement à la jambe de Cloister.

— Les chiens t'aiment. Je parie que les enfants aussi.

— Ce n'est pas un enfant. C'est un adolescent.

— Ça revient au même, affirma Javi.

Il haussa les épaules.

— Bien sûr, si tu préfères, tu peux venir avec moi au bureau des archives pour passer en revue le registre de propriétés. Je veux savoir qui vivait dans cette maison où nous avons trouvé les corps.

Il était presque certain de découvrir qu'il s'agissait de la maison que la famille d'Hector Andrews avait perdue au profit de la banque. Si c'était le cas, c'était une coïncidence de trop qu'on ne pouvait pas ignorer en raison d'un alibi.

Cloister grimaça à cette idée parce que des périodes importantes n'avaient pas été informatisées de manière fiable dans les registres officiels de Plenty. La corruption étendue parmi les fonctionnaires publics de la ville signifiait que beaucoup de gens avaient des choses à cacher et qu'ils souhaitaient que ce soit difficilement « consultable ». En plus de preuves incriminantes, beaucoup d'enregistrements assez prosaïques avaient également été détruits pour rendre plus complexe le repérage de ce qui avait été caché. C'était donc parti pour quelques heures de discussion avec le bibliothécaire et à fouiller dans la paperasserie de vieilles boîtes d'archives.

— Je m'occupe de l'adolescent, décida Cloister.

Puis il hésita, déplaçant son poids d'un pied sur l'autre, mal à l'aise. Il avait l'air déséquilibré, incertain. C'était la première fois que Javi le voyait comme cela. Quoi qu'il se passe autour de lui, Cloister semblait toujours confiant dans son propre espace.

— Écoute, hier soir… laissa tomber Cloister.

C'était l'occasion parfaite de le repousser avec gentillesse, mais fermeté. Javi ne s'engageait pas dans des relations. Il avait une carrière toute tracée, et on ne devenait pas directeur adjoint en élaborant des compromis émotionnels et en encaissant de mauvaises ruptures. Il avait déjà essayé. Cela finissait mal. De manière prévisible, mais mal. Un sourire ridiculement attrayant qui ne s'accordait pas à ce visage rustique ou la multitude de taches de rousseur sur un joli cul n'étaient pas des bonnes raisons pour changer cette politique.

Sauf… qu'un arrangement n'était pas une relation. Il était évident que Cloister n'était pas du genre à s'attacher. C'était un homme adulte avec un

116

salaire substantiel qui avait choisi de vivre dans une habitation qui pouvait être remorquée. Cela criait : prêt à fuir.

— La nuit dernière était...

À la moitié de la phrase, Javi n'était pas *certain* de la direction qu'il allait prendre.

Avant qu'il se décide, Tancredi surgit par les portes derrière eux, heurtant le dos de Cloister. Cela ne le fit pas bouger beaucoup, cependant l'impact fit bondir Bourneville. Ses oreilles s'aplatirent, donnant à son crâne étroit un aspect semblable à celui d'un serpent, ses babines se retroussant sur des dents très pointues tandis qu'elle se mettait à grogner.

Pendant une seconde, Javi ressentit un besoin viscéral de reculer qui démarra dans son ventre et remonta dans sa poitrine. Son imagination se laissa emporter, anticipant la minute suivante avec le visage de Tancredi défiguré et à moitié dévoré, et lui ne sachant pas si appeler une ambulance serait un acte de bonté ou non.

Cloister tira vivement sur la laisse de Bourneville, étouffant le grognement, et ordonna :

— *Lass es,* Bourneville. *Lass.*

La chienne se détendit visiblement sous son ordre, la vibrante violence s'échappa de son corps fin et lourd. Elle releva ses oreilles et gémit pour s'excuser auprès de Cloister.

Javi sentit la chaleur s'enrouler autour de son entrejambe. Le contraste entre l'intonation d'autorité ferme dans la voix de Cloister *à cet instant* et la soumission évidente de son corps *l'autre fois,* remuait en lui un courant de désir. La sombre et douce idée de s'abandonner s'agita même dans son esprit – sentir les mains caleuses de Cloister sur son corps et ses ordres brusques alors qu'il se... détendrait.

La brève image était étonnamment puissante : une poussée de chaleur dévala directement dans son aine. Ce n'était pas quelque chose qu'il ferait, mais il stocka tout de même ce bref fantasme pour plus tard.

— Bon sang, Tancredi ! s'exclama Cloister.

Il semblait ennuyé, mais pas assez effrayé d'après Javi.

— Vous cherchez un congé maladie pendant qu'ils vous recousent les doigts ?

Tancredi fit un discret pas en arrière, son visage un peu plus pâle que d'habitude.

— Non... Hum... désolée. Nous venons juste de recevoir un appel, et je savais que vous voudriez en être informé.

117

— Quoi ? demanda Javi.

Elle lui jeta un regard, le regret et l'intérêt se bousculant dans son expression.

— Ce sont les Hartley. Ils se préparaient à quitter la Retraite pour rentrer chez eux, quand Billy a disparu. Ils l'ont cherché pendant des heures, mais ils n'ont pas réussi à le retrouver.

JAVI S'ACCROCHA d'une main au tableau de bord alors que Cloister enfonçait l'accélérateur le long des routes de campagne défoncées. La voiture se déporta suffisamment en prenant un virage serré pour qu'il sente la secousse des pneus quitter la route tandis que de la terre sablonneuse était projetée sur la peinture.

— Es-tu certain qu'elle est en sécurité là, derrière ? demanda Javi, en haussant la voix par-dessus le hurlement de la sirène.

Il inclina la tête pour vérifier dans le coin du rétroviseur. Le harnais de Bourneville avait l'air plus sûr que sa ceinture de sécurité, mais dans sa tête, il pouvait encore imaginer la vision du visage ravagé de Tancredi.

Peut-être que sa vie sexuelle était assez limitée à l'heure actuelle pour qu'il envisage un arrangement basé uniquement sur une proximité géographique. Sa libido réagit encore avec les fantasmes inquiétants et jouissifs d'un grand corps marqué de cicatrices et de divers degrés de capitulation. Cela le tournait en ridicule, mais cela changerait. Il ne voulait pas essayer d'aborder le monde des célibataires queer cherchant un partenaire si son visage ressemblait à un casse-tête mal remis en place. Il n'avait pas la personnalité pour s'en sortir sans être beau.

— Oui, elle va bien, répliqua Cloister avec impatience.

Il quitta la route des yeux assez longtemps pour jeter un coup d'œil à Javi.

— Bourneville n'allait pas attaquer Tancredi.

— Cela ne m'a pas paru évident.

— Si elle avait voulu attaquer, elle n'aurait pas été si facile à retenir, assura Cloister. Tancredi nous a surpris. Bon s'est mise sur la défensive.

— Alors, il n'y avait pas de danger ?

— Bien sûr que si, répliqua Cloister sans ménagement. Mais il y a probablement moins de danger avec Bon qu'avec le Labrador mal élevé de ton voisin. Le département du shérif a dépensé beaucoup d'argent pour l'entraîner à ne pas attaquer, sauf si je l'approuve d'un geste. Elle reste un chien cependant, et les chiens peuvent mordre.

— Seigneur, murmura Javi.

Il ne mentionnait pas souvent le nom du Seigneur en vain – l'adulte athée n'avait pas de prise contre une enfance passée sous la menace d'un lavage de la bouche au savon –, mais cela semblait approprié.

— Tu donnes l'impression qu'être propriétaire d'animaux de compagnie ressemble à une série d'épreuves douloureuses.

— Bon n'est pas un animal de compagnie.

Cloister haussa les épaules. Il s'interrompit pendant une seconde alors qu'il tournait brusquement le volant pour prendre un autre virage.

— C'est une bonne chienne, et elle n'a jamais mordu quelqu'un en dehors du travail, mais il serait irresponsable de ma part de te dire qu'elle ne le fera jamais. Ce serait comme dire que si je n'ai jamais tiré sur personne, ce serait sans danger de laisser traîner mon arme dans la maison.

Javi renifla.

— Je pense que je vais m'en tenir aux armes à feu, dit-il. Elles sont plus prévisibles et n'ont pas besoin d'être promenées.

Cette fois, la presse était arrivée en premier dans des camionnettes affiliées aux chaînes et dans de vieilles voitures. En réponse, la Retraite avait fermé son portail, ce qui avait repoussé les journalistes sur la route. Reed avait envoyé Matt pour monter la garde. Il avait l'air tendu et mal à l'aise tandis qu'il tirait son chapeau vers le bas et essayait d'éviter l'attention des journalistes.

Cloister se gara juste derrière un van poussiéreux de la FOX. L'homme debout à côté, qui insérait des piles dans un émetteur, leur lança un regard noir.

— Hé ! protesta-t-il en faisant un geste de la main vers l'écart inexistant entre les pare-chocs.

Il avait l'air trapu, mais c'était une illusion d'optique causée par la lourde veste pleine de poches qu'il avait sur le dos.

— Comment suis-je censé prendre mon équipement ?

Javi montra brièvement son badge à travers le pare-brise. Il n'y avait aucune chance que l'homme puisse avoir identifié l'insigne du FBI à travers la poussière, la boue et le verre entre eux. Tout ce qu'il pouvait voir, c'était le bouclier doré, le lourd porte-badge noir et une bonne raison pour s'occuper de ses affaires. Toujours en les fusillant des yeux, il leva ses mains en l'air en signe de capitulation et recula. Javi ouvrit sa portière juste à temps pour saisir son murmure :

— …connards.

Deux voitures de police arrivèrent alors que Cloister faisait sortir Bourneville. Javi fit signe à l'un des adjoints.

— Prenez la relève devant le portail.

Il désigna le groupe de gens qui bloquait la route.

— Je ne crois pas que le pays a besoin de savoir ce que le roi de la promo de Plenty pense de cette affaire.

La femme hocha vivement la tête.

— Je m'en occupe, Agent Merlo.

Pendant qu'elle s'en chargeait, Cloister et Javi plongeaient au milieu de la presse. Ce dernier parait aux questions en rappelant rapidement qu'il venait d'arriver et qu'ils en sauraient plus dès que lui-même aurait des informations.

Matt avait déjà débloqué les cadenas et ouvert le portail à leur approche. Il les laissa pénétrer avant de refermer derrière eux.

— Monsieur Reed vous a envoyé l'un des véhicules tout terrain, dit-il.

Il pointa du doigt un buggy rouge garé au bord de la route. Il hésita lorsque le calcul d'un seul buggy avec deux sièges s'imposa.

— Vous pourriez le conduire vous-même ? C'est suffisamment facile…

— Je vais marcher, déclara Cloister en lançant au buggy un regard désabusé. Cela ne me prendra pas longtemps.

Le trajet secouait Javi comme un prunier et un ressort faisait intimement connaissance avec son postérieur, ce qui lui donna à penser que Cloister avait probablement pris une bonne décision.

— Les médias ont-ils causé des problèmes ? demanda Javi.

Matt haussa les épaules et fit la moue. Il libéra une main pour gratter la trace sur son cou.

— Pas pour moi. Ils ne se soucient pas beaucoup de ce que je pense, marmonna-t-il. Deux trois choses qui se sont déjà passées ici, mais jamais autant ne s'étaient pointés avant.

— Les enfants font vibrer la corde sensible, déclara Javi.

Matt renifla.

— Ils n'ont pas rencontré certains de ceux qui sont ici, grommela-t-il. Des enfants gâtés. Aucune idée de la chance qu'ils ont.

— Comme Drew ? demanda Javi, la suspicion titillant le fond de son cerveau.

Le département du shérif avait vérifié les antécédents de tout le personnel de la Retraite. Il n'y avait rien qui suscitait des soupçons, et ils avaient tous des alibis plus ou moins valables.

Matt s'arrêta devant le bureau principal. Il coupa le moteur et adressa à Javi un regard penaud.

— Non, c'était juste un gamin. Les petits sont corrects, dit-il. Ce sont les plus vieux, comme Billy. Dès que ses parents avaient le dos tourné, il s'en prenait aux autres enfants, se mettait en travers du chemin des gens. Ils viennent ici et agissent comme si nous étions à leur service, disponibles pour courir dans tous les sens pour eux.

Javi retarda sa sortie du véhicule.

— Le personnel a-t-il beaucoup de problèmes avec Billy ?

— Pas auparavant.

Matt retira la clé, jouant avec et tordant ses doigts autour de la bague métallique.

— Cette année, il s'est pointé avec une mauvaise attitude. Je l'ai surpris en train de fumer dans la forêt. Je lui ai dit qu'il pourrait provoquer un incendie. Il m'a répondu de m'occuper de mes affaires.

— Les adolescents, commenta Javi avec légèreté. Ça leur passera.

— Si quelqu'un leur montre le chemin, accorda Matt. Faites-moi savoir si je dois vous raccompagner, Agent Merlo.

Il était difficile de s'extraire d'un buggy avec une quelconque élégance. Javi s'en extirpa et épousseta minutieusement son pantalon. Il nota mentalement de passer en revue la vérification des antécédents de Matt, au cas où, mais ce n'était probablement qu'une fatigue de son boulot. Si Javi avait dû travailler avec des enfants toute la journée, chaque jour, il semblerait également amer.

Javi remercia Matt pour le trajet, et quand il se retourna, il vit Reed courir dans sa direction en traversant la cour.

Enfin. Tranquil s'était fait rare depuis la nuit où Drew avait disparu. L'ex-hippy adressait toutes les platitudes compatissantes appropriées au département quand ils l'appelaient, mais coupait court avant qu'ils lui demandent de venir pour une entrevue. Javi supposait qu'il essayait d'esquiver un procès. Avec deux enfants disparus et un corps à la morgue, il se demanda sombrement si Reed était effrayé par autre chose.

— Agent Spécial Merlo, dit Reed en l'atteignant.

Il s'arrêta et lissa correctement ses cheveux grisonnants, dégageant son visage. Il portait un jean et une simple chemise blanche au lieu de son costume hippie en lin froissé. Son masque d'affabilité s'était craquelé. Sa bouche était pincée et ses yeux durs comme de la pierre.

— C'est intenable. Mon activité est perturbée, et la presse insinue que c'est en quelque sorte de ma faute…

— Est-ce le cas ? demanda Javi.

Reed s'arrêta. La réflexion lui fit plisser les yeux alors qu'il essayait de déterminer à quel point Javi était sérieux.

— Bien sûr que non, répondit-il. J'ai toujours essayé de m'assurer que la Retraite était sécurisée pour mes invités. Cela fait partie de l'éthique que nous avons toujours eue ici. Depuis que j'ai ouvert ma maison à…

— Alors, lorsque nous retrouverons ces enfants disparus, votre réputation sera rétablie, n'est-ce pas ? questionna Javi.

Il n'était pas d'humeur, mais dans le but d'apaiser leur échange, il ajouta une touche de miel pour adoucir ses propos.

— Le FBI précisera certainement combien nous sommes reconnaissants de votre aide.

Le compromis était quelque chose que Reed comprenait. Il lissa sa chemise de nouveau et rendossa son visage de vendeur.

— Bien sûr, dit-il. Vous avez raison. Je suis désolé. C'est juste un tel choc que cela se produise ici. Les Hartley sont dans mon bureau, Agent Merlo, si vous voulez bien venir avec moi ?

Javi hésita et jeta un regard en arrière sur la route. Il aurait préféré que Cloister prenne la tête des opérations pour parler aux Hartley, qu'il utilise sa sincérité pour saper le ressentiment de la famille. Cependant, il n'y avait aucun signe de lui.

Apparemment, il disait la vérité quand il affirmait avoir un problème avec l'autorité. Javi devrait gérer cela. Il déglutit pour se débarrasser du mélange aride de frustration et de désir dans sa bouche et hocha la tête à l'intention de Reed.

— Bien sûr.

XVI

POUR UNE fois, ce n'était pas Bourneville qui trouva le garçon disparu. Cependant, Cloister lui en donnerait le crédit.

Il se pencha, inclina la tête sur le côté et regarda sous le chalet. Les pilotis épais, enfoncés dans la colline rocheuse pour soutenir le porche créaient un espace de pseudo sous-sol ombragé. Les rochers avaient glissé en bas de la colline, laissant un lit de terre fine. Cela sentait la bière et la sueur d'adolescent. C'était juste le genre d'endroit que deux garçons pouvaient transformer en repaire loin de leurs parents, et le dernier endroit où un parent convaincu qu'un prédateur avait enlevé son fils – ou convaincu que son fils *était* un prédateur – chercherait un gamin disparu.

Billy Hartley était recroquevillé aussi loin qu'il le pouvait dans cet espace, les pieds dans des sneakers contre l'une des entailles.

— Je ne veux pas partir, dit-il lorsqu'il vit Cloister, sa voix se fêlant sous la bravade. Vous ne pouvez pas me forcer. *Ils* ne peuvent pas me forcer.

Il avait tort à ce sujet. Cloister présuma qu'il devrait d'abord essayer la diplomatie, même si l'application stratégique de la force aurait été plus facile.

— Nous savons que tu n'as pas fait de mal à ton frère, affirma-t-il. Si tu sors…

Billy releva sa lèvre en ricanant.

— Je le *savais* déjà, dit-il. C'est à eux que vous devriez le dire.

— À tes parents ?

Le ricanement reprit. Billy se recula plus loin, glissant ses mains dans les poches de son sweat à capuche et les ramenant sur sa poitrine.

— Ils veulent m'envoyer chez une sorte de thérapeute spécial. Ils pensent que j'ai fait quelque chose à Drew et que je dois aller le voir et me faire *soigner* avant de commencer à enterrer des petits enfants dans le jardin. Mais ce sont *eux* qui veulent partir. Juste le laisser derrière et rentrer à la maison.

La voix de Billy tremblait et se brisait sous un mélange aigre d'adrénaline et de peur. Il ne ressemblait pas beaucoup à ce que Cloister avait été à cet âge – même si quelqu'un étirait Billy de quelques centimètres et le chargeait de quelques kilos de muscles développés par ressentiment –, mais sa douleur et son aversion avaient un éclat et une familiarité malvenus.

Le soleil frappait la nuque de Cloister, cuisant les piquantes rougeurs cutanées d'un endroit où il s'était coupé les cheveux, et il avait mal à l'arrière de ses cuisses.

— Quel bien cela te fera-t-il de rester ici ? demanda-t-il.

Billy leva le nez, ses yeux sombres rougis et gonflés. Il s'essuya le visage et lança un regard à Cloister, le mettant au défi de remarquer ses larmes.

— Vous avez dit que vous le ramèneriez à la maison, accusa-t-il.

— J'ai dit que j'essaierais, rectifia Cloister. Je n'ai pas abandonné. Et toi ?

— Ce n'est pas moi qui cherche à partir.

— Allez, sors, gamin, tenta Cloister. Tes parents sont malades d'inquiétude.

Cela aurait pu marcher sur un petit enfant. Ils regardaient Cloister et voyaient quelqu'un de confiance, mais il ignorait ce que Billy voyait en lui. Apparemment, cela méritait un autre ricanement et un « Foutez le camp » grogné. Au temps pour prétendre que les enfants et les adolescents étaient pratiquement la même chose.

Cloister se remit debout, épousseta le sable avec ses mains et leva les yeux. Depuis le porche étroit du chalet, Bourneville le regardait de haut, les oreilles relevées et la tête inclinée avec intérêt. Sa queue balayait le bois et agitait un petit nuage de poussière. Ses oreilles s'inclinèrent vers l'avant et leurs pointes touffues tremblèrent.

Cloister claqua des doigts – le craquement de callosités les unes sur les autres était bruyant dans l'air immobile – puis pointa le dessous du chalet.

— Bourneville, apporte.

Elle se rua au bord du bois, faufila sa mince silhouette entre les lattes et bondit en bas. Sa longue fourrure noire ondula sous le vent, et pendant une seconde, Bourneville eut l'air élégante. Puis elle heurta le sol avec force, ses pattes griffues creusèrent des sillons dans la terre, et elle se faufila dans l'espace sombre et restreint.

Billy commença à jurer avant même que la chienne ne l'ait atteint. Il projeta des mottes de terre tout en continuant à reculer. Cependant, cela ne fonctionnait que tant qu'il y avait de l'espace derrière lui. Son dos toucha le mur et Bourneville s'accrocha à la jambe de son jean. Elle le traîna en arrière, et le revers du denim renforcé tint bon lorsqu'elle le tira entre ses dents. Billy cracha des insultes et attrapa les étais. Ses articulations blanchirent alors qu'il essayait de s'accrocher, mais c'était juste un autre jeu de tir à la corde pour Bourneville. Sa tête se baissa et les muscles puissants de ses épaules s'inclinèrent sous l'épaisse collerette en fourrure.

La lutte fut courte. Les doigts de Billy glissèrent, un cri perçant lui échappa alors qu'il récupérait probablement quelques échardes, et elle le remorqua triomphalement aux pieds de Cloister. Sanglotant de frustration et probablement de chagrin, Billy remonta sa jambe et s'apprêta à viser la tête de Bourneville avec sa basket.

— Ne frappe pas ma chienne, l'avertit Cloister en attrapant son pied.

La semelle en caoutchouc frappa la paume de sa main. D'un sifflement bref entre ses dents, il rappela Bourneville, elle laissa immédiatement tomber la jambe de Billy, revenant derrière lui.

— Elle n'aimerait pas. Et moi non plus.

Il laissa Billy récupérer son pied et écarta Bourneville avec son genou.

— Bonne fille, la félicita-t-il en enfonçant ses doigts dans son collier en geste d'approbation.

Étendu sur le sol, Billy lui lançait un regard noir. Des larmes de frustration et de ressentiment glissaient jusqu'à ses oreilles, traçant des sillons sur son visage sale. Il les frotta sur son épaule et se redressa sur ses genoux.

— Si mon grand-père était encore là, il aurait déjà trouvé Billy à l'heure actuelle, déclara-t-il et sa voix se brisa. Il n'aurait pas perdu du temps à m'accuser.

Cloister tendit une main et attendit. Après un instant, Billy l'attrapa et Cloister le remit sur ses pieds. Il chancela, retrouva son équilibre et s'écarta. Il serrait les mains, et ses articulations osseuses ressortaient contre sa peau.

— Pourquoi ne pouvez-vous pas me laisser tranquille ? interrogea amèrement Billy. Qu'est-ce que vous me voulez ?

Il était en colère. C'était évident. Cependant, en dessous, il y avait de la culpabilité. Javi l'avait vu et avait pensé que c'était à cause de ce que Billy avait fait. Cloister aussi, au début. Maintenant, cependant, il pensait que c'était à cause de ce qu'il n'avait pas fait, ou de ce qu'il croyait ne pas avoir fait.

— Tout ce que tu ne veux pas nous dire.

La provocation dans le regard de Billy vacilla, et il détourna les yeux. Ses épaules, pointues et trop larges, attendant la prochaine poussée de croissance, se soulevèrent sous son sweat à capuche.

— Je ne sais pas de quoi vous parlez, dit-il.

— Si, tu le sais, affirma Cloister.

Il passa ses mains derrière son dos et les enfonça dans les poches de son jean. Le denim était rugueux sous ses doigts. Une inspiration enfla dans sa poitrine et appuya contre ses côtes.

— Je l'ai fait.

Cela poussa Billy à lever les yeux du sol et à observer suspicieusement sur visage de Cloister pour comprendre.

— Hein ?

Cloister regarda autour de lui. Il fronça les yeux contre l'éblouissement et désigna le chemin qu'il avait pris pour monter.

— Allez, dit-il en se mettant en route.

Comme d'habitude, Bourneville marchait dans son ombre. Après une seconde, Billy l'imita ; plus par désœuvrement et parce qu'il n'avait rien de mieux à faire, soupçonnait Cloister, que par un désir réel de connaître son histoire. Cela lui convenait. L'absence de questions lui donnait le temps de déterminer comment dire ce qu'il voulait. Finalement, c'était facile. L'histoire n'était pas compliquée. Ce n'était même pas si inhabituel. C'était juste la sienne.

— Quand j'étais plus jeune que toi, mon frère aussi a disparu.

— Un frère plus jeune ?

— Plus vieux, répondit Cloister. Pas de beaucoup, mais il ne m'a jamais laissé l'oublier.

— Que lui est-il arrivé ?

— Je ne sais pas, avoua Cloister. Je ne le saurai probablement jamais.

Il fallut une seconde, mais finalement Billy grogna. Pas tout à fait désolé, mais reconnaissant au moins que sa famille n'était pas la seule à qui des choses merdiques arrivaient. Là, Cloister ne se reconnaissait pas dans cette attitude. Lui avait été un sale bâtard.

Ils atteignirent la colline derrière le terrain de camping, un bosquet d'arbres poussant de façon irrégulière dans la terre dénudée. C'était plus raide que cela en avait l'air. Cloister l'avait dévalée plus tôt. L'élan était la seule chose qui l'avait empêché de glisser sur ses fesses. Maintenant, il plantait les bouts de ses chaussures en dénichant des points d'appui éphémères qui s'effritaient sous ses pas, et remonta avec encore moins de grâce.

Bourneville se précipita devant lui, ses pattes arrière projetant de la terre et lui montrant son derrière poilu alors qu'elle bondissait au sommet de la colline. Elle s'aplatit au sol pour attendre et passa sa tête par-dessus pour le fixer attentivement avec ses oreilles pointées et la langue pendante en un sourire. Certains des maîtres-chiens avec qui Cloister avait travaillés mettaient en garde de ne pas donner trop de crédit à l'animal, comme par exemple attribuer à l'esprit du chien une intelligence ou des motivations humaines. Cloister s'en fichait. Il était capable de dire quand on se moquait de lui.

Il fit un doigt d'honneur à Bourneville – cela l'aida à se sentir mieux, qu'elle le comprenne ou pas – et attrapa une branche basse qui pendait d'un arbre pour se hisser par-dessus un carré de terre meuble. L'écorce s'enfonça dans sa paume tandis que la branche pliait et s'éloignait du tronc tout en supportant son poids.

— Mais ma mère ne l'a jamais cru, dit-il, jetant un coup d'œil à Billy. Elle s'imaginait que je savais quelque chose, que j'avais vu quelque chose, et que je mentais.

— Pourquoi ?

Cloister relâcha la branche et frotta sa paume collante de sève contre sa cuisse.

— Je ne sais pas. Parce qu'au moins si je mentais, il y avait quelque chose à faire ? Il y avait une réponse quelque part et il suffisait qu'elle la fasse sortir.

Il haussa les épaules et hésita une seconde. C'était plus difficile d'en parler qu'il l'avait cru. L'histoire de la disparition de son frère avait été racontée tant de fois – par Cloister et à Cloister – qu'elle ne le blessait plus vraiment. Il y avait juste le souvenir de l'époque où cela avait été le cas. Comme un trou là où une dent avait existé.

Sa mère n'était pas une personne dont il parlait. Pas vraiment. Pas souvent. Quand il était gamin, il pensait qu'il grandirait, partirait et dépasserait tout cela. Il avait fait les deux premiers, mais il pensait que le fait que sa mère l'avait détesté lui ferait mal jusqu'au jour où on le recouvrirait de terre. Il n'avait jamais été capable de faire quoi que ce soit pour l'aider, mais peut-être qu'il pourrait aider Lara Hartley.

— Je suppose que, d'une certaine manière, si je mentais, elle conservait toujours un peu de contrôle, dit-il. Si elle pouvait me faire parler, alors on pourrait le trouver. Si je disais la vérité, s'il n'y avait rien que je puisse lui apprendre, alors que pouvait-elle faire ? Que je mente était tout ce qu'elle avait.

Bourneville se leva quand Cloister la rejoignit et il la laissa le lécher. Ensuite, il se retourna et d'une main attrapa Billy par son sweat pour le stabiliser sur les derniers pas. Il l'aida à se remettre sur ses pieds, puis lui saisit l'épaule, percevant ses os et ses muscles nerveux sous ses doigts. Billy le regarda, mordant sa lèvre inférieure gercée entre ses dents pointues, et ses yeux suppliaient Cloister de ne pas prononcer ce qu'il allait dire.

— Tu sais quelque chose, et tu dois nous dire ce que c'est, déclara Cloister. Il n'y avait rien que je pouvais faire pour aider ma mère. Toi tu peux, et tu dois le faire.

Billy s'affaissa. Il avait l'air beaucoup plus âgé que ses treize ans. Une peur adulte donnait à ses traits un air plus mûr. Il renifla et s'essuya le nez sur le dos de sa main.

— Elle va me détester, dit-il.

— Elle sera en colère contre toi, reconnut Cloister en lui serrant doucement l'épaule. Peut-être qu'elle le sera pendant un long moment. Mais elle ne te détestera pas.

Un soupir, un autre reniflement, puis Billy hocha la tête.

— D'accord, murmura-t-il d'une voix incroyablement basse. D'accord, mais je ne sais même pas si ça aidera.

Cloister ne mentait pas souvent. Les chiens et les familles endeuillées ne comprenaient pas l'idée d'un mensonge pieux, ni les meilleurs efforts, ou l'optimisme. Ils voyaient juste que vous aviez promis quelque chose et qu'ensuite vous ne leur donniez pas.

— Ça aidera, affirma-t-il, espérant que c'était vrai.

L'équipe de recherche, une version réduite de celle qui cherchait toujours Drew, était sur le point de partir quand Cloister entraîna Billy dans la Retraite. Quand Lara vit son fils, son visage s'éclaira d'un soulagement qui s'étendait de ses yeux aux coins de ses lèvres. Il ne lui fallut que trois longs pas pour se souvenir qu'elle pensait qu'il était peut-être un meurtrier. Son visage se referma, devint froid, et ses mains tendues tremblèrent avant de retomber le long de son corps.

— Où était-il ? interrogea-t-elle avant de déglutir difficilement.

Il était évident qu'elle s'attendait à moitié à ce que la réponse soit quelque chose d'horrible, quelque chose d'incriminant.

— Il a juste perdu la notion du temps, répondit Cloister.

Il encouragea Billy à avancer d'un pas.

— Il va bien maintenant.

Un murmure hésitant de soulagement se répandit dans la foule des chercheurs. Le fait que Billy soit – ait été – un suspect n'était à l'évidence plus un secret. Une des femmes s'avança pour mettre un bras autour de Lara. Son « vous devez être si soulagée » n'était pas plus convaincant que l'acquiescement tardif de Lara.

— Bien sûr, dit-elle.

Trois hommes traversèrent la foule. Ken ignora son fils et se rendit directement vers sa femme, tentant de la prendre dans ses bras. Elle le repoussa avec impatience, ses paumes lui frappant le torse alors qu'elle essayait de le garder à distance. Quand cela échoua, elle siffla quelque chose entre ses dents d'assez colérique pour que la femme qui tentait de la réconforter en reste bouche bée et ouvre des yeux ronds – scandalisée, ravie et coupable tout à la fois. Cela fit reculer Ken. Il laissa tomber ses bras le long de son corps comme s'il ne savait plus quoi en faire.

Les deux autres se dirigèrent directement vers Cloister, et il se prépara à une remontrance.

— Où diable étais-tu ? grinça Javi, la colère se répandant comme deux lignes de peinture rouge sur ses pommettes.

L'homme qui l'accompagnait passa devant lui, ignora son grognement sourd et irrité et demanda brusquement :

— Plus important encore, qu'est-ce que vous faisiez avec mon client ?

Cela permit à Cloister de mettre le doigt sur son nom, ou au moins sur sa profession : l'avocat que Lara avait appelé quand ils avaient emmené Billy pour interrogatoire. Diggs. Il était brun et mignon, avec une coupe et un costume onéreux qui donnaient l'impression qu'il faisait ses courses dans le même magasin que Javi. C'était stupide d'être jaloux, mais Cloister sentit quand même l'émotion s'emparer de lui. Il se mordit la langue, se répétant pour mémoire qu'il n'avait aucun putain de droit sur Javi ou une quelconque raison de penser que l'avocat en avait – cela ne fit rien pour l'en débarrasser. Cloister remua ses épaules pour tenter d'atténuer la tension de ses muscles.

— Vous l'aviez égaré, rappela Cloister d'un ton autoritaire à Diggs.

Le tranchant de sa voix pouvait probablement passer pour une aversion naturelle d'un policier envers un avocat de la défense.

— Peut-être que vous devriez être plus prudent, ajouta-t-il.

Diggs fit un pas en avant. Il se redressa de toute sa hauteur, le menton levé et les yeux noirs agressifs. Il avait presque quinze centimètres de moins que Cloister, mais cela ne semblait pas le déranger.

— On vous avait averti que tout contact futur avec mes clients devait se faire par mon intermédiaire, fulmina-t-il. Si vous avez ignoré cela et interrogé mon client *mineur*, alors je demanderai que tout soit rejeté devant les tribunaux.

Il leva un doigt et l'enfonça dans le torse de Cloister pour souligner sa déclaration. Peut-être que Javi avait dit à l'homme que Cloister était accessible. Par terre, à ses pieds, Bourneville perçut la tension dans ses muscles. Elle grogna, le son sourd et méchant dans sa poitrine.

À son crédit, Diggs eut le bon sens de prendre cela comme le signe qu'il devrait reculer. Cloister laissa tomber une main sur la tête de Bourneville pour la rassurer et indiquer qu'il n'était pas en danger.

— Ne me touchez pas, dit-il carrément.

— Alors, n'essayez pas de me contourner pour atteindre mes clients, répliqua Diggs. Les parents de Billy et moi avons été très clairs sur notre position et nous nous attendons…

— Nous avons parlé, c'est tout, intervint Billy.

Sa voix se brisa, nerveusement ou à cause de la puberté, tandis qu'il fixait ses parents.

— Je veux leur parler. D'accord ?

Cela avait commencé comme une affirmation, mais à la fin de la phrase, c'était une question. Il voulait désespérément qu'ils prennent la décision pour lui.

— Peut-être que c'est une bonne idée, du moment que… commença Ken.

Sa tentative de conviction faiblit et s'évanouit à la minute où sa femme l'interrompit.

— Et si on ne veut pas qu'il le fasse ? questionna Lara.

Elle jeta un regard à Billy puis se détourna, et la ligne de sa mâchoire se tendit nettement sous une peau ternie par le stress. Sa voix était toute petite lorsqu'elle ajouta doucement :

— Et si je ne veux pas savoir ?

Cette fois, quand Ken tendit les bras vers elle, elle se laissa étreindre. Cela ne ressemblait pas à de l'affection pour Cloister, juste qu'elle n'avait plus l'énergie de continuer à le combattre. Des familles se fissuraient pour des choses moins graves qu'un enfant disparu, mais peut-être avait-il eu tort.

Les relations affectives saines n'étaient pas son domaine d'expertise.

— Vous avez besoin de savoir, lui dit-il. D'une manière ou d'une autre, vous avez besoin de le savoir. Croyez-moi.

Elle lui avait fait confiance une fois, et il lui avait dit que son fils avait été enlevé. Cloister ne savait pas si elle avait la force de recommencer. Mais après une seconde, elle hocha la tête contre l'épaule de son mari.

— D'accord, dit-elle.

Elle sortit plus doucement de l'étreinte de Ken et tendit sa main vers Billy. Il la fixa comme s'il s'attendait à recevoir une gifle, mais finalement avança d'un pas traînant et lui permit d'attraper ses doigts. Elle les serra fermement et les phalanges de la main de Billy devinrent blanches alors qu'elle baissait le visage en un hochement de tête vif.

— Tu peux leur parler si tu veux, Billy. Quoi qu'il arrive, je *continuerai* à t'aimer.

La mère de Cloister avait dit ça aussi. Il voulait vraiment s'assurer que, pour Billy, cela ne deviendrait pas un mensonge.

XVII

REED DONNAIT l'impression d'être coopératif pour la première et probablement l'unique fois depuis que Cloister avait fait connaissance avec l'ex-hippy cupide. Lorsqu'ils le demandèrent, il fut trop heureux de les laisser utiliser son bureau. Il aurait probablement préféré rester pour assister à l'entretien, mais Javi lui avait froidement, mais poliment, fermé la porte au nez.

Comme les vêtements en lin, le bureau reflétait la personnalité publique de Reed, celle d'un hippy vieillissant. Le canapé était usé, le tissu élimé sur les accoudoirs et sur l'avant des coussins d'assise, et le bureau était une table de cuisine récupérée avec des graffitis incrustés dans la surface en bois. Le coffre-fort haut de gamme et la courbe brillante d'un MacBook Pro qui se chargeait sur le meuble de classement étaient les seules choses qui détonnaient.

Ça et les gens.

Billy s'assit dans le coin du canapé usé et tripota nerveusement le rembourrage avec un ongle tandis que ses parents hésitaient et que Diggs leur parlait à tous les trois avec une assurance tranquille.

— Comment as-tu convaincu Billy de nous parler ? demanda Javi à Cloister, saisissant son coude et le poussant dans un coin.

— Je le lui ai demandé.

Javi siffla discrètement entre ses dents.

— L'as-tu menacé ou intimidé d'une manière ou d'une autre ? Il n'est plus suspect, mais avec J.J. impliqué, nous *devons* nous en tenir à…

Deux heures plus tôt ou deux heures plus tard, Cloister aurait laissé le commentaire lui passer au-dessus. Il savait de quoi cela avait l'air. Chez lui, il y avait beaucoup d'hommes qui lui ressemblaient. Entre quinze et soixante-quinze ans, les hommes Witte n'avaient pas l'air fréquentables, et Cloister n'était pas tombé loin du pommier pourri de la famille. Javi avait seulement choisi le mauvais moment pour cette critique en particulier, alors que la peau de Cloister était encore à vif de ces anciennes vérités.

— C'est toi qui voulais que je parle au gamin, grogna-t-il, sentant le grincement dans sa gorge. Ne viens pas te plaindre maintenant que je l'ai fait.

Javi plissa les yeux, mais laissa couler. Il tourna le dos à Cloister et regarda Diggs.

— Eh bien ? dit-il. Avez-vous des objections à ce que nous parlions à votre client ?

— Plein, comme le nom de ville en somme, répondit Diggs.

Il lui adressa un sourire narquois en prononçant son jeu de mots. Cloister serra la mâchoire à cet éclat d'amusement distant qu'il partageait avec Javi. Diggs persista à ignorer Cloister alors qu'il poursuivait :

— Mais étant entendu qu'il n'est pas un suspect, et puisque lui et sa famille insistent, je suppose que je dois l'autoriser. Cependant, si je n'aime pas la direction que prend cette conversation… cela pourrait changer.

Javi attrapa la chaise de Reed, la tirant de derrière le bureau, s'assit et se pencha en avant. Sa chemise se tendit sur ses épaules lorsqu'il posa ses coudes sur ses genoux et qu'il réunit ses mains devant lui. Voûté contre l'accoudoir du canapé, Billy se crispa visiblement. Lara leva la main vers son bras, hésita, et acheva son geste.

— Alors parle, dit Javi.

L'ordre tranquille déstabilisa Billy, préparé à un interrogatoire et il cligna des yeux, confus. Il humidifia ses lèvres sèches et jeta un coup d'œil à Cloister, cherchant clairement une sorte de soutien. Cloister ne savait pas ce qu'il lui restait à offrir, mais il donna à Bourneville un petit coup de genou. Elle se leva, traversa la pièce et posa son menton sur le genou de Billy. Il attrapa une poignée de sa crinière et sembla absorber de l'assurance dans la fourrure épaisse et la chaleur de la chienne.

— J'étais censé retrouver une fille, déclara-t-il.

— Allison, dit Lara. Tu nous as dit…

Le rouge monta au visage de Billy et fit ressortir les croûtes et les boutons d'une puberté envahissante. Il déglutit avec difficulté et sa pomme d'Adam monta et descendit par à-coups sous sa peau.

— Non, c'est quelqu'un que j'ai rencontré en ligne. Nous allions… elle a dit qu'elle voulait le faire… vous savez.

Il s'interrompit, embarrassé, rougissant toujours misérablement jusqu'aux oreilles. Malgré l'évidente peur exténuante qui saisit Lara, elle réagit à l'angoisse familière de prédateurs sur Internet. Elle donna une claque sur l'épaule de Billy.

— Tu allais retrouver quelqu'un que tu avais rencontré en ligne ? Qu'est-ce que je vous ai dit à ce sujet ? Vous ne savez pas qui ils sont réellement, ce qu'ils sont réellement. Juste parce qu'ils disent quelque chose, cela ne veut pas dire que c'est vrai. Ils pourraient être n'importe qui. Ils pourraient être…

Elle s'arrêta brusquement et appuya ses doigts contre ses lèvres tremblantes. Ses yeux horrifiés cherchèrent Javi alors que sa voix montait dans les aigus, étranglée et effrayée. Ken posa sa main sur son épaule, mais elle l'ignora.

— Pensez-vous que c'est ce qui s'est passé ? Est-ce que cette *personne* avec laquelle Billy parlait, ce pervers a pris Drew ?

— Nous ne savons encore rien, Lara, avertit Javi en levant les mains pour l'inciter au silence. Laisse Billy finir. Qui était cette fille ? Et depuis combien de temps parlais-tu avec elle ?

— Bri, répondit Billy.

Malgré tout ce qui s'était passé, une expression rêveuse et amoureuse s'épanouit sur son visage quand il prononça son nom.

— Nous étions tous les deux sur le géocaching, vous savez, comme la chasse au trésor. Elle continuait à me battre comme chaque fois, puis on a commencé à parler en ligne. Nous… elle n'a rien à voir avec ça. Je… Maman a raison. C'est de ma faute.

Le son de l'inspiration de Lara fut perçant. Un regard dur de Javi la poussa à se mordre la lèvre, aspirant la courbe pleine entre ses dents pour tenir sa langue. Elle referma sa main sur son genou, et ses doigts s'enfoncèrent dans la chair à travers son pantalon.

— Pourquoi ? demanda calmement Javi.

Billy baissa les yeux et regarda attentivement ses mains tout en caressant Bourneville. Elle haletait patiemment, pas détendue, mais tranquille.

— J'étais censé rencontrer Bri cette nuit-là, répondit-il sans lever les yeux. Je sais que j'avais rendez-vous avec Allison, mais… Bri est belle et intelligente, et je voulais juste la rencontrer. Elle m'a dit qu'elle venait à la fête, que nous pouvions nous voir là-bas. Drew voulait venir avec moi. Il voulait *toujours* venir avec moi. Je lui ai dit non. Je lui ai dit qu'il ne pouvait pas, et qu'il était un petit gamin stupide…

Il avait les larmes aux yeux et de la morve sur sa lèvre supérieure.

— Je ne *savais* pas, dit-il avec désespoir.

Ses larmes tombaient sur la tête de Bourneville, laissant des gouttelettes humides sur sa fourrure et faisant tressaillir ses oreilles.

— Comment j'aurais pu le savoir ? Il aurait dû rester au chalet. Il aurait dû aller bien.

— Tu as rencontré Bri ? demanda Cloister.

Le son de sa voix semblait sévère alors qu'il interrompait la confession murmurée de Billy.

Celui-ci s'essuya à nouveau le visage et secoua la tête.

— Elle n'est pas venue. Je pense que ses parents l'en ont peut-être empêché. Elle comptait faire le mur.

Il regarda autour de lui le cercle de visages sombres et sembla se rendre compte de ce qu'ils pensaient.

— Non. Non, vous ne comprenez pas. Ce n'était pas la faute de Bri. C'était la *mienne*…

Diggs posa les mains sur les épaules de Billy et la pressa en guise d'avertissement.

— Je pense que ça suffit. Mon client…

Billy l'ignora et buta sur les mots en accélérant.

— Si je ne m'étais pas disputé avec Drew, si j'étais retourné au chalet avec lui, il n'y aurait pas eu de problème. C'était de *ma* faute. Bri n'est pas une sorte de pervers, pas une sorte de fille louche. Je la connais.

L'indignation dans sa voix se fêla avec sa certitude d'adolescent. Cloister se souvint quand il avait été convaincu de certaines choses. Parfois, il avait raison, mais jamais sur les choses pour lesquelles il voulait avoir raison. Javi lança un coup d'œil à Diggs et échangea un regard rassurant avec lui quand il recula d'un pas à contrecœur.

— Je suis certain que tu as raison, déclara Javi patiemment.

Le ton poussa Billy à lui jeter un regard furieux et à remonter les épaules sur la défensive.

— Mais nous devons vérifier. Tu comprends ça, n'est-ce pas ?

Lara lui serra le genou.

— Il comprend, bien sûr, affirma-t-elle. Il vous dira tout ce dont vous aurez besoin. Si cette… personne… a enlevé Drew, elle l'aura gardé… à l'abri, non ?

Vivant était le mot auquel elle pensait, mais qu'elle ne voulait pas prononcer. L'espoir merdique au fond de la boîte faisait que celui qui avait pris votre enfant avait ses propres raisons tordues de vouloir les garder en vie. Peu importe ce qui avait pu arriver d'autre. Avec le visage tendu, creux de Birdie encore frais dans son esprit, les minuscules os de ses poignets semblant fragiles, Cloister n'était pas certain qu'ils aient même cela.

— Je suis certain que oui, Lara, la rassura Javi. Nous continuons à le rechercher.

Elle fixa son visage pendant un moment et décida visiblement de le croire. Elle acquiesça brièvement et poussa l'épaule de Billy.

— Alors, répète-leur. Tout ce que cette personne t'a dit.

— Bri, rectifia-t-il obstinément. Elle s'appelle Bri. Elle n'est pas un vieux pervers. Je l'aurais su. Je ne suis pas stupide. Nous sommes amis.

— Sais-tu où nous pouvons la trouver ? demanda Javi.

Billy ouvrit la bouche et la referma. Il entortilla ses mains dans la fourrure de Bourneville, tripotant son poil nerveusement.

— Elle… son père n'a pas encore acheté de maison, dit-il. Ils en avaient trouvé une, mais c'est tombé à l'eau. Ils logent dans des hôtels, chez des amis ou ce genre de trucs.

— Que fait son père ? interrogea Javi.

Il semblait intéressé, presque décontracté.

— De la construction, dit Billy rapidement.

Il avait l'air soulagé d'avoir une question à laquelle il pouvait répondre.

— C'est un promoteur. C'est pour ça que c'est marrant qu'il ne puisse pas trouver de maison. Vous comprenez ?

Javi hocha la tête.

— As-tu un moyen de la contacter ?

— Sur mon téléphone, assura Billy. Nous avons parlé principalement sur Skype et Facebook.

Toujours debout derrière le canapé, Ken fronça les sourcils.

— Ce n'est pas possible, protesta-t-il. Nous avons accès à ses comptes de réseaux sociaux. Nous les vérifions une fois par semaine, pour nous assurer que tout est irréprochable.

Lara inspira profondément.

— Ne sois pas stupide. Il avait un autre compte, n'est-ce pas ? Un dont nous ne savions rien ?

Elle regarda Billy et attendit une réponse. Au lieu de lui en donner une, il se recroquevilla et baissa le la tête d'un air coupable. Comme ce fut tout ce qu'elle obtint, Lara se tourna vers Javi avec une expression intransigeante.

— Il vous donnera le code de son téléphone et de ses comptes secrets. Tout.

Il fallut les deux faces d'une feuille de papier pour que Billy griffonne tous ses mots de passe. Il souligna la dernière série de lettres et de nombres aléatoires qui séparait la moitié de la page et la tendit.

— Vous verrez, affirma-t-il avec du défi dans la voix. Bri est réelle. Elle m'a envoyé des photos et tout.

C'était plutôt poignant et certainement assez pour que Cloister se sente encore plus mal pour Billy. Le rapide éclair de complicité qui passa entre Diggs et Javi – les regards espiègles de personnes qui avaient des photos de nus – ne le dérangeait presque pas au final.

Une heure plus tard, dans le bureau de Javi, le contenu du téléphone s'ouvrait sur l'écran incurvé qui avait une définition plus élevée que celui de la télé que Cloister avait dans la caravane. Par *envoyé*, il s'avéra que Billy voulait dire téléchargé sur le compte Instagram verrouillé d'un ami.

Sur l'ordinateur de Javi, la jolie fille blonde souriait à travers l'écran, regardait pensivement au loin, louchait et tirait la langue par-dessus une tasse de Starbucks. Des boucles d'oreilles brillantes et délicates étincelaient à ses oreilles sur chaque photo, et elle avait des taches de rousseur que la mort avait effacées.

Apparemment, il y a dix ans, les années 80 étaient également à la mode.

— Pourquoi l'utiliser ? demanda Cloister alors qu'il posait son bras sur le dossier du fauteuil de Javi.

Il pouvait sentir l'odeur vive de gingembre sur la peau de Javi, le soupçon de citron capturé dans ses cheveux sombres et puissant. Cela chatouillait l'arrière de sa langue et asséchait sa bouche, mais il essaya de l'ignorer en continuant :

— Si Billy l'avait montrée à son père, il y avait toutes les chances que Ken l'aurait reconnue. Même s'il était plus vieux qu'elle, Birdie est sortie avec son cousin et a ensuite disparu. C'est mémorable.

Javi renifla.

— Il savait que ça n'arriverait pas. Billy mentait déjà à ses parents sur son utilisation d'Internet. Il n'allait pas moucharder pour montrer à son père une photo de la fille dont il était amoureux.

Il enfonça le bouton de la souris, écartant une photo, et en afficha une autre : un paysage. La légende affirmait que c'était un « site que mon père va acheter ! » L'image était un mélange familier de bâtiments semi-finis et abandonnés.

Techniquement, Birdie était aussi sur cette photographie. Cloister identifia le bâtiment où ils avaient trouvé son pauvre petit cadavre.

La sinistre plaisanterie laissa les deux hommes silencieux pendant une seconde.

Après un moment, Javi referma les fichiers.

— En prenant tout le reste en considération, dit-il. Le risque aurait pu être le but. Jusqu'à ce que nous en sachions plus sur les autres effets trouvés dans la maison, nous ne pouvons pas le dire avec certitude, mais je pense qu'il est évident que les Hartley n'ont pas été choisis au hasard.

L'ombre froide d'une vieille crainte s'échappa des bas-fonds du cerveau de Cloister. Il pouvait sentir la chaleur de cette ancienne course, la sueur de celle-ci le démanger sous les bras. Ce n'était pas pour cela qu'il ne se souvenait pas de son enfance. L'un de ses thérapeutes lui avait dit une fois que les souvenirs étaient là, mais qu'il ne les laissait pas sortir. Juste les cauchemars et la peur.

— Pourquoi enlever Drew ? demanda Cloister.

Sa voix était tellement rauque qu'elle lui valut un regard curieux de la part de Javi. S'éclaircissant la gorge, il essaya de nouveau :

— Ce n'était pas Drew que notre tueur amadouait pour gagner sa confiance, c'était Billy. C'était lui qui était en contact, et il a le même âge que la première victime du tueur. Alors, pourquoi changer ?

Javi cliqua sur un autre fichier récupéré sur le téléphone de Billy et le mit en plein écran. C'était la liste des SMS envoyés la nuit où Drew avait disparu.

Bri : Pas envie d'aller à la fête. Je veux juste te voir. On peut le faire ?
Billy : Tu es certaine ? Je ne me suis pas lavé depuis des jours.
Bri : Pas grave. Tu es seul ?
Billy : Oui, genre, pas d'amis.
Bri : Tu m'as moi. Retrouve-moi sur la route.
Billy : OK !

Pendant une seconde, ce fut presque drôle. La remarque « pas lavé depuis des jours » faillit presque arracher un rire à Cloister. Ensuite, la tragédie l'enveloppa à nouveau et il n'eut plus envie de rire.

— Drew voulait embarrasser son frère, dit-il. Alors il a volé son téléphone.

— Et tandis que Billy attendait sa Bri au lieu de rencontre initial, Drew est tombé dans le piège. Et quand il s'est pointé, le tueur a dû s'adapter, compléta Javi.

Il avait les mains en mouvement, tripotant le clavier et tapotant le bout d'un stylo contre le bureau. C'était un peu distrayant. Cloister ne cessait de se surprendre à observer les mains de Javi comme si ses longs doigts – tous droits et sans cicatrice – faisaient quelque chose de plus érotique que s'agiter.

— Drew n'était pas celui qu'il voulait, mais il ne pouvait plus retenter sa chance. Pas une fois que Drew aurait dit à son frère que sa petite amie était un homme. Cela aurait pu être... mauvais.

Cloister pouvait le comprendre. La panique rendait les gens stupides, et les tueurs en série ne réagissaient probablement pas bien à la pression. Mais la panique était immédiate, alimentée par cette première vague d'adrénaline qui faisait agir d'abord. Et ils avaient trouvé une tache de sang, pas un corps.

— Cela pourrait jouer en sa faveur, réfléchit-il. Si ce gars voulait Billy pour une raison particulière, alors peut-être que blesser Drew n'aura pas l'effet dont il a besoin.

La soudaine immobilité des mains de Javi était étrangement perturbante. Il tourna la chaise sur le côté et leva les yeux vers Cloister, les lèvres retroussées et les yeux étrécis et songeurs. On pouvait pratiquement voir son cerveau fonctionner derrière le bouclier de cils courts et épais.

— Peut-être, reprit Javi lentement, étirant les mots sur sa langue. Et si tu as raison et que tu n'as pas raté le téléphone lors de la recherche initiale...

— J'ai raison. Nous ne l'avons pas manqué, affirma Cloister.

— Je peux le concevoir, admit Javi. Cela signifie que notre kidnappeur y a placé le téléphone. Il n'avait pas besoin de le faire, et il le savait. Ce n'est pas la première fois qu'il l'a fait. Cela signifie qu'il voulait piéger Billy, et cela signifie qu'il n'est peut-être pas capable d'abandonner son plan initial. Il n'en a peut-être pas fini avec Billy.

La spéculation était claire. C'était au tour de Cloister de plisser les yeux et de serrer la mâchoire jusqu'à s'en faire mal aux dents. Il voulait ramener Drew à la maison. Il en avait besoin s'il voulait dormir dans un avenir proche. Pourtant, il pouvait encore voir le visage blême de Billy et la peur qui l'avait dépouillé de son adolescence pour laisser l'enfant en dessous exposé. Il pouvait aussi s'y voir.

C'est ce qui décida pour lui. Il n'avait jamais eu beaucoup de sympathie pour lui-même.

— Nous allons l'utiliser comme appât, dit-il.

Le lent sourire qui s'étira sur le visage de Javi était dur, avec des bords tranchants sous la beauté de sa bouche.

— Oui, confirma-t-il. Nous allons le faire. Penses-tu que ça va fonctionner ?

— Peut-être, répondit Cloister. La famille sera-t-elle d'accord pour l'autoriser ?

Javi n'eut aucune hésitation.

— Ils le feront. Billy n'est pas exactement dans leurs bonnes grâces en ce moment, pas vrai ? D'ailleurs, il n'y aura aucun réel danger. Nous serons là.

Le ton insouciant fit grincer les dents de Cloister. C'était comme si Javi ne voyait que la solution à un problème, pas le garçon qui avait déjà été trop blâmé. Mais Cloister était-il meilleur ? Il voyait le garçon, et il restait tout de même disposé à appliquer le plan.

— Et puisque tu as déjà une affinité avec Billy, ajouta Javi, il sera encore plus facile de les convaincre d'accepter.

C'était vrai. Javi était un connard. Cloister avait vraiment besoin de garder ça à l'esprit. Peut-être que cela l'empêcherait de s'inquiéter au sujet de Diggs et de ses costumes onéreux.

XVIII

LE DOCTEUR Galloway sentait le savon antiseptique et la crème pour les mains à la lavande. Elle repoussa ses lunettes sur le dessus de sa tête où ses cheveux pâles s'emmêlèrent autour des branches roses fluo et se frotta les yeux. Le petit bureau était sombre. La seule clarté provenait d'une haute fenêtre étroite sur le mur, et la lumière de son ordinateur la rendait encore plus pâle que d'habitude.

— Il y a des limites à ce que je peux vous dire, avertit-elle. La pauvre fille est morte depuis longtemps.

Javi hocha la tête. Les autopsies étaient toujours présentées comme si elles se déroulaient de façon aussi linéaire qu'un calcul mathématique, mais quiconque avait dû déchiffrer des rapports d'autopsie contradictoires savait qu'il s'agissait pour moitié de formules et pour l'autre de flair. Des erreurs pouvaient être commises, les hypothèses influençaient les décisions et l'expérience variait. Laissez un cadavre quelques jours dans un plan d'eau, et un coup de couteau devenait difficile à distinguer d'une prédation animale. Un cadavre vieux de dix ans signifiait que les choses étaient encore plus compliquées.

— Qu'est-ce que vous avez ? demanda Javi.

Elle s'adossa à sa chaise, ce qui la fit craquer sous le changement d'appuis et elle tendit la main vers la tasse posée sur un livre d'anatomie.

— Il n'y a aucune preuve de traumatisme important sur le corps de Bridget Utkin, répondit Galloway.

Elle prit une gorgée de café, basculant la tasse franchement pour une grande gorgée et fit une grimace lorsque le liquide toucha ses papilles gustatives.

— Froid, expliqua-t-elle en le reposant sur le cercle de café existant. Elle a quelques blessures superficielles aux poignets, indiquant une forme d'entraves, et j'ai envoyé les traces de preuve extraites au laboratoire. La coloration de l'os occipital du crâne indique également une blessure superficielle, probablement un coup à la tête, avant la mort. Rien de tout ça n'a pu être la cause du décès.

— Alors, quelle est-elle ?

Galloway recourba les lèvres et les pressa en une ligne mince et pâle. Pendant un instant, Javi pensa que c'était par incertitude ou par réticence à prendre position, mais c'était plutôt comme... une aversion pour ce qu'elle allait dire.

— À ce stade, je ne peux pas faire de déclaration définitive sur la cause de la mort.

Elle égrena l'avertissement pour protéger ses arrières sans se donner la peine de lui donner le temps de répliquer.

— Cependant, sur la base de la preuve de l'autolyse des organes, de la décoloration des extrémités inférieures et du fait que j'ai trouvé des brins des propres cheveux d'Utkin sous ses ongles... Je soupçonne qu'elle est morte d'une combinaison de déshydratation et d'hyperthermie. Il est possible que les échantillons de tissus que j'ai envoyés au laboratoire le contredisent, mais... je connais les signes.

C'était exact. Il y avait eu trois décès de nourrissons par hyperthermie à Plenty au cours de l'année écoulée. Javi avait été appelé sur l'un des cas lorsque les preuves montraient qu'il ne s'agissait pas d'une erreur. La plupart du temps, c'était tout simplement des drames.

— Combien de temps cela aurait-il pris ? questionna Javi. Birdie Utkin était une adolescente, alors sa capacité à réguler sa propre température devait être acquise.

Galloway hocha la tête, reprit sa tasse et fit une grimace après une autre gorgée de café froid.

— Cela dépend de l'endroit où elle était retenue. Cela peut aller de quelques heures, à quelques jours.

Avec les bébés, il s'agissait toujours de voitures. Javi ne croyait pas au pressentiment, mais il se souvenait d'une voiture brûlée et des restes de cuir et de chiffon desséchés d'un raton laveur sur le siège arrière. Si leur suspect était le petit ami de Birdie, Hector, il vivait dans sa voiture. Cela aurait été le seul endroit où il avait le contrôle.

— Si elle était dans le coffre d'une voiture ?

Galloway reprit une expression triste, se leva du bureau et en fit rapidement le tour pour se rendre à la machine à café sur le meuble de classement. Elle remplit sa tasse avec la lie grésillant au fond de la carafe en verre tachée.

— Moins d'une heure, répondit-elle. Cela aurait été comme d'être dans un fait-tout.

C'était la trivialité de l'image qui la rendait si macabre, pensa Javi. Son cerveau lui donna la nausée en revisitant la lente cuisson au gril du tilapia qu'il avait fait la semaine précédente : les bords recourbés et la chair humide et glissante. Il bloqua son imagination pour éviter de développer l'idée plus avant, pas que cela soit nécessaire, et ravala le goût aigre à l'arrière de sa langue.

— Après autant de temps, est-ce qu'il serait toujours possible de détecter des résidus de drogue dans son organisme ? demanda-t-il.

Galloway haussa ses sourcils pâles vers lui, plissant son front. Le geste sembla lui rappeler qu'elle portait toujours ses lunettes sur sa tête, et elle les redescendit. Ses doigts laissèrent d'autres traces sur les verres tandis qu'elle les repositionnait sur l'arête de son nez.

— En supposant qu'elle ait ingéré la substance peu de temps avant la mort, elle pourrait ne pas avoir eu le temps de la métaboliser, admit-elle. Dans ce cas, pour certains produits chimiques, nous pourrions trouver des traces. Pourquoi ? Que dois-je rechercher ?

— Des psychotropes, déclara Javi.

Il était possible que le tueur ait utilisé le même cocktail dans chaque meurtre, mais s'il était aussi un trafiquant de drogue, il était possible que les drogues ne soient qu'une arme d'opportunité.

— De la méphédrone, précisa-t-il.

Galloway lui lança un regard curieux. Puisqu'il ne s'expliquait pas davantage, elle hocha la tête et retourna derrière son bureau. Elle but son café distraitement tout en tapant sur le clavier de l'ordinateur d'une main.

— Je peux le faire, dit-elle. J'ai déjà envoyé des échantillons de tissus, donc je peux simplement ajouter ces tests pour le laboratoire. Rien d'autre ?

Javi secoua la tête et se leva, prêt à partir. Il changea d'avis lorsque quelque chose lui vint à l'esprit. Il était possible que la perte d'une maison et le fait de finir sans-abris alors que votre famille quittait le secteur ait suffi à servir de déclencheur à une personnalité fragile. Cela supprimait les contraintes du comportement inculqué par la société et fournissait une direction pour leur colère et leurs délires.

Cependant, il ne s'agissait pas du cœur des crimes. Les médicaments dans la bouteille que Cloister avait trouvée n'étaient pas seulement pour neutraliser Drew... ou Billy, comme cible initiale. Il y avait une raison derrière ça.

— Pourriez-vous vérifier dans les rapports des dix ou douze dernières années ? demanda-t-il. Tout décès impliquant des voitures, de la drogue et un adolescent survivant ou un proche parent.

Galloway renifla à son intention.

— Vous ne voulez pas grand-chose, dit-elle. Heureusement pour vous, c'est une journée calme.

— Vraiment ?

Elle se mit à rire. Il s'agissait d'un son énorme, comme un braiment, de la part d'une femme qui semblait habituellement avoir besoin d'être mise sous vitamines.

— Non, dit-elle. Cependant, je verrai ce que je peux faire.

Javi la remercia d'un mouvement de tête.

— Transférez tout ce que vous trouverez à mon bureau, pria-t-il. Je vous en serai reconnaissant, docteur Galloway.

— Mon anniversaire est dans quelques semaines, déclara-t-elle. J'aime les cartes-cadeaux Amazon et le café.

Il ébaucha un sourire pince-sans-rire.

— Nous verrons ce que votre recherche fera apparaître, dit-il. Le café est pour les gagnants.

Cela lui valut un autre rire nasal et un toast avec la tasse à café. Là-dessus, il la laissa.

— ALORS ? DEMANDA Javi sans préambule.

Il donna un petit coup pour baisser la radio lorsque le Bluetooth s'enclencha. Il était assis dans la voiture pour retourner à Plenty, immobilisé dans une mer de banlieusards fatigués par le trajet du retour de San Diego. Les files de voitures avançaient au pas, tout du moins quand elles se déplaçaient. Javi était déjà irrité quand il était monté dans la voiture – Reed avait annulé son entretien au poste en raison « d'engagements commerciaux inévitables » – et l'odeur d'essence et du macadam chaud n'amélioraient pas son humeur.

— Ils ont accepté de prendre contact en ligne, répondit Cloister.

Il y avait une rugosité dans sa voix, un grincement caché sous la tonalité traînante et accommodante. Elle était plus forte quand il était excité. Quand la main de Javi s'était enroulée autour de son sexe, la voix de Cloister était devenue rauque et irrégulière.

— Les parents ont refusé que Billy rencontre la personne.

— Nous pourrons travailler là-dessus, déclara Javi.

Même sans voir le visage de Cloister, Javi pouvait dire qu'il n'était pas complètement à l'aise avec cette idée. Il était probablement préférable qu'il fasse partie de la brigade canine plutôt que des homicides. Il avait le cœur tendre.

Pas tout le temps – son cerveau profita de l'occasion pour le lui rappeler. Il serra les mains autour du volant, et le bout de ses doigts le picota au souvenir de sa chair ferme et de sa peau soyeuse. Javi grimaça. Il serait beaucoup plus facile de rester fidèle à sa règle de garder Cloister comme un coup d'un soir si son sexe et sa libido jouaient le jeu. Ou si penser à Cloister nu et grondant n'était pas beaucoup plus agréable que l'image de Birdie Utkin cuisant à petit feu dans une voiture.

Avec l'analogie du fait-tout de Galloway au premier plan de son esprit, la distraction de la voix « whisky et sexe » de Cloister à son oreille s'affadit. Un peu. Javi fit avancer un peu la voiture et gagna en vitesse lorsque les véhicules devant lui commencèrent à bouger.

— Selon Galloway, la cause de la mort de Birdie était une hyperthermie, rappela-t-il. Probablement pour avoir été enfermée dans une voiture. J'ai demandé un test sur les échantillons pour voir si Birdie avait été droguée avec les mêmes substances que nous avons trouvées dans le désert.

Il y eut un ricanement à son oreille.

— Nous ?

Javi l'ignora.

— Je vais demander à l'un des techniciens informatiques de se rendre chez les Hartley. Ils peuvent configurer tout ce dont nous avons besoin pour surveiller tous les contacts que Billy aura. Nous ne le mettrons pas en danger.

— Ouais, généralement, les gens n'ont pas l'intention de laisser les choses partir en sucette, dit Cloister. Ça arrive quand même.

— Eh bien, c'est… grossier.

Le soleil frappait la vitre inclinée de la voiture de sport devant Javi, lui faisant plisser les yeux même avec ses lunettes de soleil. Le conducteur continuait à zigzaguer dans et hors de sa file dans des tentatives avortées de se glisser entre les voitures.

— C'est juste que je ne veux pas que cette famille perde deux enfants, expliqua Cloister.

Il semblait fatigué tout à coup, comme si une tonne de sommeil perdu venait de s'installer sur ses épaules, lorsqu'il ajouta :

— Deux jours dans un coffre de voiture, avec la chaleur qu'il a fait...

Cela importait peu. Ils savaient tous les deux ce qu'il allait dire. Il y avait un moment où espérer le meilleur était plus délirant qu'optimiste.

— Ça ne change pas notre travail, rappela Javi. Nous allons attraper celui qui a fait ça.

— C'est ton travail. Le mien est de ramener Drew à la maison.

— Je déteste être celui qui brise tes illusions, riposta Javi sèchement, mais tu restes un agent de police. Arrêter des criminels fait partie de la description de ton travail.

Le crétin dans la voiture de sport faillit heurter une camionnette cabossée dans sa dernière tentative de changer de voie. Javi prit du recul entre les lignes, à la quasi-collision, tandis que le conducteur du pick-up descendait sa vitre pour faire un doigt d'honneur au crétin. À l'arrière de la voiture, un gros chien blanc bondit sur ses pattes et s'agita avec le mouvement du véhicule tout en aboyant furieusement. De la bave dégoulinait de ses babines et se mêlait à la fourrure de sa poitrine en filets humides et blancs.

Au moins, la chienne de Cloister était mieux éduquée que ça.

— Es-tu encore chez les Hartley ? demanda Javi.

Il y avait une sortie huit kilomètres plus loin. S'il la prenait, il pourrait arriver à l'adresse des Hartley dans environ quarante minutes par les routes secondaires.

— Ouais, répondit Cloister. Mais je vais retourner au poste. Sauf si tu as besoin de moi pour autre chose ?

— Pas jusqu'ici.

Javi mit plus de mordant qu'il n'était nécessaire dans sa réplique. Le soupçon de déception qu'il avait ressenti en se rendant compte qu'il ne verrait pas Cloister l'avait simplement désarçonné. Ce n'était pas dévastateur. Il l'avait vu quelques heures auparavant, pour l'amour de Dieu, mais cela piquait assez pour ne pas pouvoir nier qu'il désirait le voir.

— D'autres factures de vétérinaire ?

— Quelque chose comme ça, accorda Cloister. Il y a des pistes que je veux suivre.

— Quoi ?

— Des pistes.

Son ton semblait obstiné, comme le péquenaud stupide que Javi avait jugé qu'il était à l'origine. Maintenant qu'il le connaissait mieux, eh bien, Cloister était toujours un plouc à la voix traînante – qui était apparemment le type de Javi ces derniers temps –, mais il n'était pas stupide. Inintelligible, mais pas stupide.

— Tu as une autre intuition.

Il y a eu une pause, puis un murmure à contrecœur :

— Peut-être.

— D'accord, commenta Javi.

Il voulait connaître les détails, contrôler les pistes de l'enquête, mais pousser Cloister quand il était de cette humeur risquait de se terminer par des « va te faire foutre » et des sanctions disciplinaires.

Ou une baise, supposa Javi. Parfois, cela finissait par une baise.

Il prit une profonde inspiration, sentit le goût de la poussière et des gaz d'échappement, et essaya d'estimer où sa responsabilité professionnelle de gérer l'enquête se terminait et où son besoin personnel de contrôler son environnement commençait.

— Je vais aller chez les Hartley, faire installer le logiciel de traçage sur leur ordinateur et veiller à ce qu'ils comprennent les limites de ce qu'ils peuvent partager, déclara-t-il. Une fois que j'aurai fini, tu devras me mettre au courant de la direction de cette intuition. Compris ?

— Je ne suis pas un agent, grogna Cloister. Je n'ai pas de comptes à te rendre.

— Vraiment ? Hier soir, tu faisais exactement ce qu'on te disait de faire.

Le désir débordait légèrement dans sa voix, doux et pétillant sur ses lèvres. Ça n'avait pas d'importance. Cela restait du flirt, peu importait comment les mots sortaient. Le silence à l'autre bout du téléphone parvenait à paraître étranglé, d'une certaine manière. Javi supposa que Cloister essayait de décider s'il était furieux ou simplement embarrassé.

Avant qu'il puisse se décider, Javi poursuivit :

— Je te verrai dans environ deux heures, Cloister. Je m'attends à des réponses d'ici là.

Il tapota l'oreillette, mettant fin à la communication. Devant lui, la voiture de sport avait finalement réussi à se glisser entre les voies et essayait d'en changer à nouveau. Javi se cala sur le siège en cuir souple et se demanda vaguement à quoi Cloister pouvait ressembler quand il rougissait. Cela passa le temps jusqu'à ce qu'il atteigne le raccourci et se sépare de la route principale sur le macadam étroit et craquelé.

XIX

— À QUAND remonte la dernière fois que vous avez dormi ? demanda Tancredi en se penchant sur le bureau de Cloister.

Ses manches étaient roulées, la peau de ses avant-bras était constellée de taches de rousseur et marbrées de vieilles cicatrices. Il n'avait jamais posé de questions à ce sujet, et elle n'en avait jamais parlé. Mais elles étaient anciennes, alors quelle qu'en soit leur origine, Tancredi l'avait géré.

Cloister renifla et s'adossa contre sa chaise. Elle craqua sous son poids et trembla alors que la roulette desserrée claquait et se déplaçait sur le linoléum.

— J'ai dormi quelques heures la nuit dernière.

Ce n'était pas tout à fait vrai, ce n'était pas non plus un mensonge, plus une exagération, mais il ne pensait pas que quelqu'un ait un jour répondu honnêtement à ce genre de question.

Tancredi fronça le nez.

— Vous devriez apprendre à mieux mentir.

— Ce dont j'ai besoin, c'est de retrouver Drew Hartley.

La mention du garçon la fit grimacer et l'amusement quitta son visage pour laisser un air sombre et plein de regret. Elle se redressa du bureau et croisa les bras sur sa poitrine.

— Ne m'en parlez pas, dit-elle, les lèvres tristement pincées. Un tueur en série à Plenty. C'est tout ce dont nous avions besoin pour compléter la liste des trafiquants de drogue et des conjoints violents. Est-ce que Merlo vous l'a dit ?

Son regard vague fut une réponse suffisante.

— Vous savez que je connaissais Birdie.

Tancredi hésita et un coin de sa bouche s'affaissa en une grimace qui signifiait qu'elle se moquait d'elle-même.

— Cela donne l'impression que nous étions les meilleures amies du monde. Je l'avais vue en ville. Je me souviens de son visage dans le journal et sur les affiches. Je pensais qu'elle s'était enfuie. Je n'ai jamais pensé qu'elle était morte. Seigneur. Et combien d'autres personnes ce type a-t-il tuées ? Des *enfants*.

Cloister regarda son écran d'ordinateur. Une douzaine de rapports de personnes disparues étaient ouverts dans des fenêtres qui se chevauchaient ; une douzaine de noms différents et une douzaine de résultats annonçant ceux qui avaient été retrouvés. Tous étaient estampillés avec un *Aucune nouvelle action requise.*

Le laboratoire de la criminelle avait des techniciens qui analysaient les paquets de vêtements qu'ils avaient trouvés et qui fouillaient dans les dossiers des affaires classées sans suite de personnes disparues qui correspondaient. Le problème, c'était qu'une fois qu'une personne était retrouvée, ce n'était plus une affaire sans suite.

— Peut-être qu'il ne les a pas tous tués, avança-t-il lentement.

— Il a tué Birdie.

— Je sais. Cependant, c'est le seul corps que nous ayons trouvé.

Tancredi avait l'air sceptique, mais elle essaya de jouer le jeu.

— Alors, qu'est-ce qu'il fait dans ce cas ?

— Je ne sais pas, reconnut Cloister.

— Vous savez que je vais rejoindre le FBI, déclara Tancredi. Enfin… que je veux le faire. J'ai lu beaucoup de manuels sur la psychologie aberrante, et ce n'est pas ainsi qu'ils fonctionnent. Ils ne se retirent pas après le premier assassinat. Ils l'adoptent.

Elle avait raison. Pas que Cloister ait lu ces livres, mais il savait comment la violence fonctionnait. Même pour les gens normaux – si on pouvait en trouver –, cela devenait plus *facile*. Tout comme tout autre chose. L'enfant qui vomissait ses tripes après son premier combat ne se battrait peut-être plus, toutefois, s'il le faisait, il ne vomissait plus. En fin de compte, même le bruit étrange d'un nez qui se casse sous ses articulations ne le dérangerait pas beaucoup.

Sauf… que Cloister avait toujours un *pressentiment*. Rien sur lequel il puisse mettre le doigt, rien qu'il puisse définir exactement ou expliquer. C'était comme essayer de transmettre à quelqu'un une poignée d'œufs de grenouille. Les données étaient là dans des petites cosses spongieuses, mais le mucus d'instinct connecteur rendait la compréhension difficile pour quelqu'un d'autre.

Il était tout simplement plus facile d'aller dans le sens de tout ce qu'il avait besoin de faire et de laisser les gens combler les blancs par eux-mêmes. De cette façon, tout le monde était heureux… plus ou moins.

— Ouais, vous avez probablement raison, dit-il.

Tancredi pencha la tête sur le côté et le regarda avec suspicion.

— Ouais, conclut-elle en roulant le mot sur sa langue. Vous devez vraiment apprendre à mieux mentir. Faites-moi savoir si vous avez besoin d'aide.

Elle le laissa, rassemblant ses cheveux dans une tresse tout en s'éloignant, et Cloister reporta son regard sur l'ordinateur.

Les transcriptions des appels au 911 n'étaient pas très utiles. On aurait dit que quelqu'un avait donné à chaque personne appelant le même script à lire. Les noms étaient différents, les emplacements, mais ils passaient tous les mêmes messages. Quelqu'un avait disparu, cela ne leur ressemblait pas, ils ne le feraient pas à ceux qui appelaient et/ou à leur mère, et ils savaient que quelque chose était arrivé.

Cela ne signifiait rien – leur peur avait juste beaucoup de choses en commun –, mais cela rendait difficile de choisir parmi ceux qui pourraient être pertinents pour son affaire. Les détails distincts, ceux qu'ils avaient, se perdaient dans le bruit.

Le temps qu'il finisse, son dos lui faisait mal, son crâne lui donnait l'impression que quelqu'un l'avait coincé dans un casse-noisette et il avait une liste de quatre noms qui pourraient être reliés à l'affaire Hartley. Trois garçons et une fille, tous âgés entre treize et quinze ans avaient disparu au même moment de l'année, tous avaient un nouveau petit ami ou une petite amie qui n'avait pas pu être trouvé. Tous leurs parents, à l'exception d'un garçon dont le père était pompier, travaillaient dans une banque ou dans la construction.

Maintenant, tout ce qu'il avait à faire était de choisir l'un d'entre eux et d'espérer qu'il soit celui qui pourrait confirmer sa théorie avant d'être tenu de remettre à Javi une poignée d'œufs de grenouille et aucune preuve.

IL Y avait six ans, la femme de ménage des Szerdo avait appelé la police pour signaler que leur fils de quatorze ans n'était pas rentré chez lui. Sa mère était trop désemparée pour passer l'appel. Selon le rapport de la police, Leo Szerdo était le genre de golden boy que Cloister imaginait Javi d'avoir été. Il était modérément athlétique, avait d'excellentes notes et une liste d'activités périscolaires à faire rêver des recruteurs d'universités. Sa mère pensait qu'il était un ange, son père pensait qu'il était le digne fils de son père, et la femme de ménage pensait qu'il était un morveux gâté.

Entre le moment où il avait été retrouvé et aujourd'hui, le lustre s'était dissipé pour sa famille. Il avait un casier judiciaire pour possession de drogue et d'occasionnels troubles à l'ordre public. À l'adresse indiquée dans son dossier, sa mère affirma qu'ils n'étaient plus en contact. Finalement, à contrecœur, elle remit l'adresse où il logeait.

Le jeune homme de vingt ans était avachi sur le lit dans la chambre d'hôtel que ses parents devaient payer. Un bras tatoué reposait sur les coussins. Ses cheveux étaient pitoyablement gras, et un bouton de fièvre marquait le coin de sa bouche. Il éclata et saigna alors qu'il parlait.

— C'était il y a longtemps, dit-il. J'étais un gamin stupide. Je me suis enfui de chez moi et j'étais si reconnaissant lorsque mes parents m'ont retrouvé. C'est ce que vous voulez entendre ?

Les mots sortaient de manière monocorde. Cela faisait longtemps qu'il ne se donnait plus la peine de leur donner l'air crédibles.

— Est-ce la vérité ? interrogea Cloister.

Il était assis à l'écart sur une chaise du bureau de l'ordinateur. Apparemment, Leo n'avait pas beaucoup d'amis qui passaient. Bourneville était couchée sur le sol à côté de lui, la laisse tenue courte alors qu'elle s'agitait et grognait contre ses pattes. Le bout de sa queue frappait le sol de manière audible avec irritation.

Leo leva les yeux au ciel.

— Qui s'en soucie ? C'est ce que je suis censé dire, n'est-ce pas ? Le bon garçon a-t-il mal tourné ? Un stupide garçon ingrat qui n'apprécie pas les sacrifices de ses parents ? Qu'est-ce que vous en avez à faire de toute façon ? C'était il y a des années.

— C'est dans le cadre d'une autre affaire…

— L'enfant Hartley, le coupa Leo. Pas vrai ?

Il émit un bruit moqueur quand Cloister cilla, et se pencha en avant pour prendre un paquet de cigarettes sur la table. Ses doigts étaient tatoués grossièrement avec des lettres noires, et ils tremblaient en tapotant pour faire sortir une cigarette.

— Je préférerais que vous ne fumiez pas, monsieur Szerdo, dit Cloister.

— Ouais ? Eh bien, c'est ma maison, et je peux faire ce que je veux, putain, répliqua durement Leo.

Il souleva ses hanches et enfonça sa main dans son jean pour en retirer un briquet. Il tourna la roue avec son pouce, ce qui provoqua une étincelle. Il le faisait trop fort et trop rapidement pour la faire prendre. Abandonnant une seconde, il retira la cigarette d'entre ses lèvres et la pointa vers Cloister.

— C'est foutrement dommage, pour le gamin Hartley, d'accord ? Mais ça n'a rien à voir avec moi. Je ne sais pas ce que mes foutus parents vous ont dit, mais la seule personne que j'ai blessée c'est moi. OK ? Je ne suis pas un pervers.

Il essaya d'allumer sa cigarette à nouveau. Il y parvint et le papier s'enflamma. L'odeur de brûlé resta suspendue dans l'air, assortie d'une émanation amère de nicotine. Cela faisait grincer les dents de Cloister. Il n'avait jamais aimé cette odeur.

— Vous n'êtes pas soupçonné, monsieur Szerdo.

— Tu parles que je le suis pas, cracha Leo en se penchant brusquement en avant, la fumée s'échappant de sa bouche. Pour quelle autre raison seriez-vous ici ?

— Connaissiez-vous Birdie Utkin ?

Il n'y avait pas beaucoup de couleur sur le visage de Leo. Il avait la pâleur maladive de quelqu'un qui se maltraitait depuis un moment. Mais ce qui restait s'évanouit, laissant les boutons et les cicatrices trancher sur sa peau épaisse. Il humidifia ses lèvres entaillées.

— Comment… ? Qui vous a dit…

Il s'arrêta et serra la mâchoire, les muscles de ses joues tendus comme des cordes alors qu'il se levait brusquement tout en pointant la porte, la cigarette coincée entre son majeur et son index.

— Sortez. Sauf si vous comptez m'arrêter. Putain, sortez de chez moi ou j'appelle un avocat.

Cloister pouvait sentir la nicotine à l'arrière de sa gorge : une odeur de moisi tenace qui le suivrait le reste de la journée. Il aurait pu essayer de calmer Leo, expliquer ce dont il avait besoin et qu'il voulait l'aider. Au lieu de cela, il laissa la laisse de Bourneville glisser entre ses doigts. Elle fit un brusque mouvement en avant et lui jeta un regard pour avoir un indice.

— Trouve, dit Cloister avant de claquer des doigts.

Bourneville aboya pour marquer sa compréhension et fureta la truffe en avant dans l'appartement. Elle longea le lit et renifla les draps froissés et emplis de sueur avec intérêt, puis sous la fenêtre. La marche raide et délibérée couvrait plus de terrain qu'on s'y attendait, et elle avait l'air d'être sur le point de s'élancer pour massacrer quelque chose.

— Hé, attendez. Qu'est-ce qu'elle fait ? protesta Leo.

Il fit un pas en direction de Bourneville. Elle l'ignora. Cloister se leva et le bloqua d'un bras. Malgré le tic d'inquiétude aux coins de ses yeux,

Leo recula. Il renifla et tenta de manifester un peu d'assurance en regardant Cloister et en redressant les épaules.

— Vous ne pouvez pas faire ça. Vous n'avez pas de mandat de perquisition.

— Je n'en ai pas besoin, affirma Cloister. Un test de reniflement d'un chien K-9 entraîné est une raison suffisante de recherche, monsieur Szerdo. Pourquoi ? Y a-t-il quelque chose que vous ne voulez pas qu'on trouve ?

Leo mordillait nerveusement ses lèvres et observait alors que Bourneville aboyait brusquement devant les rideaux, sauf qu'elle les abandonna pour aller dans la salle de bain. Elle aboya à nouveau, avec plus d'insistance cette fois, Cloister devina qu'elle était probablement devant les toilettes. Les dealers avaient plus de jugeote, mais le nombre de drogués qui pensaient que le réservoir était un bon endroit pour cacher leur réserve était incroyable.

— Monsieur Szerdo ? questionna Cloister.

Il inclina la tête et croisa le regard nerveux et injecté de sang de Leo.

— Dois-je aller dans la salle de bain ?

Leo releva le coin de sa bouche en un sourire amer et croisa les bras.

— Faites ce que vous voulez. Ma mère me fournira un avocat, et je serai ressorti dès demain.

— Si vous voulez que ça se passe comme ça, commenta Cloister.

Il attrapa l'épaule de Leo et le repoussa sur le canapé.

— Restez ici. Si vous vous mettez à courir, ma chienne vous rattrapera.

Cloister entra dans la salle de bain. Bourneville se tenait les pattes avant sur les toilettes, regardant le réservoir avec un intérêt intense et aboyait toutes les deux secondes. Cloister attrapa son collier et l'écarta des toilettes. Il sortit un jouet de sa poche et la félicita avec enthousiasme. Elle avait l'air satisfaite d'elle-même et récupéra délicatement le jouet avec les dents de devant.

La laissant mâcher, Cloister enfila des gants et souleva le couvercle du réservoir. Cela sentait l'eau stagnante et l'ancienne eau de javel, un paquet de poudre blanche à double protection était attaché à l'arrière. Cloister le libéra puis retourna dans la pièce principale et le laissa pendre entre ses doigts.

— Monsieur Szerdo, dit-il. Vous êtes en état d'arrestation.

XX

L'avocat les attendait quand ils arrivèrent au poste. Cloister supposa qu'à ce stade, la mère de Leo savait comment était son fils. Le côté positif, c'est qu'au moins il ne s'agissait pas de Diggs. Pendant qu'il discutait avec son client, Cloister alla parler à son patron. Et au gars qui semblait penser qu'il était son patron.

La seule qui manquait était Bourneville, qui prenait son dîner aux chenils du K-9.

— Dites-moi, adjoint Witte, attaqua Javi à travers ses dents serrées, refermant la porte du bureau de Frome derrière lui. Qu'est-ce qui vous a fait penser que c'était une bonne idée de faire une pause dans notre enquête pour arrêter le fils d'un conseiller, exactement ?

Assis derrière son bureau, la colère colorant ses tempes en rouge, Frome tapotait son stylo contre la table avec agacement.

— Je n'aurais pas pu dire mieux, Agent Merlo, dit-il. Witte. Des idées ?

Javi ricana.

— Ce serait une nouvelle expérience pour lui.

Il se dirigea vers la fenêtre et ferma les stores d'un geste brusque. Les lattes en bois s'entrechoquant.

— Je ne prenais pas de pause, répondit-il. J'étais… en train de suivre une piste.

Javi pivota sur ses talons pour lui jeter un regard furieux.

— Vous ne faites pas de découverte, Witte, affirma-t-il. Vous vous occupez des chiens, vous vous rappelez ? Contentez-vous de ce que vous savez faire.

Super. Cloister fit appel à son meilleur sourire de faux-cul depuis l'arrière de son cerveau.

— Bien sûr, Agent, dit-il. Allez vous faire foutre.

Frome claqua sa main sur le bureau.

— Witte. Ça suffit.

Il fit pivoter sa chaise pour regarder Javi et l'inclut dans la réprimande.

— Vous aussi, Agent. Nous apprécions votre aide dans cette affaire, mais mes adjoints ne sont *pas* sous votre autorité.

Javi étira ses lèvres en une ligne amère.

— Pour autant que je puisse en juger, lieutenant Frome, ils ne sont pas non plus sous la vôtre.

Le rouge s'étendit aux tempes de Frome, et ses narines se dilatèrent alors qu'il respirait profondément. La pièce était étouffante, trop petite et le devenait plus encore sous la testostérone et la tension. Pour Cloister, cela lui rappelait la maison. Ce n'était jamais bon.

— Ma mère a mis le feu à sa voiture une fois, déclara Cloister.

Javi et Frome lui adressèrent tous les deux un regard frustré et incrédule, comme s'il baragouinait.

— C'est quoi cette connerie, Witte ? demanda Frome en secouant la tête.

Putain d'œufs de grenouille. Cloister, renfrogné et avachi, s'agita sur sa chaise, s'obligeant à se redresser alors qu'il aurait souhaité se laisser aller. Il carra ses épaules et se força à continuer, à dépasser l'ancien conseil de sa mère : « mieux vaut passer pour un idiot qu'ouvrir la bouche et ôter le doute ».

— Ce n'était pas sa faute. Elle avait *cru* jeter la cigarette dehors par la vitre, pas sur le siège arrière, expliqua-t-il. Papa s'en moquait. Il lui a juste acheté une nouvelle voiture.

Javi renifla doucement et croisa les bras. Sa chemise se tendit sur ses épaules.

— Une histoire d'amour réconfortante pour les péquenauds, déclara-t-il.

Frome lui lança un regard mauvais, en commentant :

— Vous tirez sur la corde, Agent.

Puis, juste pour le contrarier, il fit un signe de tête à Cloister.

— Continuez. Et allez au but.

— Elle était la seule qui en reparlait tout le temps. Cinq ans plus tard, quelqu'un a mentionné une brûlure sur le siège arrière, et elle s'est hérissée que nous l'accusions à cause de la Chevy. Je pense que c'est ce que cette « Bri » fait avec Birdie. La tuer était un accident et c'est pour ça qu'il est toujours le premier à évoquer son nom. Son nom, sa photo, tout ça. C'est pour ça que nous n'avons aucun autre corps. Il ne veut pas les tuer.

Frome s'enfonça dans son fauteuil, paraissant dubitatif.

— Les tueurs en série ne font pas…

155

— En effet, accorda Javi. Cependant, Witte est peut-être tombé sur sa seule bonne idée de l'année. Je ne sais pas si ce tueur, ou cette « Bri », se soucie beaucoup que ses victimes vivent ou meurent, mais vous ne droguez pas quelqu'un avec des drogues hallucinogènes si la mort est tout ce que vous recherchez. Il y a des moyens plus simples de tuer des gens.

— Et si nous avons raison pour Hector, il était également aux urgences ce soir-là, déclara Cloister. Vous avez dit que cela avait pris plusieurs heures à Birdie pour mourir dans cette voiture. Il aurait tout manqué. Ce n'est pas ce que quelqu'un comme ça désire.

Frome toussa – un bruit sec et nerveux venu du fond de sa gorge – et il tendit la main vers un verre d'eau en disant :

— Ce sont des suppositions. Vous ne savez pas ce qui se passe dans la tête de quelqu'un comme…

Quelqu'un les interrompit en frappant sur la porte en verre. Il lança un regard irrité vers elle, mais au milieu d'une enquête d'enfant disparu, il ne pouvait pas l'ignorer pour finir de recadrer Cloister. Frome jeta son stylo sur la table avec un soupir d'impatience.

— Quoi ? aboya-t-il.

La porte s'ouvrit et Tancredi glissa sa tête.

— Monsieur ? Je discutais avec l'adjoint Witte de sa théorie tout à l'heure, et… je pensais que c'était faux.

— Eh bien, ça aide, intervint Javi sèchement.

Tancredi lui jeta un coup d'œil et rougit avec embarras.

— Je veux dire, je le pensais tout à l'heure, monsieur. C'est *moi* qui avais tort.

Elle tendit la feuille de papier qu'elle tenait et la dirigea diplomatiquement entre Javi et Frome. Ce fut Javi qui s'avança pour la lui prendre, et il parcourut la page des yeux.

— Pendant que Witte allait ramasser Leo, je suis allée dans la salle des pièces à conviction pour vérifier les sacs que vous avez trouvés sur le site où le corps a été déposé. D'après son dossier, Leo a disparu alors qu'il portait un jean, un pull du lycée et un collier avec une médaille gravée de sa date de naissance.

Tancredi étira le cou et tendant le bras pour pointer quelque chose, le tapota de son ongle sur le papier.

— Sac trois. Witte avait raison.

— Bien joué, reconnut Javi.

Tancredi lui adressa un bref sourire soulagé et expira spontanément :

156

— Merci, monsieur.

Quand elle jeta un coup d'œil à Cloister, son expression se rembrunit et son sourire s'ourla d'une pointe d'excuse. Elle s'éclaircit la gorge et son regard fit le tour de la pièce.

— Cependant, je ne comprends pas. Pourquoi Szerdo était répertorié uniquement comme une personne disparue ? Même après qu'il s'est échappé ?

Cloister haussa les épaules.

— Nous devrons le lui demander.

Il attendit. Finalement, Frome soupira et abandonna. Il prit une autre gorgée d'eau et s'essuya la bouche avec sa main avant de déglutir.

— Bien, nous allons parler à Leo. Cela dit, l'Agent Merlo dirigera l'entretien. Witte, restez à l'écart. Vous vous l'êtes déjà suffisamment aliéné.

Cela convenait à Cloister. Il haussa les épaules, se leva et lâcha un *monsieur* traînant en sortant. La porte se referma derrière lui d'elle-même, ce qui n'apporta pas la même satisfaction que de la claquer personnellement. Il était à mi-chemin dans le couloir quand il l'entendit grincer à nouveau en s'ouvrant.

— Witte, attendez, pria Tancredi.

Elle réduisit la courte distance en courant à moitié et hésita en grimaçant, mal à l'aise.

— Écoutez, l'Agent Merlo m'a demandé d'assister à l'entretien. Je suis désolée.

— Pourquoi ?

— Eh bien, c'était votre instinct, votre pressentiment, expliqua Tancredi, haussant les épaules d'un air gêné et glissant ses doigts dans ses poches. Je ne voulais pas... voler votre crédit.

C'était un mensonge. Cela se voyait dans le mouvement nerveux de ses doigts et le faible rosissement qui colorait la peau sous ses taches de rousseur. Ce n'était pas grave. Cela lui laissa un goût amer dans la bouche, mais cela n'avait pas d'importance. Tancredi était ambitieuse et lui non. Elle avait besoin de cette occasion, pas lui.

— Ne vous inquiétez pas pour ça, dit-il. Bon travail.

Elle hocha la tête et se balança distraitement sur la pointe de ses pieds.

— Merci. Une recommandation de l'Agent Merlo ne peut pas faire de mal, n'est-ce pas ?

Cloister haussa les épaules.

— Je n'en sais fichtrement rien, répondit-il. C'est en quelque sorte un connard. Peut-être que les gens du FBI ne l'aiment pas plus que les gens d'ici.

Cela la fit ricaner et elle vérifia d'un air coupable par-dessus son épaule que Javi n'avait pas entendu. Cloister lui souhaita bonne chance et retourna à son bureau. Il tapa rapidement son rapport et le déposa, fourra des papiers dans le tiroir verrouillé et tua le temps pour voir si quelqu'un sortait de la salle d'interrogatoire. Puisque ce n'était pas le cas après une demi-heure – juste des voix faibles marmonnant à travers la lourde porte – il abandonna et se rendit au vestiaire.

Il avait de la poussière aux plis des coudes et des genoux, et de la sueur lui irritait la raie des fesses. Cloister se déshabilla complètement, fit craquer son cou, clignant des yeux aux larmes que cela lui ft monter, avant d'évaluer les avantages qu'il y aurait à prendre une douche au lieu de se contenter d'enfiler son jean et de rentrer chez lui.

Finalement, la promesse d'une eau froide l'emporta. Il attrapa l'une des serviettes rêches et blanchies du support et entra dans la pièce humide. L'un des avantages de passer après une force de police locale corrompue, c'est qu'ils avaient de bons équipements. Il accrocha sa serviette sur un crochet, ouvrit l'eau sans monter la température et la laissa couler à torrents sur ses épaules.

Les gouttelettes froides martelaient ses épaules tendues comme des aiguilles et le firent sursauter bien qu'il s'y soit attendu. Il sentit sa température corporelle chuter. C'était froid, la pression évacuait le ressentiment de son cerveau – ou du moins le repoussait loin de la surface de son crâne.

Cloister laissa sa tête basculer, ses cheveux et sa nuque furent aspergés. Il appuya ses deux bras contre la faïence humide, et ses muscles se tendirent de ses poignets jusqu'aux épaules. Il soupira, projetant des gouttes d'eau hors de ses lèvres. Ça faisait du bien.

Il ferma les yeux et attendit que le fracas dans sa tête s'engourdisse.

Cela fonctionna assez bien pour que la main chaude pressée contre son dos le sorte brusquement d'une hébétude superficielle et insatisfaisante. Il cracha un juron. Le froid bienvenu était soudain glacial et il coupa l'eau de la douche d'un geste brusque. Le liquide réussit à perdre encore quelques degrés avant de cesser de s'écouler totalement. Il essuya son visage avec son bras et se retourna.

Il ne s'était pas attendu à voir Javi se tenir là, mais à un certain niveau, il n'en était pas surpris non plus. Cloister passa ses doigts dans ses cheveux mouillés, les plaquant sur son crâne.

— Quoi ?

— J'allais te demander de participer à l'entretien, annonça Javi. Mais si tu dors sous la douche, il est peut-être temps que tu rentres chez toi.

Cloister frotta son visage avec ses mains, évacuant le reste de somnolence.

— Je vais bien, affirma-t-il. Qu'est-il arrivé au « me tenir à distance » ?

Pendant une seconde, alors qu'il étudiait le visage de Cloister, il ne semblait pas que Javi le croie sur parole. Puis il attrapa la serviette du crochet et la plaqua contre la poitrine de Cloister.

— Il ne coopère pas, dit-il alors qu'il prenait appui contre la porte.

Il baissa les yeux pour une rapide appréciation du corps humide de Cloister, puis les reporta sur son visage.

— Même si tu le contraries, au moins, nous pourrions obtenir *quelque chose* de sa part, autre que des remarques cinglantes.

Cloister passa la serviette sur ses bras. Elle avait été blanchie au point qu'elle n'absorbait plus vraiment l'eau, se contentant de gratter sa peau.

— Je ne comprends pas, admit-il. Si j'ai raison, qu'est-ce qu'il a à cacher ?

Le coin de la bouche de Javi se releva et il haussa les épaules.

— Parfois, il est plus facile d'être un connard que d'admettre que vous avez merdé.

Cloister essuya son visage, puis son entrejambe.

— Est-ce que ce sont des excuses ?

Javi haussa les sourcils.

— Pour quoi ?

— Tête de nœud.

Il baissa les yeux sur le torse de Cloister et sur le lourd morceau de chair ballante entre ses cuisses. Javi inclina sa tête sur le côté.

— En effet.

Cloister roula la serviette en boule et la lança vers la chemise en coton blanc amidonné de Javi. Celui-ci l'attrapa juste avant que le tissu humide touche sa cravate. L'envie de transformer cela en dispute le démangeait de l'intérieur, mais... il savait comment était Javi. Cela lui convenait pour l'instant. Bon sang, quand ça allait péter, peut-être que ce ne serait même pas sa faute pour une fois, songea Cloister.

— As-tu parlé à sa femme de ménage ? demanda-t-il alors qu'il passait devant Javi.

En dépit de son irritation et du refroidissement persistant de la douche, être nu devant Javi donnait des idées à son sexe.

— Sa femme de ménage ?

— Ses parents pensent – pensaient – qu'il se saoulait au champagne, déclara Cloister.

Il ouvrit son casier et fouilla dedans pour trouver quelque chose de propre. Pratiquement propre devrait faire l'affaire, il récupéra un pantalon cargo noir et un tee-shirt.

— Lorsqu'elle a été interrogée, la femme de ménage a dit qu'il était un morveux gâté, mais elle était quand même inquiète pour lui. Il passait donc probablement plus de temps avec elle.

Javi haussa les épaules.

— Ça vaudra la peine d'essayer si tu ne parviens pas à nous aider à le faire parler, dit-il. Des chaussures devraient compléter ta tenue, au fait.

Il n'avait pas oublié. Cloister enfila ses boots. Le cuir érafla ses pieds humides, et il s'accroupit pour redresser la languette et tirer sur les lacets.

— Comme je l'ai dit, je verrai ce que je peux faire.

La remarque impertinente qu'il attendait ne vint pas. Cloister leva les yeux de ses lacets et surprit l'expression distraite sur le visage de Javi. Le *quoi* faillit même passer ses lèvres. Puis il baissa légèrement le regard et se rendit compte que ses yeux étaient au niveau de la ceinture de Javi. Lui, sur les genoux. Eh bien, il était bon de savoir qu'il n'était pas le seul dont le sexe continuait à essayer de le distraire. Il releva les yeux et ne chercha même pas à tenter de cacher son sourire narquois.

— Ferme-la, Witte, grogna Javi avant d'humidifier ses lèvres.

Il secoua distraitement la serviette que Cloister lui avait lancée, la plia au carré et la laissa tomber sur une chaise.

— Maintenant, allons-y, avant que son avocat le fasse sortir d'ici.

XXI

ÊTRE LE raté d'une bonne famille avait ses avantages. Leo Szerdo avait l'acné d'un toxicomane, mais ses dents étaient encore en bon état et sa peau n'était pas couverte de plaies. Pas encore. Malheureusement, il avait aussi un bon avocat, bien qu'il ne soit pas aussi prestigieux que J.J. C'était la différence entre une bonne famille et l'argent des Hartley, supposait Javi.

Ce dernier se rassit et enfonça à nouveau la touche *Enregistrement* sur l'appareil.

— Agent Spécial Merlo, reprenant l'entretien à...

Il leva les yeux tandis que Cloister tirait sur la chaise libre et y pliait sa fine silhouette.

— L'adjoint Witte s'est joint à moi.

Leo croisa les bras et serra les lèvres.

— L'autre était plus agréable à regarder, ironisa-t-il.

Snobinard.

— La plupart des gens le sont, dit doucement Cloister.

Dans le même temps, l'avocat posa une main manucurée sur le bras de Leo.

— Laissez-moi me charger de la discussion, monsieur Szerdo.

Leo haussa ses épaules osseuses et s'avachit sur sa chaise. Il tritura distraitement ses ongles pendant qu'il attendait et retirait des morceaux de cuticules. Son avocat le fixa un moment, puis, une fois certain que Leo allait obéir à l'ordre de rester muet, reporta son attention sur Javi.

— Mon client a été arrêté pour possession d'une substance réglementée, déclara-t-il. Je préférerais que cette entrevue soit en rapport avec cette arrestation, pas pour quelques jours d'absence, il y a six ans.

— Une semaine d'absence, rectifia Cloister.

L'avocat fit un geste dédaigneux avec ses mains et écarta la précision comme si elle était hors de propos. Cela incita Leo à triturer plus intensément ses ongles.

— Monsieur Park, reprit Javi. Votre client a des informations qui pourraient être pertinentes pour une enquête en cours. S'il coopère avec nous, cela pourrait rendre sa situation actuelle beaucoup plus facile.

— Sa situation, comme vous l'appelez, est sur le point de disparaître, répliqua Park. C'était une « mauvaise descente ». Vous n'aviez aucun mandat.

Cloister s'agita sur la chaise et se pencha en avant, posant ses coudes sur la table. Il ignora l'avocat, son attention se focalisant entièrement sur Leo.

— Il y a un petit garçon *disparu*, dit-il d'une voix rauque et frustrée. Son frère se sent responsable, sa mère est dévastée, et ce petit garçon est terrifié. Comment pouvez-vous ne *pas* vouloir l'aider ?

C'était brutal même si ça ne l'était pas. La colère dans la voix de Cloister, au milieu de la fêlure d'honnêteté, semblait juste confuse. Comme s'il ne comprenait pas comment quelqu'un pouvait rester indifférent. Javi ressentit une pointe de culpabilité pour chaque pensée qu'il avait eue destinée à couvrir ses fesses, chaque pensée axée sur sa carrière, depuis que Drew Hartley avait été perdu de vue.

Tancredi était compétente lors des interrogatoires. Un peu rigide – elle avait à l'évidence lu plus de livres qu'elle n'avait d'expérience –, mais avec une technique solide. Elle faisait un bon policier. Cloister était comme un coup de poing d'un mètre quatre-vingt-cinq de principe campagnard.

Park donna un coup sec du doigt sur la table.

— C'est assez, je crois, déclara-t-il avec fermeté. Mon client n'est pas responsable…

— Personne ne m'a aidé, murmura Leo, bougeant à peine ses lèvres.

— Quelqu'un aurait dû, dit Cloister.

Leo hésita. Pendant une seconde, la coquille dure de faux jeton assumant être un mauvais garçon conscient de ses droits se fissura, et quelque chose de brut et terrifié se trouvait en dessous. Ensuite, il remit le masque en place et haussa les épaules d'un air irrité.

— Même si je voulais aider, et comme je l'ai dit, cela n'a foutrement rien à voir avec moi, je ne peux pas, déclara-t-il. Alors, inculpez-moi et laissez-moi continuer ma vie, d'accord ?

Sa voix était indifférente, mais il s'était mis à mordiller la peau autour de ses ongles. Il s'était acharné dessus et des gouttes de sang suintaient des zones à vif. Javi retint le regard de Park de l'autre côté de la table et haussa les sourcils.

C'était suffisant. Park se pencha vers Leo et murmura à son oreille. Javi chercha négligemment à lire sur ses lèvres. *Démontrez votre bonne foi. Si vous savez quelque chose.*

— Il a *dix* ans, les interrompit Cloister avec impatience.

Javi fit une grimace tout en résistant à l'envie de lui donner un coup de pied sous la table. Il ouvrit la bouche, prêt à apaiser les choses, mais Leo avait tressailli. Il cligna des yeux et déglutit.

— Dix ans ? répéta-t-il.

— Vous n'avez pas vu les infos ? demanda Javi.

Un sourire amer, plein d'autodérision étira la bouche de Leo.

— Je ne me tiens pas vraiment au courant des infos. Je savais qu'un enfant avait disparu. Je n'ai pas…

Il s'interrompit et agita sa mâchoire d'un côté à l'autre comme s'il avait besoin de détendre ses muscles avant de parler.

— Même si je voulais aider, je ne pense pas pouvoir le faire. C'était…

Il s'arrêta et cligna à nouveau des yeux.

— Tout ce que vous pourriez faire, dit Javi. *Tout* ce que vous pouvez nous dire.

Leo prit une profonde inspiration et essuya son nez.

— Et vous laisserez tomber cette histoire de drogue ?

— Nous pouvons en discuter, reconnut Javi.

— C'était elle, se lança-t-il en regardant Cloister. Birdie. Personne ne me croit, mais c'était elle.

Ils n'avaient pas révélé le nom de la fille morte qu'ils avaient trouvée sur le chantier de construction. Pas encore. Javi marqua une pause et sentit l'affaire s'agiter dans son cerveau comme un puzzle.

— Vous connaissiez Birdie ?

— Nous n'étions pas amis. Je lui ai parlé quelques fois, répondit Leo.

Il se mordit la lèvre et mâcha la peau rugueuse.

— Tout le monde pensait que je l'inventais, que j'étais fou, ou un connard, ou quelque chose comme ça. Maman a dit que j'hallucinais, mais c'était elle. C'est pour ça que je suis allé la retrouver. Elle m'a envoyé un e-mail, m'a dit qu'elle s'était enfuie – nous savions tous qu'elle l'avait fait –, mais qu'elle s'inquiétait pour sa mère. J'ai essayé de la convaincre de rentrer chez elle, mais j'étais un gamin. Qu'est-ce que je savais de tout ça, pas vrai ? Elle m'a parlé de tous les trucs moches que son père avait faits, comme de voler des gens et de les battre ! Elle a dit qu'il avait l'habitude de venir dans sa chambre la nuit et… vous savez.

Les mots tremblaient en sortant de Leo, se déversant l'un après l'autre sans aucune pause pour reprendre son souffle. Il y avait une fragile provocation en eux, comme s'il les défiait de ne pas le croire. C'était une

163

histoire qui ne s'accordait avec aucune autre version de la dynamique de la famille Utkin. Les dossiers décrivaient Utkin comme un père exigeant, mais papa poule, et Javi n'avait détecté aucune fausse note dans son chagrin concernant la fille morte. Cela ne signifiait pas nécessairement quelque chose, bien sûr, mais le fait que Birdie était décédée quand elle avait parlé à Leo jetait un doute sur l'histoire.

— Vous êtes devenu amis ?

— Nous parlions sur AIM. Elle m'envoyait des textos parfois, mais…

Leo marqua une pause pour hausser les épaules.

— …elle avait peur que les gens la trouvent, que son père la trouve.

Il s'arrêta et pressa un doigt entre ses sourcils et frotta la peau en petits cercles tendus. Son avocat lui toucha le bras et se pencha pour murmurer quelque chose à son oreille. Leo haussa les épaules et hocha la tête.

— Je me souviens de ça, dit-il. Cette partie-là, je *m'en* souviens, mais personne ne m'a cru.

— Nous vous croyons, assura Javi. Alors vous parliez à Birdie. Vous aurait-elle demandé de la rencontrer quelque part ?

Leo secoua la tête.

— Non. C'était mon idée. Elle avait besoin d'argent, et je… Je pensais qu'elle pourrait, qu'elle était belle et pourrait…

Il haussa les épaules avec la maladresse d'un adolescent.

— Alors j'ai dit que je pourrais lui en avoir un peu. Papa garde une réserve dans son coffre-fort en cas d'urgence. La combinaison était ma date de naissance. Elle l'était avant. Alors je l'ai pris et je suis allé la retrouver.

— Vous l'avez rencontrée ? demanda Cloister.

Le soupçon d'incrédulité dans sa voix suffit pour que Leo lève les yeux avec colère, reniflant sa morve alors qu'il soutenait :

— Oui ! Je l'ai rencontrée.

Javi donna un coup de genou à Cloister sous la table : un signal muet pour qu'il se taise.

— Où l'avez-vous rencontrée ?

— Je ne me souviens pas, répondit Leo.

— Vous pouvez, déclara Javi. Réfléchissez.

Leo expira un soupir frustré.

— Je ne sais *plus*. Ma mémoire est bousillée, OK ? C'était un garage, d'accord ? Maman m'avait déposé au cinéma. J'y suis allé en marchant. Il faisait sombre. Birdie m'attendait. Elle m'avait pris un granité, cette sorte de sorbet à la glace pilée. Elle…

164

— Est-ce qu'elle avait l'air différente ? demanda Javi.

— Ouais. Elle avait une tête de déterrée. Ses dents avaient disparu, elle était pleine de plaies, et…

Leo déglutit et baissa les yeux vers ses mains, avec leurs cicatrices et leurs ongles rongés et gonflés.

— Elle me ressemblait. Si je n'avais pas su que c'était elle, je ne l'aurais pas reconnue. Je ne voulais plus la baiser à ce moment-là. Je ne voulais même pas prendre le granité. Je n'avais jamais pensé à ça auparavant, vous savez, à quel point votre vie pouvait être merdique et continuer à penser que c'est mieux qu'autre chose.

— Mais vous êtes certain que c'était Birdie ? insista Cloister.

— Oui ! se hérissa Leo. Bordel de merde, combien de fois dois-je vous le dire ? Vous avez *dit* que vous me croyez.

Javi posa sa main sur la cuisse de Cloister et la pressa. Le muscle dur se contracta sous ses doigts, mais la chaleur et la rugosité grossière du denim lui donna des sensations agréables qu'il repoussa pour plus tard.

— C'est le cas, affirma-t-il.

— Dis-le-lui, s'écria Leo en pointant un doigt sur Cloister. Il n'a *aucune idée* de ce qu'est ma vie, à quoi elle ressemble. Aucune idée de ce que vous me demandez de faire. Et il est assis là, à se moquer de moi ?

— Je ne comprends pas, dit Cloister, ignorant les doigts qui s'enfonçaient dans sa jambe. Vous avez dit que vous l'aviez à peine reconnue cette nuit-là. Comment *saviez*-vous que c'était elle ?

— Elle était… Elle disait…

Leo bredouilla sur sa phrase comme un mauvais starter de moteur, cherchant à en avoir la conviction puis la perdant à nouveau. Malgré les mauvaises années que Leo avait sur Billy, il y avait quelque chose de douloureusement familier chez eux à cette seconde.

— C'était son AIM. Son profil était un selfie. C'était… elle a dit que c'était elle. Qui voudrait mentir ?

À cet instant, Javi n'était pas intéressé pour répondre à cette question. À la place, il l'esquiva, entraînant la conversation sur le chemin qu'il voulait suivre.

— Qu'est-il arrivé après que vous lui avez donné l'argent ?

Leo ferma les yeux. Ils avaient l'air contusionnés et plus vieux qu'ils ne le devraient.

— C'était vraiment bizarre. Elle m'a fait prendre le granité. Je ne voulais pas. Il y avait du rouge à lèvres sur la paille. C'était dégoûtant.

Elle était dégoûtante. Mais elle était fâchée, alors je l'ai pris, j'ai avalé une gorgée, et elle m'a dit qu'elle me conduirait à la salle de cinéma.

— Elle avait une voiture ? interrogea Cloister.

— Ouais. Non. Il y avait un gars avec elle. Je sais que je n'aurais pas dû monter dans la voiture avec lui, mais le vent était si mauvais, et je ne voulais pas retourner dans la tempête. Je ne me souviens pas de grand-chose après ça. Je pense que j'ai été malade. Le mec a dit que j'étais malade. Rien après ça… rien qui ait du sens.

— Est-ce qu'elle est montée dans la voiture ? demanda Javi.

— Oui, répondit Leo.

Puis il ouvrit les yeux et lança un regard sur le côté.

— Ou… pas ? Je ne pense pas qu'elle l'ait fait. Je ne l'ai pas revue après.

— Peu importe. Continuez, l'incita Javi. Que s'est-il passé ensuite ?

Leo se replia sur lui-même, tendu comme un fil électrique sous la tension du souvenir.

— Je ne me souviens pas. Vraiment. C'est juste…

Il cogna la paume de sa main contre sa tempe, assez fort pour qu'ils entendent tous l'impact.

— … des bruits. Il faisait chaud et c'était bruyant, si bruyant que je ne pouvais pas réfléchir. Quelqu'un parlait, mais c'était comme si Dieu me hurlait dessus. Je savais que c'était important, vraiment important, mais je ne pouvais pas distinguer les mots. J'ai été hors service pendant plus de huit jours. Un camionneur m'a trouvé une semaine plus tard dans un relais routier, suppliant pour avoir de l'eau. Il y avait une fontaine juste *là*, mais je continuais à demander aux gens de me laisser boire.

Il se mit à rire, bien qu'il n'y ait aucun humour dedans, et agita ses mains grandes ouvertes devant son visage.

— C'est ton cerveau drogué, gamin, se moqua-t-il en grimaçant une expression maussade.

Puis toute énergie le déserta, il s'affala sur sa chaise et soutint sa tête avec sa main.

— J'ai eu de la chance, je suppose. Le gars qui m'a trouvé a appelé la police. Les flics ont appelé ma mère. Ils ont pensé que j'avais pris de la drogue et que j'avais fait un mauvais trip.

— Comment étiez-vous physiquement ? questionna Javi.

— Bien. J'étais vraiment déshydraté, je planais complètement, et j'avais de très sérieux coups de soleil… mais je n'étais pas mort, et je n'avais pas de maladies sexuellement transmissibles, ce que ma mère n'arrêtait pas de mentionner. Donc j'étais en pleine forme physique.

Il renifla et prit une inspiration dans un petit rire sec.

— Bordel, quelques années plus tard, et ce serait un week-end normal pour moi. Je suppose donc que ça n'a pas dû être si grave que ça.

Ça correspondait. Les morceaux étaient tordus et tachés, mais ils s'adaptaient. Javi poussa un bloc de papier sur la table vers Leo.

— Notez *tout* ce que vous pouvez vous rappeler. Les heures, les gens, les emplacements, n'importe quoi, dit-il.

Leo avait l'air intimidé et passa une main sur son visage.

— Vous avez déjà été très utile, monsieur Szerdo, et nous apprécions. Cela prendra juste quelques minutes de plus. S'il y a quoi que ce soit d'autre auquel vous pouvez penser qui serait susceptible d'aider. N'importe quoi.

Leo tira sur sa lèvre inférieure avec ses dents et la mordilla.

— Il n'y a rien, dit-il, mais il approcha le bloc-notes de lui.

L'avocat lui donna un stylo.

— Vous savez, vous n'avez réellement rien fait de mal, déclara Cloister alors qu'il se mettait debout.

Il se tenait en appui sur la table avec le bout des doigts tandis que Leo levait les yeux vers lui.

— Quoi ? demanda Leo, plissant les yeux d'un air incertain vers lui.

La pointe du stylo s'arrêta de griffonner sur la page et laissa une ligne de texte inachevée.

Cloister haussa les épaules et poussa sur ses mains pour se redresser.

— C'est juste que je ne sais pas pourquoi vous continuez à vous punir.

Le stylo ne recommença pas à bouger entre la déclaration de Cloister et le moment où il rejoignit Javi hors de la salle d'interrogatoire. Celui-ci attendit que la porte se referme pour prendre la parole :

— Tu avais raison. Nous n'avons pas de tueur en série. La mort de Birdie était une conséquence involontaire. Probablement un accident.

Cloister lui adressa un regard prudent, ses yeux clairs indéchiffrables.

— Eh bien, au moins, j'ai sauvé ma seule bonne idée pour la deuxième moitié de l'année, déclara-t-il paresscusement.

Ah, oui. Ça. La raillerie avait été satisfaisante, bien que mesquine, sur le moment : une pique passagère sur une cible familière. Il avait échappé à l'esprit de Javi que ce n'était pas une manière tout à fait appropriée de parler à quelqu'un que vous aviez baisé. Pas si vous vouliez recommencer.

Il ne devrait probablement *pas* rebaiser avec Cloister, bien sûr, mais cela ne signifiait pas qu'il voulait retirer l'option de la table.

— Eh bien, si tu es assez gentil, peut-être que le Père Noël t'en apportera une pour les fêtes, dit Javi.

C'était censé être une manière désarmante de l'aguicher. Même à ses oreilles, cela sembla plutôt condescendant. Il haussa les épaules mentalement. Qu'allait-il faire d'autre ? S'excuser ? Peu probable. Il laissa le moment gênant en suspens, revenant à l'affaire, et repartit vivement en marchant dans le couloir. Cloister ne devait pas être tellement offensé puisqu'il avançait à ses côtés.

— Tancredi dit que tu as une liste d'autres victimes possibles. Envoie-la-lui afin que nous puissions nous mettre au travail pour trouver nos vraies victimes.

— Je peux...

— Tu peux partir et aller dormir, le coupa Javi.

Un regard en coin révéla une expression maussade sur le visage de Cloister – ou elle aurait pu être maussade. Cela agaça légèrement Javi qu'il puisse déjà deviner comment obtenir que Cloister fasse ce qu'il voulait, et que ce n'était *pas* par la séduction.

— Combien d'heures dure le service d'un chien ?

Il prit le froncement de sourcils coupable de Cloister comme une capitulation.

— Je ne suis pas certain du bien que cela apporte d'avoir trouvé Leo, cependant, déclara Cloister.

Il se frotta l'œil avec la paume, l'enfonçant assez fortement dans l'orbite tandis qu'il plongeait ses doigts dans ses cheveux en poursuivant :

— Nous n'avons rien appris d'utile.

Javi pinça les lèvres. Un homme meilleur n'aurait probablement pas été tenté de laisser Cloister avoir cette conclusion. Cependant, il n'était pas cet homme-là, et trouver Leo avait été un bon travail de détective qu'il savait que Cloister n'exploiterait jamais. Après une brève bataille, sa conscience l'emporta.

— Ce n'est pas tout à fait vrai. Nous savons que l'intérêt des crimes de notre suspect n'est pas le meurtre. Nous savons où il a opéré, et nous savons qu'il y a six ans, il travaillait avec une toxicomane qui a eu une dose de ce qu'il a utilisé sur le pauvre Leo. Ce qui signifie qu'*elle* a probablement fini à l'hôpital.

XXII

Ou en prison. Cela aurait été le second choix de Javi. C'était Tancredi qui lui avait apporté le dossier, mais elle ne connaissait pas le sujet. Cela signifiait donc de passer un coup de fil à l'autre ex-policier de la ville.

— Alice Murney ? répéta Sean dans le haut-parleur du téléphone.

Sa voix était brouillée. Il avait au moins quelques bières dans le cornet.

— Ça remonte à un moment. Qu'est-ce qu'un super Agent Spécial comme vous, Agent Merlo, veut d'une lamentable petite pute camée comme Alice ?

Javi prit une gorgée de sa boisson énergétique. Le liquide était froid grâce au distributeur automatique et avait un parfum de myrtille artificielle et un arrière-goût amer et fade de taurine. Il utilisait le bureau de Frome puisque le lieutenant était rentré chez lui pour quelques heures. Jusqu'à présent, il avait approuvé un communiqué de presse sur les progrès de la recherche, celui-ci soulignant leur confiance dans le bien-être de Drew ; il avait reçu un e-mail sur leur suspect du docteur Galloway – ils attendaient encore les résultats du laboratoire pour l'analyse des produits chimiques du corps de Birdie – et il avait laissé un message urgent à Luna McBride pour qu'elle le rappelle de son université à Philly. Elle était l'un des enfants disparus et retrouvés. L'autre garçon, le fils du pompier, s'était suicidé un an et demi plus tôt. Javi était fatigué et sa tolérance au mauvais café avait disparu deux heures auparavant. Alors, l'arrière-goût de taurine était la boisson par défaut.

— Il y a six ans, elle faisait semblant d'être Birdie Utkin, déclara Javi.

Il y a eu une pause. Quand la voix de Sean revint, l'empattement dans sa voix avait presque disparu. Elle sonnait nette.

— Elle n'est pas votre ravisseuse, Merlo. Alice aurait poignardé sa propre mère pour un fix, mais une fois qu'elle redescendait, elle se serait rendue. La moitié des choses pour laquelle on l'alpaguait, elle les avouait. C'était une bonne gamine avec une saloperie de dépendance.

Javi récupéra sa veste de costume du fauteuil de Frome et l'enfila.

169

— Nous pensons qu'elle travaillait pour notre suspect, expliqua-t-il. Savez-vous où je pourrais la trouver ?

— Actuellement ? demanda Sean. Probablement sous terre. Comme je l'ai dit, une saloperie de dépendance. Si elle n'est pas morte, demandez à sa mère ? Je ne sais pas où Betsy vit désormais, mais je peux chercher, si vous voulez.

— Oui, faites-le, l'enjoignit Javi. Vous rappelez-vous si Alice s'était fait arrêter il y a six ans ? Elle aurait été ramassée à proximité du marché pour trouble à l'ordre public.

— J'étais inspecteur, s'agaça Sean, mettant l'accent sur le dernier mot.

— Que vous dites.

Javi ignora le « connard » que Sean grogna pour poursuivre :

— Elle devait planer, halluciner et entendre des trucs.

La pause fut plus longue cette fois. En arrière-plan, Javi pouvait entendre du football à la télé et quelqu'un demandant à Sean s'il voulait les restes.

— Ouais, répondit lentement Sean. J'avais presque oublié ça. Elle insultait tout le monde, les accusant de parler derrière son dos et de lui avoir enlevé son enfant. Cela lui avait provoqué des terreurs toute la nuit. À la fin, ils avaient dû l'envoyer à l'hôpital. Le truc, c'est qu'elle n'avait même pas d'enfant. Aucun que ses dossiers médicaux ne le mentionnaient.

Javi attrapa son téléphone et désactiva le haut-parleur.

— Lorsque vous aurez obtenu les coordonnées de sa mère, faites-le-moi savoir.

— Bien sûr, dit Sean d'une voix traînante. Et ne vous inquiétez pas de me devoir une faveur. La possibilité de profiter de votre délicieuse compagnie est un paiement suffisant. Bien que, si vous vous sentez généreux, envoyez votre ami sexy dans les parages avec un bon whisky. Il peut laisser le chien chez lui.

Avec un rire grossier, Sean raccrocha avant que Javi puisse faire de même. Sa lèvre se releva sur un rictus et il fourra le téléphone dans sa poche.

— Ça montre bien que tu ne sais rien, marmonna-t-il. Il ne laisse jamais le chien à la maison.

IL ÉTAIT tard, et Javi était fatigué malgré la vibration du Red Bull qui s'agitait sous sa peau. Alors, il aurait dû être en chemin pour rentrer chez lui, manger les restes de sa salade de quinoa et se mettre au lit, pas en train de conduire depuis une heure dans la ville pour trouver la rue où le Filling Station était garé pour la nuit.

Pourtant, il y était.

Le food truck en bleu pastel et blanc était garé devant le Gas Station [4], une discothèque chic assez proche de la partie malfamée de la ville pour lui donner un certain cachet de scandale. L'ancien panneau aux néons *General Gasoline* était le seul élément original qui subsistait, mais il était à la place d'honneur au-dessus de la porte.

Javi se tenait dans une file qui était pour les deux tiers de bruyants fêtards qui gloussaient dans un état second, et un tiers de gens qui désiraient vraiment des tacos de chèvre rôti à minuit passé. L'adolescent souriant au comptoir remettait des boîtes en polystyrène et des sacs en papier à emporter avec une dextérité issue de la pratique. Pour certains d'entre eux, il les balançait dans la foule, criant la commande pour avertir le client qui s'était éloigné de son poste.

C'était un chaos contrôlé. Javi résista à l'envie d'en faire un ordre sous contrôle. Tout ce qu'il faudrait, c'était deux files distinctes, l'une faisant la queue d'un côté pour passer commande, l'autre pour la récupérer. Rangé, efficace, et hors du chemin de tous les autres dans la rue. Javi contourna un couple chancelant qui ne faisait pas attention à l'endroit où ils allaient, en essayant de commander un Uber alors qu'ils étaient éméchés.

Sur le petit téléviseur installé au coin du comptoir, de petits hommes en uniformes aux couleurs vives poursuivaient une balle encore plus petite à travers un terrain.

— ¡Eeeh puto! s'écria l'un des hommes enivrés à l'avant de la file lorsque le gardien de but attrapa le ballon.

Il coinça ses doigts dans sa bouche et siffla avec un son humide.

L'insulte donna des démangeaisons à Javi. Il n'était pas le seul d'ailleurs. Un murmure de désapprobation traversa la foule.

— Ta gueule, mec.

— Bordel de merde.

— Il y en a toujours un.

L'adolescent au comptoir poussa un soupir. Il s'arrêta au milieu d'un arrosage de tamales avec une sauce western, attrapa la télécommande et changea de chaîne avec une zébrure d'électricité statique. Les footballeurs

4 Gas Station : le nom de la boîte de nuit signifie station-service.

disparurent et le visage familier et sérieux de la présentatrice d'informations locales apparut à la place.

— ... l'alerte enlèvement est toujours en cours pour un garçon disparu, dit-elle en formant une grimace triste avec ses sourcils et les coins de sa bouche.

Une vieille photo de Drew s'afficha sur l'écran, et le numéro d'appel d'urgence défila en dessous.

— Drew Hartley a disparu depuis maintenant plus de...

Le jeune bascula sur une autre chaîne d'informations. Cette fois, ce fut des images de – selon l'affichage en bas – la tournée de résurrection du groupe Crossroad Gin de San Francisco. Les hommes sur scène semblaient trop jeunes pour avoir atteint le stade de retour de leur carrière, mais peut-être que lorsque vous étiez aussi beaux, les choses allaient plus rapidement.

Le bavardage sans intérêt de son cerveau ne pouvait pas le distraire du poids de l'enquête Hartley. Lorsque Saul avait relancé sa carrière en l'invitant à Plenty, il n'avait probablement pas imaginé que Javi le rembourserait en échouant à sauver son petit-fils. Le fait que Javi ait retrouvé le cadavre de Birdie Utkin après toutes ces années n'aurait probablement pas non plus consolé Saul.

Peut-être que si c'était de la culpabilité, ce ne serait pas si grave. Mais Javi ne pouvait pas prétendre qu'il ne savait pas que ses perspectives semblaient compromises. Pas la fin de sa carrière, pas encore en tout cas, mais pas bonnes non plus. Sa première affaire médiatisée depuis la mort de Saul, sa première enquête en tant qu'agent principal, et bien qu'il soit confiant qu'elle s'achèverait par un suspect en prison, cela n'aurait pas d'importance s'il devait ramener un corps à enterrer au lieu de réunir un petit garçon et sa famille.

La jeune fille qui attendait devant lui récupéra sa commande, déchira l'emballage et s'attaqua au taco en se retournant. Suçant la sauce sur ses doigts, elle se faufila à côté de lui. Le jeune derrière le comptoir offrit à Javi un sourire décontracté, odieusement joyeux pour une heure aussi tardive.

— Hé, s'exclama-t-il en reconnaissant Javi. De retour ? Que puis-je vous proposer cette fois-ci, monsieur ?

Il était assez jeune et Javi était juste assez âgé pour que le *monsieur* le fasse tressaillir un peu au fond de lui. Le mettant de côté, Javi jeta un œil par-dessus l'épaule du gamin sur les spécialités griffonnées à la craie blanche et bleue sur le tableau noir.

— Quatre tacos de tripa et quatre tacos de buche.

— Je suppose que vous avez faim, commenta-t-il. Bon à voir. Ce sera prêt dans une minute.

Il prit l'argent que Javi lui remit, le glissa dans le tablier attaché autour de sa taille et répéta la commande à l'homme plus âgé qui faisait la découpe. Il fallut plus d'une minute – mais à peine beaucoup plus – pour qu'ils terminent la commande et la balancent par-dessus le comptoir dans un sac en papier lourd et humide.

Javi mit sa main en dessous en l'attrapant et sentit la chaleur sur sa paume. Cela sentait la douce viande épicée d'origan et de cumin. Comme les boîtes Tupperware tachées que sa grand-mère ramenait à la maison quand elle allait rendre visite à ses amis et, un peu enivrée, partageait avec lui tout en traitant sa mère de mauvaise cuisinière – c'était d'ailleurs la poêle que se moquait du chaudron, bien évidemment.

C'était de la nourriture réconfortante, une nostalgie se déguisant en appétit, et il en avait commandé beaucoup plus qu'il ne pouvait manger seul. Il fit semblant de peser le pour et le contre en retournant à sa voiture. Il pouvait congeler la nourriture, il pouvait la donner à un sans-abri, il pouvait la laisser empester son appartement avec son odeur de plat à emporter de la nuit précédente ; cependant, il savait déjà ce qu'il allait faire.

Il était fatigué et frustré, ses nerfs étaient tellement noués qu'il pouvait sentir sa peau frotter dessus. Baiser était un bon moyen de se détendre. La nourriture était un bon moyen de s'excuser pour la plaisanterie sur la « seule bonne idée » sans vraiment avoir à faire le sale boulot des regrets. Alors pourquoi pas ?

JAVI SE sentit un peu mal de réveiller Cloister. Après tout, c'était lui qui lui avait dit de rentrer à la maison et de se reposer. Pourtant, il était là, martelant contre le côté de la boîte métallique jusqu'à ce que Cloister tombe du lit et réponde à la porte. Javi aurait vraisemblablement pu se sentir plus mal, mais son sexe exigeait beaucoup d'attention.

Cloister appuya un bras contre la porte et retint un bâillement avec sa main libre. Ses cheveux étaient décoiffés par l'oreiller, et tout ce qu'il portait était un boxer usé qu'il n'avait pas remarqué avoir enfilé à l'envers. Il y avait une couche de sueur qui s'accrochait à sa peau, retenue dans les vallons lisses de muscles et les creux asymétriques des tissus cicatriciels sur ses côtes. Son tatouage avait l'air très sombre dans la faible lumière.

— Est-ce qu'il s'est passé quelque chose ? demanda-t-il.

Sa voix était rauque de sommeil, mais il ne semblait pas brumeux ou comme s'il luttait pour se réveiller. Juste fatigué.

— Le kidnappeur a-t-il contacté Billy ?

— Pas encore, répondit Javi.

Il tendit le sac de nourriture. Ce n'était pas aussi chaud que lorsqu'il avait démarré, mais cela sentait toujours bon.

— J'ai pensé que tu pourrais avoir faim.

Cloister écarta le sommeil des yeux avec son pouce et son index.

— Quelle heure est-il ?

Javi leva les yeux vers le ciel noir et constellé d'étoiles, puis les ramena vers Cloister en proposant :

— Le matin ?

Cela lui valut un grognement, puis Cloister s'écarta de la porte pour le laisser entrer. La caravane était légèrement éclairée par la lune entrant par les fenêtres sans rideau. D'après l'enchevêtrement des couvertures – et le chien noir s'étirant lentement dans l'espace disponible –, il semblait que Cloister dormait sur le canapé. L'endroit sentait vaguement le chien mouillé et plus fort la transpiration masculine. Pas une odeur avec laquelle Javi voudrait vivre, mais il ne pouvait pas nier l'attraction que cela propageait dans son ventre.

— As-tu seulement un vrai lit ? demanda-t-il.

Cloister alluma, ce qui fit geindre Bourneville, et elle fourra sa truffe sous le drap.

— Je sais que tu ne manges pas au lit, Javi, dit-il en tendant la main vers le sac de nourriture.

En effet, c'était dégoûtant. Javi le lui remit et observa Cloister sortir les aliments du sac, les déballer et mettre les tacos sur des assiettes en carton. Bien sûr, il avait des assiettes en carton. Javi ne savait pas pourquoi il s'attendait à autre chose.

Ses bourses étaient douloureuses et lourdes, et le désir piquait l'arrière de son cerveau, mais il aimait assez regarder Cloister se déplacer. C'était comme s'il économisait ses mouvements et n'avait aucun complexe.

— Le pompier dont l'enfant a disparu a pris sa retraite l'année précédente, déclara Javi. Il a ouvert sa propre entreprise de construction.

Cloister haussa les sourcils et poussa vers Javi sa part de tacos avec un verre de soda.

— Bon sang. Je suppose qu'ils sont mieux payés que les adjoints. Peut-être que j'ai choisi le mauvais métier.

À cet instant précis, la seule chose dont Javi était affamé c'était d'une peau tannée et du goût sucré-salé prononcé du sexe. Son estomac, d'un autre côté, grogna jusqu'à ce qu'il prenne un taco. La première bouchée distraite lui rappela qu'il n'avait rien mangé depuis le sandwich attrapé à la volée à l'heure du déjeuner.

— Il réussit bien, confirma-t-il.

Il récupéra l'une des serviettes qui accompagnaient la commande, la plia et essuya délicatement les coins de sa bouche.

— Il travaille beaucoup pour Utkin.

— On en revient toujours aux Utkin, constata Cloister.

Il y eut un bruit sourd derrière Javi. Il jeta un œil autour de lui. La silhouette noire de Bourneville ne s'étendait plus sur lit improvisé. Il baissa le regard sur des yeux marron très expressifs et une langue rose pendante. Bourneville remua lentement la queue sans perdre de vue le visage de Javi.

— Ta chienne veut quelque chose, dit Javi mal à l'aise alors qu'il se décalait sur le côté du tabouret.

— D'accord, tu n'as jamais eu de chien. Mais tes parents ne t'ont-ils jamais laissé regarder des films sur les chiens ? questionna Cloister.

Sa manière de le dire donnait l'impression que c'était un manque, mais Javi ne pensait pas qu'il y ait réellement quelque chose parmi les œuvres cinématographiques sur le point de vue d'un chien qu'il aurait pu manquer.

— Elle veut ton taco, mais elle n'en aura pas.

— Est-ce que c'est mauvais pour elle ?

— Je vis dans une boîte de conserve, répondit Cloister. Nourrir un chien avec des aliments épicés serait mauvais pour tout le monde.

Il ramassa son taco et posa une main en dessous en l'apportant à sa bouche. C'était étrangement distrayant de le regarder manger. Ou peut-être pas. Cloister avait une belle bouche. Le temps que Javi reporte son attention sur son assiette, il avait machinalement mangé un autre taco. Il se débarrassa des miettes sur ses doigts et jeta un coup d'œil à Cloister.

— Bon, je t'ai payé le dîner, déclara-t-il en se penchant en arrière pour l'admirer paresseusement de haut en bas. Maintenant, il est temps pour toi de passer à la casserole.

Cloister se pencha sur le comptoir et enroula sa main derrière la nuque de Javi. Il l'attira vers lui pour l'embrasser. Oui, décida Javi, Cloister avait vraiment une belle bouche. Il captura la lèvre inférieure de cette jolie bouche avec ses dents et la mordit assez fort pour faire siffler Cloister, puis il apaisa le pincement avec sa langue.

Cloister se recula et appuya sa langue sur la trace rouge sur sa lèvre inférieure.

— Cela signifie-t-il que nous sortons ensemble ? demanda-t-il, avec une curiosité sincère.

Une brusque panique s'épanouit dans le ventre de Javi. Elle s'effaça lorsque le petit sourire satisfait de Cloister lui échappa et fit apparaître l'ombre de ses fossettes ridicules. Javi secoua la tête.

— Tais-toi, ordonna-t-il à Cloister. Et cette fois, la chienne ne regarde pas.

Cloister éclata de rire et ses fossettes se creusèrent enfin. Le rire n'était pas un élément habituel de la vie sexuelle de Javi. Il aimait que ses rencontres soient planifiées, intenses et mutuellement satisfaisantes… pas drôles. Aussi était-il surpris de voir à quel point le grognement rauque de l'humour facile de Cloister le faisait durcir.

Il n'aimait pas les surprises, alors il tira Cloister de l'autre côté du comptoir et le fit taire avec un baiser rude et querelleur. Le frémissement du rire de Cloister s'attarda sur sa langue pendant une seconde et sa respiration se bloqua, avant de s'évanouir sous la faim dévorante du désir.

Mieux.

XXIII

Il y avait un crochet à l'arrière de la porte de la chambre. Habituellement, la tenue de cérémonie de Cloister y reposait entre deux sorties, repassée et vaguement sinistres dans son sac de nettoyage à sec. Maintenant, elle était froissée sur le sol, et ses deux mains étaient serrées autour du crochet.

— Ne bouge pas.

C'était l'ordre que Javi lui avait donné accompagné d'un baiser sur sa bouche alors qu'il enveloppait les mains de Cloister autour du crochet. Il n'avait pas bougé. Cela le tourmentait comme une aiguille qu'on aurait oublié sur une chemise toute neuve et le piquait chaque fois qu'il était sur le point de se perdre dans le flot de sensations qui menaçait de faire céder ses genoux sous lui : la bouche chaude, la langue avide, la fraîcheur humide de la salive séchant sur son sexe en érection. Cela l'agaçait – assez pour l'empêcher de se perdre dans la pression sur son sexe et sur les doigts mouillés qui malaxaient ses bourses –, jamais assez pour vraiment devenir un mouvement.

Cloister serra la mâchoire, inclina la tête en arrière et appuya durement son crâne contre la porte. Sa respiration était erratique et son corps était étiré de tout son long, appuyé contre le bois. Les muscles de ses cuisses étaient contractés, tendus sous la peau alors qu'il s'accrochait.

— Putain, grogna-t-il.

Il écarta ses hanches de la porte, et ses omoplates s'enfoncèrent dans le bois alors que Javi activait sa langue contre la partie inférieure de son sexe. Ses bourses semblaient être dures comme de la pierre, remontées étroitement et douloureusement entre ses cuisses, et s'il le voulait, il pourrait simplement lâcher le crochet.

Il ne le fit pas.

Javi recula et laissa ressortir le sexe de sa bouche. Celui-ci remonta vers l'estomac de Cloister, son gland raide et brillant de salive, scintillant de liquide pré-éjaculatoire. Javi rejeta la tête en arrière et remonta en traçant les côtes de Cloister jusqu'à ses épaules et ses bras levés.

— Tu as surmonté ce problème avec l'autorité ? demanda-t-il.

— Non, répondit Cloister d'une voix rauque. Pas entièrement.

177

— Pourtant, tu ne bouges pas, signala Javi.

Il se leva. Sa chemise pendait ouverte sur ses épaules, son sexe appuyait contre la braguette de son pantalon... pantalon qui coûtait probablement trop cher pour qu'il se mettre à genoux sur un vieux tapis. Il l'était définitivement trop pour être pressé contre Cloister avec la sueur et le sperme qui tacheraient le tissu gris pâle. Javi glissa une main sur sa hanche et prit le galbe d'une fesse en coupe. Il referma ses doigts sur la chair ferme et le muscle. Ses lèvres effleurèrent la joue de Cloister alors qu'il disait :

— *Bon* garçon.

Ouais. Cloister relâcha le crochet. Non.

— Tu es un connard, dit-il en saisissant les épaules de Javi. Tu sais ça ?

Javi haussa les épaules.

— Je crois que tu l'as mentionné. Une ou deux fois.

Il contracta ses doigts autour du postérieur de Cloister et sourit d'un air suffisant.

— Pourtant, tu continues à vouloir me baiser.

Difficile d'argumenter avec cela. Cloister préféra l'embrasser à la place et resserra ses doigts sur les épaules de Javi tout en écrasant sa bouche contre la sienne. Il put sentir la brusque inspiration de Javi lui volant l'air de sa gorge et la proéminence dure de son érection contre sa hanche.

L'espace dans une caravane avait tendance à être limité. Cela ne dérangeait pas Cloister. Cinq ans et sa vie à Plenty pouvait encore tenir dans quelques sacs s'il en avait besoin. Et parfois, cela pouvait être utile. Un pas en avant – un demi-pas en arrière pour Javi – et leurs jambes heurtèrent le bord du lit. Ensuite, tout ce qu'il fallut fut une poussée. Javi atterrit sur le matelas et fléchit les doigts dans les draps blancs. Cloister rampa alors à sa suite. Il resta en appui au-dessus du corps étendu de Javi, équilibrant son poids sur ses bras.

— Y a-t-il une chance que nous puissions baiser sans parler ? demanda-t-il.

Un sourire acéré étira la bouche de Javi.

— Je ne vois pas ça se produire, répondit-il. Et toi ?

Il y avait une forte tension à la question et dans la ligne contractée du corps de Javi. Pas précisément de la tristesse. C'était plus de l'agacement. La même irritation boudeuse et réprimée qui stagnait derrière ses dents serrées sur le terrain chaque fois que les gens – et une fois, enfin, deux fois si vous comptiez aujourd'hui, Cloister – faisait quelque chose que Javi n'avait pas approuvé à l'avance.

Le sexe de Cloister était si douloureux qu'il pouvait sentir le sang s'y précipiter. Il voulait baiser ou *se faire* baiser. L'un ou l'autre lui conviendrait tant que c'était dur, chaud et assez jouissif pour épuiser son cerveau et le déconnecter. Pour couper court à la liste culpabilisante des personnes qu'il n'avait *pas* pu ramener chez elles. Ce n'était pas comme s'il ne connaissait pas leurs noms – la liste commençait avec son frère et s'achevait avec Julie-Anne Judson, qui avait disparu dans les montagnes – et la voix lente à l'accent du Midwest, pleine de larmes de sa mère, qui la récitait. Il n'avait pas besoin de ce coup dans le ventre ce soir.

L'un des avantages de s'envoyer en l'air avec le genre de mec qui débarquait pour un plan cul après minuit avec un sac de nourriture bon marché et une érection, ce devait être que vous n'aviez pas à vous soucier d'eux. Sauf, bien sûr, que vous le faisiez quand même. Cloister Witte : maudit romantique et éternel putain de paillasson.

— Continue dans ce cas, dit-il en plongeant la tête pour déposer un baiser piquant de barbe naissante au creux du cou de Javi.

Il pouvait sentir le goût du sel et la pointe forte et musquée de l'eau de Cologne sur sa peau.

— Crache le morceau, l'incita-t-il.

Javi fourra ses doigts dans les cheveux de Cloister et repoussa sa tête en arrière jusqu'à ce qu'ils puissent se regarder.

— As-tu reçu un coup sur la tête ? demanda-t-il, levant son genou de sorte que sa cuisse appuie contre le sexe de Cloister. Tu n'as pas encore joui, idiot, et pour ton information, j'avale.

L'image mentale – les lèvres gonflées, la sueur, le coup de langue de Javi récupérant une goutte de sperme salée, et le sexe de Cloister vidé et humide – contracta ses genoux, ses épaules et tout ce qui se trouvait entre les deux. Il déglutit difficilement, son souffle ne voulant pas coopérer.

— Dis-moi ce que tu veux que je te fasse, réussit à sortir Cloister, sa voix devenant rauque comme du gravier dans sa gorge.

Il s'assit, s'agenouillant sur les cuisses de Javi et essaya d'ignorer la douleur dans ses bourses.

— Donne-moi des ordres, Agent Spécial. Tu sais que tu le veux.

Javi le fixa de ses yeux noirs mi-clos avec attention tout en y réfléchissant. Après un moment, il s'étira, les muscles de son ventre et de

179

son torse glissant élégamment sous sa peau légèrement ambrée, et il plia les bras derrière sa tête.

— Puisque tu ne veux pas parler, décida-t-il d'une voix sévère et tendue, pourquoi ne trouverais-tu pas mieux à faire avec ta bouche ? Suce-moi, adjoint.

C'était son idée, mais Cloister éprouva encore la brève impulsion de dire à Javi d'aller se faire foutre. D'après le sourire suffisant de c dernier, cette envie s'affichait sur son visage. Cloister y résista, ravalant les mots et détachant la ceinture de Javi. Le cuir était doux sous ses doigts, la boucle de métal froide et la pensée qu'il pourrait vouloir l'utiliser sur lui traversa son esprit. Cette image, à demi formée et hésitante, était ridicule. Il faisait un mètre quatre-vingt-cinq et la fois où son oncle avait essayé de corriger son attitude à coup de cuir, il lui avait donné un coup de poing. Mais c'était quand même chaud comme l'enfer.

Pas aussi chaud que cela, cependant. Cloister acheva d'ouvrir son pantalon. Son sexe jaillit de la braguette et Cloister repoussa le tissu plus bas. Il se pencha pour presser sa bouche contre l'estomac tendu. Les muscles se contractèrent sous ses lèvres et recommencèrent – plus fort – quand il racla les dents sur la crête des muscles. Il se déplaça sur le côté. Le matelas bougea sous son poids, et il laissa courir sa main vers le haut de la cuisse de Javi. Du bout des doigts, il survola l'épiderme sensible parsemé de poils fins et effleura la peau douce et veloutée des testicules. Le contact poussa Javi à inspirer brusquement et son sexe tressauta avec impatience. Cloister glissa sa main en arrière et suivit l'arête dure à l'arrière des bourses de Javi vers son anus. Le passage rugueux d'un doigt calleux sur la zone riche en nerfs arracha un juron fleuri à Javi et le fit se tortiller sur place.

— Ta bouche, grogna-t-il entre ses dents serrées. Pas tes mains.

— Je fais de la reconnaissance, répliqua Cloister.

Il sourit quand Javi leva la tête de ses bras assez longtemps pour lui jeter un regard noir.

— Quoi ? Je suis tes conseils.

Cela demanda un moment – Javi le regarda comme s'il ne l'avait jamais vu avant –, mais ensuite il renifla.

— Ferme-la et suce-moi.

Cloister ignora à nouveau l'étincelle de rébellion et fit ce qu'on lui disait. Il écarta les cuisses de Javi avec ses mains et déposa un baiser humide avec la langue à la base de son pénis. Chaque inspiration qu'il prenait était chargée de l'odeur du sexe et de Javi, la saveur de ce dernier sur ses papilles.

Il remonta le long du membre en le léchant, percevant les pulsations sur sa langue et referma ses lèvres autour du gland.

La pellicule de liquide pré-éjaculatoire était collante. Il la lapa, enroula sa langue autour de la courbe compacte du gland et plongea dans la fente. Le son que laissa jaillir Javi n'était pas un vrai juron, mais toute l'intensité gutturale était là.

Cloister glissa sa tête vers le bas, frottant ses lèvres contre la hampe et sa langue contre la base. Il la pressa contre son palais ; épaisse et chaude alors qu'il respirait autour d'elle. Il avala activement et les mouvements convulsifs de sa gorge et de sa langue poussèrent Javi à gémir son nom. Il enfonça ses mains dans les cheveux de Cloister, pressa ses articulations contre son crâne et lui tira la tête en arrière. La longueur sombre de son sexe glissa entre les lèvres humides de Cloister, qui leva les yeux pour regarder Javi.

Sa chemise blanche bien nette était froissée, tachée, collée à ses épaules et à ses côtes par la sueur. Son visage présentait une expression contrôlée et retenue, mais l'excitation rougissait ses pommettes et remontait jusqu'à ses tempes.

— J'avais raison, commenta Javi en repoussant la tête de Cloister encore un peu.

Ses yeux étaient très sombres alors qu'il étudiait la ligne définie de la mâchoire et de la gorge de Cloister. Derrière lui, celui-ci pouvait voir le ciel nocturne à travers la longue et étroite fenêtre qui s'étendait à l'arrière de la caravane.

— Ça te va bien d'avoir la bouche enroulée autour de ma queue. Je pense avoir une idée de l'endroit qui t'irait encore mieux.

Il retourna Cloister sur le dos et le laissa étendu là pendant qu'il descendait du lit. Cloister tendit le bras et referma sa main autour de son sexe, le masturbant distraitement en regardant Javi enlever son pantalon. Javi récupéra un préservatif de sa poche arrière, puis plia soigneusement le pantalon et le plaça sur la petite table de chevet.

— Alors, tu étais scout ? demanda Cloister.

— Ne pas se préparer c'est se préparer à échouer, déclara Javi.

Il enfila la fine gaine en latex et ajouta une couche de lubrifiant. Il serra rudement son sexe alors qu'il étalait le gel de la base jusqu'à la pointe.

— Peut-être que tu devrais essayer de te préparer, continua Javi.

Cloister s'étira, toucha la fenêtre du bout des doigts et étendit ses pieds nus au bout du lit.

— Je sors avec des gars qui se baladent avec des préservatifs dans leur poche, répondit-il. C'est bien assez pour les Scouts, pas vrai ?

Pendant une seconde, Javi hésita, sa main sur son sexe. Peut-être qu'il *avait été* Boy Scout et était offensé que Cloister les mêle à ça, ou il était simplement dégoûté par le manque de prévoyance de Cloister, bien qu'il y ait une boîte de préservatifs dans la salle de bain. Quoi qu'il en soit, il se reprit la seconde suivante.

Javi saisit les jambes de Cloister, gratifia les os de ses chevilles d'une caresse du pouce et le tira au bord du lit. Cloister se tortilla lorsque Javi tendit sa main lubrifiée entre ses jambes et enfonça ses doigts dans son orifice. Cloister se mordit la lèvre et prit une profonde inspiration, savourant l'intrusion lubrifiée et désirant douloureusement plus dans le même temps.

— Rien à dire ? se moqua Javi.

Cloister déglutit. Sa gorge était si sèche qu'il avait l'impression que sa voix avait besoin de lubrifiant.

— Va te faire foutre, cracha-t-il.

Javi sourit.

— Puisque tu le demandes si gentiment.

Il retira ses doigts, et l'anus de Cloister se contracta autour du manque.

— Soulève tes jambes.

Cloister leva les genoux et les ramena vers son ventre. Il pouvait ressentir la tension à l'arrière de ses cuisses alors que la position tendait son postérieur. Il se sentait plus vulnérable – plus exposé – que lorsqu'il avait été baisé contre la baie vitrée de Javi. Ce dernier caressait ses fesses tendues. Le passage de ses doigts déclencha des frémissements d'anticipation le long des nerfs de Cloister, avant qu'il les écarte de ses pouces. Le coup ferme du sexe de Javi contre son orifice lui fit prendre une brusque inspiration et les muscles dans son ventre se tendirent. Cela se transforma en pression et en une vague brûlure constante alors qu'il se dilatait autour de l'érection de Javi.

Ça faisait du bien. La chaleur grimpa et se répandit de son orifice à ses bourses. Un poids chaud appuyait contre son entrejambe. Il souleva les hanches et poussa à la rencontre du coup de reins jusqu'à sentir les cuisses de Javi et le balancement de ses testicules contre ses fesses.

Javi déplaça ses mains vers les genoux de Cloister, et ses doigts frôlèrent un ancien tissu cicatriciel résistant au cauchemar sur une jambe. Javi baissa les yeux sur la jonction de leur corps.

— Regarde ça, incita-t-il. Je t'avais dit que ça aurait l'air encore mieux.

Javi se pencha de tout son poids contre les jambes de Cloister, et son membre réussit, d'une manière ou d'une autre, à s'enfoncer un peu plus en lui. Avec un sourire satisfait accroché au coin de cette fine bouche suffisante de FBI, il regarda Cloister haleter et se tordre alors que ses muscles se contractaient, impuissants autour de son sexe.

— Filsdepute, marmonna Cloister alors qu'il laissait retomber sa tête sur le lit.

La chaleur pulsait à l'intérieur de lui ; une douleur constante de plaisir qui le maintenait en équilibre, juste à la limite de devenir plus.

— Javi. S'il te plaît, Seigneur, s'il te plaît !

La supplique provoqua une chaleur dans les yeux de Javi et étincela à l'arrière de ses pupilles, et il commença à bouger. Cloister grogna quelque chose qui était à moitié un juron, à moitié un appel vain au nom du Seigneur et le nom de Javi confondu entre les deux. Il serra les poings, tordant les draps entre ses doigts, et souleva ses hanches à la rencontre des poussées.

Javi se déplaça vers l'avant, appuyant son genou sur le matelas et laissant une main retomber sur le flanc de Cloister. Il enfonça ses doigts et plaça son pouce contre l'os de sa hanche alors qu'il lui donnait des coups de reins plus forts. Chaque poussée enfouissait son sexe plus profondément, des secousses de sensations aiguës remontant le long de sa colonne vertébrale alors qu'il assaillait sa prostate.

L'une de ses mains lâcha les draps et saisit son sexe. La peau sensible se plissait et se fronçait tandis qu'il tirait brutalement dessus, fermant les yeux et imaginant qu'il s'agissait de la main de Javi.

— Ouvre les yeux, exigea ce dernier d'une voix traînante au bord de l'essoufflement. Regarde-moi quand tu jouis.

Cloister ouvrit les yeux, resserra ses doigts autour de son sexe et sa main se mit à faire des va-et-vient dans un frottement en rythme avec les coups de reins de Javi. Il regarda la sueur, le mouvement des muscles sous la peau, leur contraction, leur relâchement, et la façon dont Javi mordillait sa lèvre inférieure alors qu'il luttait pour garder le contrôle. L'orgasme arraché à Cloister propulsa un liquide blanc sur ses doigts et sur sa peau dans un déferlement presque douloureux, le laissant transpirant et faible, avec du sperme sur le ventre et le cerveau en attente d'un redémarrage.

Javi se retira de Cloister et s'écarta du lit. Il ferma les yeux alors qu'il se projetait de l'autre côté de l'abîme en deux brusques saccades sur son sexe, remplissant l'extrémité du préservatif. Sa poitrine se soulevait et retombait en respirations lentes et irrégulières alors qu'il reprenait visiblement le contrôle avant d'ouvrir les yeux.

Cloister passa ses doigts dans ses cheveux, là où la sueur les collait sur son crâne. Il se demanda à qui Javi pensait quand il avait joui. Puis il tressaillit et essaya de ne pas y penser.

— Tu baises comme si tu allais être noté à la fin, dit-il à la place.

Javi retira le préservatif.

— Tu baises comme si tu visais un C, répliqua-t-il.

— J'ai toujours été un surdoué.

Cloister bâilla assez fort pour faire craquer sa mâchoire et lui amener des larmes aux yeux. Il soupesa la perspective de quelques heures de sommeil contre la possibilité de devoir se doucher maintenant plutôt qu'au matin. Le sommeil l'emporta.

— La douche est là. Réveille-moi si tu veux partir.

— Et te déranger ? réagit Javi. Après ta disparition prévenante d'hier soir ? Je n'y compterai pas trop.

— Comme tu veux. Je veux dire, Bon-Bon n'a jamais arraché les boules de personne. Elle *pourrait*, mais ne l'a jamais fait.

Le lit bougea et le poids le fit pencher vers le mur. Cloister ouvrit les yeux, et Javi posa son menton dans sa main, passant son pouce sur la courbe de sa lèvre inférieure.

— Ou je pourrais rester, dit Javi.

Cloister ne savait pas à quoi ressemblait son expression, mais cela fit sourire Javi d'un air suffisant. Cloister s'éclaircit la gorge.

— Si tu veux.

Javi se pencha, il déposa un baiser sur la bouche de Cloister, attrapant sa lèvre inférieure entre ses dents. Il plongea sa langue entre ses lèvres et s'y goûta.

— Je vais y réfléchir, dit-il alors qu'il se rasseyait après avoir ébouriffé les cheveux de Cloister. Essaie de dormir, Witte.

184

XXIV

CONTRAIREMENT À son habitude, Cloister dormit.

Pendant quelques heures tout au moins. Il se réveilla au son du vent qui hurlait à travers le parc de mobile homes et à l'insistante sonnerie par défaut du téléphone professionnel de Javi. Sa place était chaude de transpiration, et de son côté le parfum d'eau de Cologne de Javi avait imprégné sa peau. Javi, lui, était déjà au téléphone.

Sa voix restait rauque de sommeil, mais ses paroles étaient nettes et claires, plus que le grondement que Cloister aurait pu avoir à cette heure matinale, même s'il avait été réveillé.

— Agent Spécial Merlo, dit-il d'une voix cassante. Qu'y a-t-il ?

Cloister s'étira et se gratta. Sa vessie réclamait son attention. Il sortit du lit, laissa la chambre à Javi et se rendit dans la salle de bain pour se soulager et monter dans le bac pour une douche vivifiante et froide.

Quand il en ressortit, se frottant les cheveux avec une serviette, Bon-Bon lui lança un regard lourd de reproche depuis l'intérieur de sa caisse. Il enroula la serviette humide autour de ses hanches, tapota sa cuisse et siffla sèchement. Elle bondit sur ses pattes, ouvrit la porte avec son museau et sortit. Il la suivit.

Elle remua la queue, se dirigea vers lui, s'appuya contre sa jambe et soupira de manière audible. La plupart des nuits, elle dormait sur le sol au niveau de ses jambes, assez près pour le toucher si elle le voulait. Elle savait qu'elle devait être obéissante si elle était mise dans sa caisse ou au chenil, mais elle n'aimait pas ça.

Cloister s'accroupit et la frictionna. Il la gratta sous la mâchoire et la renversa gentiment pour lui frotter le ventre. Elle lui donna un coup de patte comme un chat et marmonna joyeusement, sa langue pendant au coin de sa gueule tel un ruban rose humide.

Elle se redressa précipitamment sur ses pattes et dressa les oreilles avec suspicion lorsque Javi sortit de la chambre.

— Habille-toi.

Javi lui lança la plus grande partie de son uniforme. Il était déjà vêtu, bien que la nuit dernière l'ait laissé avec un air beaucoup moins soigné que d'habitude. Cloister attrapa le gilet en Kevlar et le fixa sur sa poitrine, mais le pantalon glissa et tomba au sol.

— Notre ami « Bri » vient juste de Skyper le gamin Hartley. Je veux être là pour surveiller la conversation.

— Pourquoi je voudrais être présent ?

— Parce que tu as parfois de bonnes idées, répondit Javi. D'ailleurs, le garçon t'aime bien, et ses parents ne m'ont toujours pas pardonné. Alors, habille-toi.

Cloister laissa tomber la brassée de vêtements sur la table et retira la serviette. Il attrapa son pantalon, l'enfilant sur une peau humide et laissa la braguette ouverte en saisissant son tee-shirt. Il était en train de le passer quand Javi toucha ses côtes, faisant courir ses doigts chauds sur les cicatrices. C'était étrange. Les nerfs mal connectés sous la peau irrégulière ne se déclenchaient pas toujours dans la bonne direction, et cela donnait une sensation de contact fantôme là où les doigts de Javi n'étaient pas. Pas désagréable, juste étrange.

Cloister tira son tee-shirt sur les cicatrices.

— Accident de moto, dit-il.

Il avait le tatouage depuis trois jours quand il avait été raclé. Le reste du Rorschach déformé lui était plus familier que le modèle original ne l'avait jamais été.

— J'avais quatorze ans. Je ne sais toujours pas de quoi mon beau-père était le plus en colère : le tatouage ou que j'ai bousillé la moto.

Il se sentit – brièvement – mal de mentir sur la cicatrice. Mais Javi n'avait pas besoin de plus de munitions, et d'ailleurs, ce n'était même pas vraiment un mensonge. Presque tout ce qu'il avait dit était vrai. Il avait simplement omis de parler de la petite charge explosive que quelqu'un avait attachée au réservoir d'essence. Il y avait beaucoup de gens qui n'aimaient pas son beau-père, et pour être honnête, il y en avait encore plus qui n'aimait pas son vrai père.

Sa famille était pourrie.

IL FALLUT quinze minutes pour se rendre en banlieue chez les Hartley. Ils vivaient dans une maison immense d'un blanc nacré, comme toutes les autres maisons aux alentours. Il y avait deux voitures de sport dans l'allée. Le vent poussiéreux et brûlant s'attaquait à la brillante peinture métallisée, mais Cloister supposait qu'ils avaient d'autres choses à l'esprit.

Il se gara derrière la Porsche rouge cerise et tendit le bras pour décrocher Bourneville. Elle se glissa entre les sièges, sauta dehors et secoua la tête alors que le vent projetait du sable dans ses oreilles. Cloister lui donna une petite tape conciliatrice, regarda autour de lui et plissa les yeux dans le soleil bas du matin.

Javi s'était garé dans la rue. Quand il sortit de sa voiture, Cloister remarqua que, quelque part entre le parc de mobile homes et ici, il avait réussi à se changer, portant une chemise fraîche et une cravate non froissée. Il lissa la seconde par-dessus la première et la maintint contre sa poitrine quand le vent la fit voler.

— Tu peux me dire la vérité, dit Cloister quand Javi l'eut rejoint, les yeux mi-clos contre le vent. Tu étais vraiment Boy Scout, n'est-ce pas ?

Ce n'était pas une bonne blague, mais elle n'était pas si mauvaise. Pas assez pour justifier la grimace aux lèvres pincées que Javi lui adressa.

— Cloister, commença Javi en lui touchant le bras, écoute, je ne veux pas que tu te fasses des idées. Nous ne sortons pas ensemble. Tu le sais, pas vrai ?

Oh. D'accord.

— Je ne pensais pas le contraire, répondit Cloister.

— C'est juste que ce n'est pas mon genre, expliqua Javi. Je ne sors pas avec les gens et je n'ai pas de relation suivie. Je ne voudrais pas que tu te fasses de fausses idées.

— Je ne m'en fais pas.

Cloister lui donna une claque amicale sur l'épaule. Il sourit d'un air suffisant.

— Écoute, si je voulais manger avec quelqu'un qui ne m'aime pas beaucoup, j'irai chez moi pour Thanksgiving. Tout va bien. C'est marrant. C'est du sexe.

Javi le fixa pendant un instant et, avec ses yeux sombres, il dévisagea Cloister à la recherche d'un mensonge. N'en trouvant pas, la ligne pincée de sa bouche se détendit en un sourire plus naturel.

— Et aucune raison pour laquelle cela ne pourrait pas continuer à être amusant parfois, accorda-t-il. Tant que nous serons sur la même longueur d'onde.

Cloister haussa les épaules.

— Peut-être, si je n'ai pas de meilleures offres.

Il laissa Javi prendre la tête tandis qu'ils se dirigeaient vers la maison et lui emboîta le pas. Cloister enfonça sa main dans les poils épais de l'encolure de Bon-Bon. C'était étrange à quel point il était doué pour mentir à propos de ce qui le blessait. Peut-être que c'était encore un autre reste de son enfance. Cela rendait toujours sa mère triste quand elle se rendait compte qu'elle était méchante.

Bon sang, ce n'était pas comme s'il s'était fait de fausses idées. Il avait juste…

Été un idiot, s'interrompit-il tout seul. Il avait été un idiot, et ce n'était pas vraiment nouveau. Alors, il devait dépasser ça. Il y avait un petit garçon, là dehors, qui avait besoin qu'il fasse une chose pour laquelle il était vraiment doué : le trouver.

Lara ouvrit la porte avant que Javi ait eu la chance de frapper. Quel que soit le soulagement qu'elle avait ressenti à savoir que son fils aîné n'était pas un tueur, cela avait été balayé durant la nuit par la prise de conscience que son plus jeune fils était entre les mains d'un prédateur en série. Son visage était tiré, son teint avait une nuance grise jusqu'autour de ses lèvres, et ses cheveux étaient grossièrement tirés en arrière. Ses yeux injectés de sang passèrent au-delà de Cloister et inspectèrent la rue.

— La presse était là toute la nuit, marmonna-t-elle. Les gens continuent à dire que c'est Billy qui a fait ça. C'est partout sur Internet.

— Les gens ont peur, expliqua Cloister. Ils préfèrent avoir une personne sur qui reporter la responsabilité, plutôt que de soupçonner que cela pourrait être n'importe qui dans la rue.

Ce n'était pas d'un grand réconfort. Il doutait que quelque chose puisse l'être actuellement. Elle renifla et s'essuya le nez.

— Je déteste ça, dit-elle.

Ses mains étaient à vif. Elle avait rongé ses ongles avec le même tic nerveux que Billy.

— Je ne veux pas que cette garce… ce salaud… Seigneur, je ne sais même pas… Je ne veux pas qu'il parle à mon fils.

Javi s'avança et posa une main sur son bras.

— Nous devons le faire, Lara.

Il l'incita doucement à rentrer dans la maison en ajoutant :

— Cela ramènera Drew à la maison, et nous enfermerons ce type. Quelque part où il ne pourra jamais plus blesser qui que ce soit.

Le tapis sous ses pieds – une création ocre et bleu qui avait l'air onéreuse et artisanale – forma une bosse sous ses orteils nus alors qu'elle reculait d'un pas traînant. Elle posa sa main sur celle de Javi et serra ses doigts.

— Non. Tu ne me touches pas. Nous ne sommes pas amis. Tu as perdu du temps que vous auriez pu passer à rechercher ce… ce pervers, en essayant d'accuser Billy. Sans toi, personne n'aurait pensé que c'était lui. Il n'aurait pas su que nous… ils… pensaient qu'il avait tué son frère. Alors nous ne sommes pas amis. Tu trouves mon fils, et tu ne reviens plus jamais chez moi.

Elle repoussa vivement sa main et essuya la sienne sur sa jambe quand ce fut fait.

— Ce n'est pas juste, Lara, se défendit Javi. Je…

Elle retroussa sa lèvre.

— Mon fils a disparu, ça, ce n'est pas juste. Alors, ne t'attends pas à ce que je te plaigne. Fais simplement ton travail.

Elle jeta un coup d'œil par-dessus l'épaule de Javi vers Cloister.

— Ou que ce soit lui qui le fasse pour toi. Je m'en fiche.

Elle s'éloigna, ses pieds claquaient sur le parquet brillant. Javi la regarda fixement, sa mâchoire se contractant sous sa propre irritation.

— Les familles se mettent toujours en colère, commenta Cloister maladroitement. Habituellement après nous. Le…

— Je n'ai pas besoin qu'on me tienne la main, adjoint, le coupa Javi d'un ton glacial. Ce n'est pas ma première enquête. L'aversion du docteur Hartley pour moi est la raison pour laquelle tu es ici, tu te rappelles ?

Cela ne signifiait pas que l'entendre dire à haute voix ne faisait pas mal. Cloister le savait de première main. Il savait aussi que parfois la compassion empirait les choses. Alors il haussa les épaules et changea de sujet.

— Où as-tu mis l'équipement ? demanda-t-il.

— Dans la cuisine, répondit Javi.

Sa voix glaciale avait disparu, la laissant vive et sèche.

— Je ne voulais pas prendre le risque que Billy puisse communiquer avec elle sans qu'on le sache. Il pense toujours que c'est une sorte de malentendu. Il croit toujours que cet amour est réel.

Cloister tressaillit. À cet instant précis, il n'était pas entièrement certain de savoir qui il plaignait le plus.

Une immense table en bois de chêne clair, bien cirée, dominait la cuisine des Hartley. C'était le genre de table qui invitait les propriétaires à partager des repas assis et des moments en famille. Cela partait d'une bonne intention, mais – d'après l'absence de traces sur le bois, exempt d'entailles ou d'éraflures – ils n'avaient jamais vraiment réussi.

189

La table était occupée par un enchevêtrement d'équipement, un technicien informatique frustré du département du shérif, et Billy, voûté sur une chaise de cuisine, essayait de disparaître dans son tee-shirt.

— Je ne sais pas, marmonna-t-il, probablement en réponse à quelque chose que le technicien lui demandait. Peut-être. Je ne vois pas pourquoi nous devons faire ça. Bri n'a pas fait ça. Elle n'est pas comme vous le dites.

La défense loyale fit frémir Lara. Elle appuya la base de sa paume contre son front, pressant assez fort pour que sa peau se décolore, puis se détourna. Préparer du café lui donna quelque chose à faire, elle s'activa maladroitement avec la cafetière et les robinets.

— Où est Ken ? interrogea Javi.

Elle lui lança un regard noir, mais n'eut pas l'énergie de s'accrocher à son émotion. Ses épaules s'affaissèrent et elle recommença à froncer les sourcils en direction de la boîte à café.

— Il est sorti, répondit-elle d'une petite voix très méticuleuse. Il ne sera pas long. Voulez-vous une tasse de café, adjoint Witte ? Oh, est-ce que votre chien voudrait boire ?

— Elle apprécierait, affirma Cloister. Moi aussi. Merci, docteur Hartley.

Le seul à qui elle ne proposa pas à boire était Javi, mais Cloister avait appris sa leçon. Il ignora l'affront. Tandis que Lara ouvrait et refermait les placards à la recherche d'un récipient à remplir d'eau, Cloister s'approcha de la table. Il posa sa main sur l'épaule de Billy.

— Tu vas bien ? demanda-t-il.

Billy haussa les épaules. C'était le genre de réponse à laquelle Cloister pouvait s'attendre ; c'était probablement plus que n'importe qui aurait pu en obtenir de Cloister à cet âge. Lui avait fourni beaucoup de grognements et de regards renfrognés.

— Nous devons obtenir que notre suspect se connecte à Skype, expliqua le technicien.

Il descendit ses lunettes sur le bout de son nez et, avec le bout d'un crayon, il se gratta entre les sourcils.

— Une fois que ce sera fait, je pourrai trouver les datagrammes de l'identifiant VoIP et utiliser les outils de géolocalisation pour connaître sa position actuelle. Je pourrai également déterminer son FAI, et nous pourrons demander un mandat pour obtenir son activité sur Internet. Mais nous avons besoin qu'il se connecte et nous contacte en premier.

— Je n'aime pas lui mentir, dit Billy, s'adressant à ses genoux. Vous ne la connaissez pas. Vous avez tous tort à son sujet.

— Billy…

— Dites-lui, interrompit Lara.

Elle laissa tomber un bol en Pyrex dans l'évier, le claquement du verre sur le métal les fit tous sursauter.

— Dites-lui la vérité à propos de cette personne, cette « Bri ». Je ne veux pas qu'il s'en approche s'il ne connaît pas la vérité. S'il ne la croit pas.

— Je la connais, maman, protesta Billy. J'ai vu ses photos et sa famille et…

Cloister jeta un coup d'œil à Javi et obtint un haussement d'épaules lent et incertain en réponse. C'était à Cloister de décider apparemment. Il avait toujours pensé que la vérité était mieux qu'un mensonge, aussi réconfortant soit-il. Au moins, la vérité était une fin.

— La fille des photos que tu as ? Elle s'appelle Birdie Utkin, dit Cloister. Son père est un promoteur immobilier, et elle sortait avec ton oncle.

Le visage de Billy se plissa de dégoût.

— Il a genre… trente ans.

— Vingt-cinq, le corrigea Lara.

Elle tourna le robinet d'un geste brusque et l'eau atterrit bruyamment dans le récipient.

— Il a vingt-cinq ans, tout comme Birdie Utkin maintenant. Pas quatorze, pas ta petite amie.

— Non. Elle est… Je ne vous crois pas.

Javi s'avança et brandit son téléphone en annonçant :

— C'est Birdie Utkin, avec son père. C'est une des photos qu'il a données à la police quand elle a disparu.

Billy secoua la tête.

— Non. C'est juste qu'elles se ressemblent. Tout le monde a un sosie, pas vrai ?

Il leva les yeux vers Cloister pour être rassuré et ses yeux le suppliaient de ne pas lui retirer ça aussi. Malheureusement, cela allait forcément se produire.

— Ce n'est pas la première fois, il a déjà fait ça, déclara Cloister. Il a utilisé l'identité de Birdie pour aborder d'autres personnes, pour leur faire faire ce qu'il voulait.

Le souffle qui sortit de Billy était presque un sanglot. Il renifla et replia ses lèvres entre ses dents.

191

— Sont-elles... Est-ce qu'il les a tuées ?

Peut-être était-il toujours préférable de connaître la vérité, mais Cloister ne savait pas si les détails étaient ce dont Billy avait besoin à cet instant précis. Il était suffisamment effrayé.

— Ce n'est pas ce qu'il veut, dit-il. Mais la personne qu'il prétend être n'est pas réelle. Ce n'est pas Bri, ce n'est pas Birdie, ce n'est pas ton amie.

Billy renifla à nouveau, essuya son nez sur sa manche et regarda à nouveau la photo. Ses yeux détaillaient les pixels qui constituaient le visage de Birdie, puis il se déroba une nouvelle fois.

— Vous pourriez l'avoir fabriquée, dit-il d'une voix nouée et grinçante dans sa gorge. Je ne sais pas si c'est une photo réelle.

Lara se replia sous le coup de la frustration, appuya ses coudes sur l'évier, couvrant sa bouche de la main. Elle avait peur pour son fils, mais ce n'était pas le cas de Cloister. Le défi avait quitté la voix de Billy. Maintenant, il essayait de se convaincre lui-même, pas eux, et cela ne fonctionnait pas.

— On aurait pu, accorda-t-il. Cependant, à moins d'être certains qu'elle est coupable, pourquoi nous donnerions-nous cette peine ?

— Je ne sais pas, murmura Billy.

— Moi non plus, dit Cloister.

Il tapota le genou de Billy pour attirer son attention.

— Si nous nous trompons, je vous emmènerai toi et Bri en promenade une nuit. Même si je ne pense pas que ce sera nécessaire.

La bosse nette de la pomme d'Adam de Billy s'agita dans sa gorge alors qu'il déglutissait difficilement. Il fit un petit signe de tête et son menton s'abaissa tandis qu'il se tournait vers le technicien qui poussa le clavier vers lui. Billy commença à taper, mais ses doigts s'attardaient sur les touches comme s'il n'était toujours pas heureux de trahir son amie.

XXV

AVANT QU'ELLE sorte pour prendre l'appel de « Grand-mère » – la mère de Ken ; sa mère étant décédée depuis des années – Lara posa un bol d'eau près de la porte arrière. La chienne plongea le museau dedans, le rose de sa langue visible à travers le verre poli pendant qu'elle buvait.

Sur l'écran du technicien, le message Skype de Billy apparaissait en un austère noir et blanc.

Ou t'été l'autre nuit ? G perdu mon tél. Juste rentré à la maison sur l'ordi. Appelle-moi. Tu croiras pas ce qui c passé.

La vague approximation de la langue écrite fit tressaillir Javi, mais elle correspondait à la construction des autres messages sur le compte. La plupart avaient été composés avec le téléphone, donc le mode que Billy empruntait était court et efficace.

Bien que leur suspect ne semble pas la trouver si efficace que ça. « Bri » n'avait pas mordu à l'hameçon. Pas encore.

— Parfois, elle – il – ne répond pas avant un moment, prévint Billy. Son père n'aime pas qu'elle – qu'il – soit sur les réseaux sociaux. C'est ce qu'il dit en tout cas.

— Il travaille probablement, dit calmement Cloister.

Il avait une tasse de café entre les mains et il s'appuyait contre le plan de travail de la cuisine avec les jambes étendues, croisées au niveau des chevilles.

— Nous savons qu'il a une voiture, continua-t-il, qu'il l'entretient, et qu'il est probablement un ouvrier agricole ou un manœuvre. Donc, aucune pause pour vérifier son courrier électronique.

Javi retint un sarcasme entre ses dents. Il ne savait toujours pas à quoi il avait pensé la veille au soir. Ne pas vouloir déranger la chienne endormie n'était pas une bonne raison pour passer la nuit dans le lit de Cloister. Il ne pouvait pas le blâmer s'il avait imaginé que cela signifiait… quelque chose… et, comme ce n'était pas le cas, cela aurait ruiné leur relation de travail.

Heureusement, peu importe le coup porté à sa fierté, l'absence totale d'attache semblait également être ce que Cloister souhaitait.

Probablement, Javi le reconnaissait avec une pointe amère à son estime de soi, parce qu'il était un salaud déplaisant. Bon au lit – il s'accordait cela –, mais en dehors, il n'était pas très bon pour les trucs de petit ami. Ça lui convenait. Son travail ne se souciait pas de sa disponibilité émotionnelle, et Cloister non plus. Alors il pouvait faire les deux avec la conscience tranquille.

— Est-ce qu'il t'a déjà appelé auparavant ? demanda-t-il à Billy.

— Quelques fois, répondit Billy en fronçant le nez. Il y avait toujours une mauvaise connexion, genre avec des craquements, et je pouvais à peine l'entendre. Elle disait que c'était l'hôtel où ils logeaient… à cause des anciennes bouches d'aération et du peu de réseau. Au milieu de nulle part.

Javi le nota. Ce n'était pas un indice très important, mais les menteurs utilisaient le plus souvent la vérité dans la mesure du possible. Il était plus facile de s'en souvenir ou, quand les détails de leurs mensonges n'avaient pas été planifiés, c'était juste devant eux.

— Je ne peux pas croire que j'ai été aussi stupide, s'écria Billy.

La colère faisait trembler sa bouche. Il frotta son bras avec impatience sur son visage et tira sur la peau.

— Peut-être que c'est la raison pour laquelle il m'a choisi, parce que je suis tellement stupide que j'allais tomber dans le panneau. Sauf que j'ai merdé ça aussi, et il a emmené Drew à la place.

— Il a trompé d'autres personnes, rappela Javi. Il sait ce qu'il fait.

— J'aurais quand même dû… Je n'aurais pas dû mentir. Je n'aurais pas dû lui parler, reprit Billy frustré. Tout est de ma faute. Je souhaiterais n'avoir pas perdu mon téléphone ce soir-là. J'aurais voulu qu'il m'ait enlevé à la place de Drew.

— Cela n'aurait aidé en rien, déclara Javi.

Billy lui lança un regard mauvais.

— Ça aurait aidé Drew.

Il était difficile de trouver une contradiction cohérente. L'enlèvement du mauvais frère avait aidé l'enquête. Sans cette confusion, la police n'aurait peut-être jamais compris qu'il y avait un suspect, sans rapport avec un mécontentement d'adolescent, mais ce ne serait pas d'un grand réconfort pour Drew, quel que soit l'endroit où il se trouve.

Cloister posa sa tasse et s'écarta du plan de travail.

— Ceci n'aide pas non plus, dit-il. Tu n'as pas été enlevé. Drew, si. Ce qui serait utile maintenant, c'est que nous trouvions qui l'a fait.

Billy ne semblait pas convaincu.

L'ordinateur bipa soudainement et le technicien se redressa brusquement de sa posture avachie. Le plastique cliqueta tandis qu'il martelait les touches avec des doigts raides.

— Il s'est connecté, déclara-t-il en fronçant le nez pour repousser ses lunettes. Laissez-moi…

Il s'arrêta brusquement, ses doigts se figèrent dans une pose maladroite alors que l'ordinateur bipait. Ses lunettes redescendirent sur son nez, il leva des yeux écarquillés vers Javi.

— Il essaie de prendre contact.

Javi lui saisit l'épaule, le tira hors de la chaise et fit signe à Billy de se placer devant l'ordinateur. Billy hésita, puis s'avança lentement, s'installant comme s'il s'attendait à ce que la chaise lui inflige une décharge électrique lorsqu'il s'assiérait. Il attrapa la souris puis hésita, avant de jeter un œil à Javi pour obtenir sa permission.

— Demande-lui de te rencontrer, conseilla rapidement Javi en soulevant le casque pour le remettre à Billy.

Il en enfila un autre, repoussant l'un des écouteurs derrière son oreille.

— S'il sent que quelque chose ne va pas, dis que c'est à cause de ton frère. Nous en avons parlé. Tu sais quoi dire. Si tu te sens mal, concentre-toi sur moi. Ne passe pas en vidéo.

Tandis que Cloister se rendait dehors pour prévenir Lara, Billy prit une profonde inspiration et accepta l'appel.

— B… Bri, c'est toi ? demanda-t-il la voix nouée. As-tu vu les infos ?

Dès lors que vous saviez que la voix appartenait à un homme, c'était évident. Vous pouviez entendre la pression sur les cordes vocales, la pointe rauque d'un registre plus grave – bien que toujours aiguë – essayant de percer. Si vous l'ignoriez, cela pouvait passer pour la voix d'une adolescente timide baissant sa voix pour éviter d'attirer l'attention de ses parents.

— J'ai vu, dit-il. Je n'arrive pas à y croire. Est-ce que ça va ?

— Non, répondit Billy.

Il n'avait pas eu besoin qu'on lui souffle. C'était une réponse évidente.

— Ça ne va pas. Nous n'avons toujours pas retrouvé Drew.

— Je pensais que tu étais en colère après moi.

— Non, se récria Billy. Pourquoi je le serais ?

— Je ne suis pas venue. Mon père m'a surprise en train de me glisser dehors, alors il m'a privé de sortie.

— Ça… ça craint. Ce n'est pas juste. Je veux vraiment te voir.

— Vraiment ?

— Ouais. Tu me manques.

Il avait quelque chose de douloureux dans sa voix. Ça semblait presque tristement vrai. En dépit du reste, la personne qu'il croyait connaître lui manquait. Javi ressentit un pincement de sympathie, mais l'écrasa. Il n'y avait pas de réponse à l'autre bout de la connexion.

— Bri ?

Javi détourna son attention de la conversation pour jeter un œil au technicien, qui avait tiré le clavier vers lui et pianotait. Il libéra brièvement une main, assez longtemps pour lever un pouce en direction de Javi, avant de retourner à son travail. La porte vers l'arrière-cour s'ouvrit doucement et Cloister fit entrer calmement Lara à l'intérieur. La main de cette dernière était serrée sur la manche de Cloister, elle tordait le tissu noir en faisant des nœuds tout en observant.

— Crois-tu que je suis stupide ?

— Qu… quoi ? balbutia Billy.

Il lança un regard paniqué à Javi. Levant une main, celui-ci lui fit signe de continuer.

— Bien sûr que non. Tu es la personne la plus intelligente que je connaisse.

La voix changea de registre.

— Je ne suis pas stupide. Que je ne sois pas allé dans une école sélecte ne me rend pas stupide, putain.

Billy bondit hors de sa chaise, ses jambes bataillant pour l'éloigner rapidement de la table. Le câble du casque se tendit et la prise sortit de son logement. La voix en colère se répandit à travers les haut-parleurs de l'ordinateur, sembla criarde en se répercutant sévèrement contre les placards de la cuisine familiale et les récipients kitsch en fer blanc.

— …sale morveux pourri gâté. Tu crois que tu peux me tromper ? Utiliser mon propre tour contre moi ? Je suis intelligent. Je suis plus intelligent que toi.

Lara lâcha le bras de Cloister, s'élança en avant et attrapa l'ordinateur avec ses doigts. Sa peau était tendue sur ses os alors qu'elle s'y accrochait.

— Où est-il ? cria-t-elle, sa voix se brisant. Où est mon fils ? Qu'avez-vous fait de mon fils, espèce de salaud ?

Cloister lui attrapa les poignets, l'emprisonnant dans ses bras pour la maîtriser, faisant une grimace lorsqu'elle enfonça un talon nu dans sa botte. L'agitation dérangea la chienne, celle-ci aboya une fois et s'agita de droite à gauche dans un petit va-et-vient anxieux.

— Je suis désolé.

C'était comme si quelqu'un avait balayé la colère dans la voix du suspect. Elle était devenue douce, presque humble.

— Vous semblez être une dame de qualité, mais vous ne comprenez pas ce qu'ils ont fait.

— Mes garçons n'ont jamais rien fait, cria Lara.

Elle lutta tandis que Cloister essayait de la calmer.

— Drew est juste un bébé.

— Vos garçons ont le privilège d'être des bébés, déclara le suspect. Des bébés cupides, stupides et gâtés. Je leur montre.

— Leur montrez quoi, Hector ? demanda Javi en testant le nom.

Silence. Il jeta un coup d'œil au technicien qui pianotait toujours frénétiquement, ses lunettes en équilibre au bout du nez.

— Hector, insista Javi persuadé qu'il s'agissait bien de l'ex de Birdie, nous voulons juste que Drew revienne. Si vous le rendez, vous n'aurez pas de problème. Pas si vous ne l'avez pas blessé.

Il y eut un petit bruit sourd alors que Hector s'éclaircissait la gorge.

— Je ne blesserais personne, dit-il. Je me contente de leur montrer.

— Et pour Birdie ? demanda Javi. Que lui est-il arrivé ?

Le raclement de gorge se transforma en une toux sèche, Javi entendit Hector cracher en arrière-plan.

— Je ne l'ai pas blessée. Je l'aimais, mais quand j'ai essayé de lui montrer, elle ne pouvait pas le voir. Elle restait gâtée. Elle restait pourrie. C'était son choix.

— Je ne pense pas qu'elle ait eu le choix.

— Je dois partir, dit Hector abruptement. Je garde le garçon. Je vais l'empêcher de devenir gâté.

Il raccrocha.

Un gémissement bas et haletant sortit de Lara comme si quelqu'un lui avait donné un coup dans le ventre. Elle s'affaissa mollement dans les bras de Cloister, il la remit debout et l'aida à rejoindre une chaise. La chienne arrêta son va-et-vient nerveux – à la recherche de la menace qu'elle pouvait sentir dans l'atmosphère, mais sans la trouver – et elle s'approcha pour voir comment allait Lara.

— Je suis désolé, lâcha Billy en lançant à sa mère un regard coupable et terrifié. J'ai essayé. Je suis désolé.

Il s'enfuit de la pièce. Le bruit de ses pieds martelant les marches résonna dans la maison calme, puis une porte claqua. Lara leva les yeux et ses narines se dilatèrent pendant qu'elle inspirait.

— Ce n'est pas sa faute, dit-elle.

Cela donnait l'impression qu'elle essayait de le dire pour en estimer la portée. Elle tressaillit au son et tenta à nouveau.

— Ce n'est pas sa faute.

Cloister pressa gentiment son coude.

— Vous devriez aller le voir.

Elle lui adressa un sourire un peu contrit.

— Je sais. Pourriez-vous aller me chercher une bouteille d'eau d'abord, s'il vous plaît ?

Javi laissa Cloister calmer Lara et, à la place, se tourna vers le technicien. L'homme continuait à s'affairer sur le clavier.

— Avez-vous obtenu une localisation ? demanda-t-il.

Le technicien leva les yeux vers lui.

— J'ai son adresse IP et son emplacement général, répondit-il. Donnez-moi quelques heures, et je pourrai vous dégoter le FAI et l'adresse.

— Quelque chose d'utilisable concernant sa position ?

Le technicien haussa les épaules et se gratta la tête, ses ongles frottant dans ses cheveux courts.

— C'était dans Plenty.

Il écarta les doigts de son crâne et eut un petit haussement d'épaules.

— Au nord de la ville. Pour d'autres informations, vous devrez attendre que je finisse.

C'était frustrant, mais Javi hocha la tête sèchement en exigeant :

— Aussi rapidement que vous le pourrez.

Le technicien regarda brièvement vers Lara, une marque de sympathie ombrant sa bouche.

— Bien sûr.

Il reporta son attention sur son travail et Javi se tourna vers Lara.

— Je vais laisser un agent ici, l'informa-t-il.

Elle tenait la bouteille d'eau dans sa main comme si elle l'avait oubliée, tirant distraitement sur l'étiquette en plastique avec son ongle. Il continua :

— Quoi qu'il arrive, je ne veux pas que Billy entre à nouveau en contact avec le suspect. C'est trop risqué. Donc, si vous pouviez vous assurer...

— Qui a-t-il tué ? questionna Lara en regardant Javi, ses sourcils se rassemblant au-dessus de son nez. Combien en a-t-il tué ?

— Il n'a pas dit…

— Je travaille aux urgences. Les toxicomanes, les agresseurs d'enfants, les victimes. Ils pensent tous qu'ils peuvent mentir en détournant l'attention. « C'était de ma faute » quand ce qu'ils veulent dire, c'est « Il s'est fâché et m'a frappé. Encore. » Alors arrête. Qui a-t-il tué ?

Javi échangea un coup d'œil rapide avec Cloister.

— Lara, ça ne rendra rien de tout cela plus facile, si tu…

— Il n'y a rien de facile là-dedans, le coupa-t-elle. Je veux savoir la vérité.

Ses yeux étaient injectés de sang et contusionnés par l'épuisement, mais ils étaient déterminés. Elle ressemblait douloureusement à son père à cet instant. Saul n'avait jamais beaucoup aimé les mensonges… pas ceux des autres, du moins.

— Il ne veut pas que qui que ce soit meure, déclara Javi. Mais c'est quand même le cas pour certains.

— Qui ? Birdie ?

— Je ne peux pas en parler. Il y a des personnes que nous devons informer avant. Des personnes que nous n'avons pas prévenues parce que nous ne voulons pas effrayer ce type et qu'il s'enfuie.

Pendant un instant, il pensa que ce serait trop pour elle. Elle avait l'air fragile, comme si ce dernier coup pourrait être celui qui la ferait s'effondrer. Au lieu de cela, elle remonta le col de son tee-shirt, essuya ses yeux avec et se leva pour suivre Billy.

— Dix ans, dit-elle en faisant une pause à la porte pour les regarder. Je ne veux pas attendre dix ans pour ramener Drew à la maison.

Javi ne le souhaitait pas non plus. Mais Hector savait qu'ils le cherchaient, et s'il se terrait, l'enquête pourrait être dans l'impasse jusqu'à ce qu'il frappe à nouveau. Bien qu'il soit un criminel compulsif, Hector avait des périodes assez longues entre ses crimes, de sorte qu'il pourrait se passer une autre année, ou plus, avant d'entendre à nouveau parler de lui.

Javi réprima la frustration avant qu'elle se transforme en colère. La possibilité de piéger leur suspect avait été trop forte pour résister, mais même si cela avait fonctionné, l'affaire n'aurait pas été bouclée. Il n'y avait aucune chance qu'il puisse justifier de laisser un probable criminel délirant kidnapper un enfant, même s'ils avaient fait porter un micro à Billy, alors que Drew était toujours porté disparu. En fait, cela aurait pu rendre les choses plus compliquées de le trouver. Un trafiquant de drogue apportait toujours une bonne dose d'intérêt personnel à la table. Ils ne pouvaient pas compter sur cela avec un kidnappeur qui pensait qu'il « montrait » quelque chose à des enfants gâtés.

Mais ils avaient d'autres pistes. Ils trouveraient Hector.

Le technicien accepta de rester à la maison jusqu'à ce que l'agent de liaison arrive – et Javi transmettrait son irritation officielle à Frome qu'il ne soit toujours pas là. Pendant qu'il faisait cela, Javi pouvait poursuivre ces autres pistes.

Hors de la maison, la journée commençait tout juste pour les habitants du quartier. Les banlieusards s'attardaient au niveau de leurs voitures et prétendaient être occupés par tout ce qui leur donnait une excuse pour se tenir là et fixer bêtement le domicile des Hartley. Les quelques parents qui restaient à la maison s'étaient rassemblés dans l'allée et échangeaient des commérages en pyjamas et en tenue de yoga.

— Il y a un campement de sans-abri à proximité de Glades dans le nord de Plenty, dit Cloister alors qu'il ouvrait la portière de sa voiture pour laisser grimper la chienne. Beaucoup de travailleurs occasionnels et de saisonniers y vivent.

Le téléphone de Javi vibra contre sa hanche.

— J'enverrai des policiers enquêter, déclara-t-il en le récupérant. Mais même si Hector est là-bas, Drew n'y sera pas.

Le texte provenait de Sean : « Trouvé B. Je la dessaoule. »

— Retourne au poste, ordonna Javi à Cloister sans lever les yeux de son téléphone alors qu'il tapait une réponse. Vois si quelqu'un est entré en contact avec Luna ou le père du garçon décédé. L'ex-pompier.

Il attendait une remarque sarcastique sèche, ou au moins une question sur ce qu'il faisait. Au lieu de cela, Cloister grogna un accord et monta dans la voiture en disant :

— Je vais faire ça. Si je trouve quelque chose, je te le ferai savoir.

Les mots « Agent Spécial Merlo » non dits, mais bien présents s'attardèrent à la fin de la phrase. C'était professionnel. C'était même agréable. Javi était légèrement dégoûté de se rendre compte qu'il aurait préféré le « va te faire foutre » traînant quel il avait escompté.

— Cloister, commença-t-il en attrapant le bord de la portière avant qu'elle claque, je…

— Quoi ?

200

C'était une bonne question. Seulement, Javi n'avait pas de réponse. C'était ce dont il avait besoin : une distance polie et une baise occasionnelle. C'était ce pour quoi il avait le temps et l'envie de faire face. Tout le reste créerait des embrouilles et il ne pouvait pas se le permettre. Il voulait juste obtenir ce dont il avait besoin sans perdre ce qu'il voulait.

Ce n'était pas juste. Cela ne l'aurait probablement pas arrêté s'il pouvait trouver un moyen de réussir.

— Ne les laisse pas y aller trop doucement avec le pompier, déclara-t-il. Il est en deuil, mais il n'a pas les mains propres. Vous n'avez pas besoin de le dorloter.

Cloister hocha la tête.

— Je transmettrai.

Après une seconde, il releva les lèvres en un demi-sourire.

— En plus, contrairement à ce que tu penses, je suis plus du genre à broyer du noir en lançant des regards méchants qu'à tenir la main.

XXVI

LE LETTRAGE noir sur la vitre opaque indiquait : *Stokes Investigations, Inc.* C'était la conclusion comique de la blague qu'avait été le département de police de Plenty. Comment appelle-t-on un flic corrompu à la retraite ? Un prospère enquêteur privé.

Javi ouvrit la porte et entra dans un brouillard bien imprégné de sueur alcoolisée et de désodorisant à la lavande. Le nuage de parfum chimique avait été pulvérisé tellement récemment qu'il restait en suspension dans l'air.

— Désolé, dit l'homme derrière le bureau de réception.

Il laissa tomber la bombe de désodorisant dans un meuble de classement et le referma avec son pied.

— Nous ne prenons pas de clients sans rendez-vous. Uniquement des personnes recommandées.

Javi plongea sa main dans sa poche à la recherche de son badge et ouvrit son porte-insigne en cuir pour présenter la plaque qui l'identifiait.

— Ma recommandation, commenta-t-il.

L'homme souleva un sourcil parfaitement épilé, se pencha sur le bureau en appuyant son poids sur une main pour étudier la plaque. Après une seconde, il hocha la tête.

— Bien sûr, Agent Spécial Merlo, assura-t-il avec un sourire parfaitement faux. Si vous pouviez juste attendre ici, je vais informer monsieur Stokes que vous êtes ici.

Il sortit de derrière le bureau et se dirigea vers le bout du couloir. Javi s'assit sur l'un des fauteuils bas en cuir noir. Il tapota distraitement l'accoudoir en regardant autour de lui. Contrairement à la maison de banlieue dépouillée de Sean, son bureau semblait avoir été étudié. Le bois noir et le cuir naviguaient soigneusement entre le modernisme et l'esthétique du privé dans le cinéma. Les photos encadrées sur le mur faisaient la chronique des qualifications de Sean : du diplôme avec un sceau doré de l'académie de police, à l'histoire découpée dans le journal, louant la police de Plenty pour avoir attrapé un violeur en série.

Cela éveilla assez l'intérêt de Javi pour qu'il se lève et essaie de lire à travers le verre. Il se souvenait de cette histoire. C'était l'une des dernières bonnes choses que les journaux avaient rapportée sur le service de police de Plenty. Javi se souvenait que même Saul, qui avait démonté le département dans son enquête, avait vanté les inspecteurs impliqués.

Mais Sean Stokes n'était pas l'un des noms que l'analyse de Javi releva dans le texte.

Le murmure des voix dans l'autre pièce s'éleva soudainement.

— ...espèce de fils de pute !

Javi se retourna. L'une des portes du bureau s'ouvrit brusquement – assez violemment pour que la poignée s'enfonce dans le plâtre – et le réceptionniste sortit à grands pas. Il passa devant Javi sans un mot, attrapa son manteau sur le portant et l'enfila avec colère.

— Vous savez quoi ? dit-il en se tournant vers Javi. J'espère que vous êtes ici pour arrêter ce connard.

Il claqua la porte derrière lui en partant. Javi regarda le mur. L'impact avait fait penché l'article de journal encadré. Il posa un doigt sur un coin et le redressa, puis se dirigea vers la porte toujours entrouverte. Il l'ouvrit d'un petit coup avec le bout du pied.

— Sean ?

— Agent Spécial Merlo, répondit Sean.

Il était perché sur le bord de son bureau, ses mains pendaient entre ses cuisses écartées. Au moins, il était habillé, même si les manchettes déboutonnées et la loque dénouée qui lui servait de cravate lui donnaient l'air de le regretter.

— Désolé pour ça. On ne peut plus avoir du bon personnel de nos jours.

— Votre ex ? demanda Javi.

— Ha, non, répondit Sean.

Il frotta son pouce le long de sa mâchoire bien rasée, où un bleu s'étalait sous la peau comme une tache.

— Mon ex m'aurait mis KO. C'était... rien. Il reviendra. Vous n'êtes pas ici au sujet de mon personnel, de toute façon. Vous êtes ici pour rencontrer Betsy Murney.

Il fit un mouvement du menton vers l'autre côté de la pièce, où une femme qui ressemblait à Angelina Jolie dans le rôle d'une alcoolique était étendue sur le canapé en cuir noir. Betsy était d'une beauté que le maquillage peu coûteux, les vieux vêtements et la puanteur de la vie dure ne pouvaient pas tout à fait masquer. Javi aurait parié une belle somme qu'elle avait eu l'occasion de souhaiter que ce soit le cas. Elle ronflait aussi comme un vieillard asthmatique et étreignait une bouteille de whisky bon marché dans ses bras comme s'il s'agissait d'une peluche.

— Je croyais que vous la dessaouliez, fit remarquer Javi.

— C'était le cas, assura Sean alors qu'il se redressait.

Il tira à nouveau sur sa cravate qui se dénoua complètement.

— Malheureusement, j'ai dû sortir et il s'avère qu'elle est sacrément douée pour crocheter les serrures.

— N'était-ce pas sa fille qui était toxicomane ?

— Ouais, eh bien, la pomme ne tombe jamais loin de l'arbre, déclara Sean en se levant du bureau et en enfonçant ses mains dans les poches. Demandez à mon frère. Vous voulez que je mette du café en route ?

— C'est un mythe, déclara Javi.

Il posa un genou par terre près du canapé et retira délicatement la bouteille de la prise de Betsy.

— Cela n'aide pas vraiment à dessaouler.

En outre, si Betsy avait picolé depuis assez longtemps et assez sévèrement, elle serait plus lucide avec un peu d'alcool dans son organisme. Il passa la bouteille derrière lui et attendit que Sean lui retire le poids de la main.

— Madame Murney.

Il lui prit la main et la tapota doucement. Sous sa paume, la sienne était rugueuse, craquelée et dure à cause du travail et de la météo.

— Betsy, j'ai besoin de vous parler une minute.

Elle remua, passant brusquement de l'inconscience du sommeil à la confusion du réveil, se reculant dans les coussins. Elle jeta un regard sur Javi avec des yeux sombres et injectés de sang, puis les fit glisser par-dessus son épaule pour observer rapidement Sean.

— La dernière fois que quelqu'un avec un costume élégant a voulu me parler, dit-elle d'une douce voix vaguement pâteuse, j'ai passé trois semaines dans un centre de réhabilitation parrainée par l'église, à écouter à quel point Jésus aimait les abstinents.

— Je suis agent fédéral, déclara Javi. Nous cherchons votre fille.

La froideur s'empara de manière visible du visage de Betsy. Sa bouche était acérée comme un couteau.

— Je ne sais pas de quoi vous parlez.

— Elle n'a pas d'ennuis, Betsy, affirma Sean, bien que cela puisse être un mensonge. Nous… la police a juste besoin de lui parler de quelque chose.

Betsy rentra son menton et baissa les yeux. Elle gratta et frotta avec son pouce une tache sur son chemisier.

— Je ne peux pas vous aider. Je ne l'ai pas vue depuis des années.

Javi laissa s'installer le silence juste assez longtemps pour le rendre inconfortable, avant de le briser.

— Je suppose que ce n'est pas la vie que vous aviez planifiée pour vous, madame Murney.

Sous le voile baissé de ses cils épais, elle l'observait avec suspicion.

— Je suppose que c'est le résultat de quelques choix très difficiles, donc je ne souhaite vraiment pas rendre votre vie plus compliquée. Mais je le ferai.

Elle afficha une grimace aigrie en affirmant :

— Tout le monde le fait.

— Un enfant a disparu, expliqua Javi. Si vous ralentissez cette enquête…

Betsy releva brusquement le menton.

— Alice n'a rien à voir avec ça, s'exclama-t-elle. Elle n'est même pas à Plenty.

Sean renifla.

— Je croyais que tu ne l'avais pas vue depuis des années.

Javi se retourna pour jeter un regard glacial sur l'ex-policier. Il n'avait pas besoin de l'aide d'un enquêteur privé avec un bureau suspicieusement élégant et une maison suspicieusement onéreuse.

— Monsieur Stokes, je peux me débrouiller.

Ils échangèrent des regards pas complètement amicaux pendant quelques secondes, puis Sean haussa les épaules et écarta les mains.

— Pardon. Je ne voulais pas vous marcher sur les pieds, Agent Spécial Merlo.

— Cela dit, c'était une bonne question, déclara Javi alors qu'il se recentrait sur Betsy. À quand remonte la dernière fois où vous avez vu Alice ?

— Il y a trois ou quatre ans, déclara Betsy. Elle est partie avec cette femme qu'elle avait rencontrée, une sorte d'âme charitable, avec tout un paquet d'idées fantaisistes. Il s'avère que… la conne prétentieuse lui a effectivement fait du bien. Alice est clean. Alice a trouvé un boulot. Alice ne veut rien avoir affaire avec moi. Je ne lui reproche pas. Elle envoie parfois des lettres. Sans adresse de retour.

Javi inclina la tête sur le côté avec curiosité.

— Je ne voudrais pas vous offenser, madame Murney, mais je croyais que vous étiez sans abri.

— Je dors dans ma voiture, à Groves, reconnut-elle. Mais Tranq m'aide. Il stocke mes vieux vêtements, garde du courrier pour moi. Alice envoie ses lettres là-bas.

— Tranq ?

Cela faisait apparemment trop longtemps et Sean commençait à s'ennuyer à se comporter correctement.

— Tranquil Reed... de la Retraite, expliqua-t-il. Betsy faisait du ménage pour lui, n'est-ce pas, Betsy ?

Elle le fusilla du regard.

— Il n'y avait pas beaucoup d'autres emplois ici, à l'époque, dit-elle. Il m'a donné un endroit où vivre, de l'argent sous la table...

— Tu récoltais et séchais de l'herbe pour lui, affirma Sean. Il ne t'aidait pas par bonté d'âme.

Javi leva une main et désigna l'arrière par-dessus son épaule pour faire taire Sean.

— Alice a-t-elle aussi travaillé à la Retraite ?

Betsy hocha la tête avec incertitude. Elle repoussa ses cheveux de son visage avec ses deux mains jusqu'à ce qu'elle puisse les nouer derrière sa tête. Cela tira la peau sur ses tempes et rendit visibles les veines bleues sous la peau. Ses mains tremblaient pendant qu'elles s'activaient.

— Beaucoup d'entre nous le faisaient, à l'époque, commenta-t-elle. Les hippies étaient des gens bien. Ils ne posaient pas trop de questions, nourrissaient tout le monde. Vous étiez censé méditer tous les matins, mais beaucoup d'entre nous se contentaient de faire une sieste. Après leur départ, Tranq a mis de l'ordre. Il a dit que je pouvais rester si je restais clean, et je l'ai fait. Pendant un moment. C'était Alice qui n'y arrivait pas. Nous avons été expulsées, et je ne voyais pas l'intérêt de ne pas boire. Ensuite, elle est partie, et j'ai continué à boire. Comme je l'ai dit, elle s'est mariée, elle est clean et bien comme il faut, et elle ne reviendrait jamais ici. Certainement pas pour enlever un gamin.

Elle se déplaça sur le canapé, le cuir craqua et elle frotta l'arrière de ses mains par distraction. Son attention continuait à glisser au-dessus de l'épaule de Javi, revenant à la bouteille que Sean avait gardé. Javi posa sa main sur son genou.

— Betsy, quand vous viviez à la Retraite, vous souvenez-vous d'un garçon appelé Hector ? Hector Andrews ? Il devait avoir le même âge que votre fille.

Elle pinça ses lèvres en réfléchissant et frappa une main contre sa tempe comme si elle pouvait ainsi bousculer ses pensées. Cela ne changea rien. Elle secoua la tête avec hésitation.

— Il y avait beaucoup de gens, dit-elle. Ma mémoire n'est plus ce qu'elle était.

— Il aurait pu être ami avec votre fille. Ou passé du temps avec elle.

Un fantôme de fierté maternelle et de honte passa sur le visage de Betsy.

— Ma fille était belle, agent Merlo. Beaucoup de garçons voulaient passer du temps avec elle. Des hommes aussi. Peut-être que j'aurais dû en éloigner plus d'elle.

Son regard dériva à nouveau, et elle s'humidifia les lèvres.

— Puis-je boire un coup ? Ma bouche est sèche comme le vent là dehors.

— Dans une minute, décréta Javi.

Il se déplaça pour lui boucher la vue sur la bouteille et attirer son attention. La gravité de l'enquête avait changé. Tout ce dont il avait besoin, c'était quelques réponses supplémentaires de Betsy.

— Vous souvenez-vous, il y a près de six ans ? Alice était encore en ville à l'époque, n'est-ce pas ?

Betsy hocha doucement la tête. Un froncement de sourcils confus plissa son front.

— Ouais, répondit-elle lentement. Je me souviens. Elle a fait un mauvais trip, il lui a fallu une éternité pour se remettre sur pieds. Des voix. Elle a dit qu'elle pouvait m'entendre penser. Elle disait que je la détestais.

— Pourquoi ?

— Parce qu'elle était une toxicomane ? proposa Betsy en haussant les épaules. Parce qu'elle savait que je coulais avec elle ? Parce que je n'étais pas une bonne mère ?

— Non, pas pourquoi vous pensiez qu'elle vous détestait, rectifia Javi. Pourquoi le pensait-elle ?

Le froncement de sourcils s'amplifia. Betsy mâchonna sa lèvre inférieure, tripotant la peau sèche avec ses dents jusqu'à ce qu'elle saigne.

— Je ne sais pas. Tout était décousu… le bon sens et l'absurde étaient tous emmêlés. Elle disait que nous savions ce qu'elle avait fait, que tout le monde savait ce qu'elle avait fait, mais ensuite elle ne voulait pas me dire ce que c'était. Quoi qu'il en soit, elle l'a probablement fait pour une dose. Nous, les toxicos, ferions n'importe quoi pour une dose de ce qui nous fait souffrir. Puis-je avoir à boire ? J'ai soif.

Javi avait d'autres questions. Il en avait généralement. Mais la source s'était asséchée. Betsy pouvait avoir les informations dont il avait besoin dans sa tête, mais elle ne savait pas que c'était les réponses à ses questions.

Il reprit appui sur ses talons, puis sur ses pieds. À mi-chemin, il s'arrêta pour brosser les peluches et la poussière sur son genou en disant :

— Donnez-lui à boire, Stokes.

— J'ai de l'eau dans le frigo, déclara Sean. Plate et pétillante. Je pense qu'elle est aromatisée au citron.

Betsy se mit à rire.

— Bordel, Sean. Tu crois que tu peux encore me sauver ? Peu importe combien de fois quelqu'un me nettoie, me redresse, me désintoxique. Je finirai toujours par replonger. Alors je ne vais même plus essayer. Tout ce que je peux faire, c'est d'arrêter de blesser les gens qui veulent m'aider.

Elle tendit la main et fit des gestes comme pour l'attraper avec ses doigts.

— Donne-moi la bouteille.

Il le fit.

Ils la laissèrent boire jusqu'à s'endormir dans le canapé avec les trois quarts d'une bouteille de whisky très médiocre, et Sean raccompagna Javi dans le couloir. Le téléphone sonna sans personne pour y répondre. Sean le décrocha pour le reposer aussitôt.

— Avez-vous eu ce dont vous aviez besoin ? demanda-t-il.

— Oui.

Sean passa sa main dans ses cheveux noirs. Le gris apparaissait aux racines à travers le brun foncé, et il se gratta le crâne distraitement.

— Ça. Birdie. D'après la presse, vous avez trouvé un cadavre que vous ne pouvez pas identifier, caché sur un chantier. Qu'est-ce qui se passe à Plenty, Agent ?

— J'apprécie votre aide avec madame Murney, Stokes, répondit Javi. Mais vous n'êtes plus agent de police désormais.

— Ça reste quand même ma ville.

Javi jeta un coup d'œil à l'article encadré sur le mur.

— Pourquoi afficher sur votre mur une histoire dans laquelle vous n'êtes même pas mentionné ? demanda-t-il.

— Parce que la police départementale de Plenty n'avait pas que des ordures, répondit Sean en haussant les épaules. Parce que les policiers impopulaires ne voient pas leur nom cité par leur supérieur hiérarchique. Parce qu'il fait bien sur le mur, et que la plupart des gens ne s'embêtent pas à lire plus que le titre. Faites votre choix.

Pour Javi, Plenty était une étape vers une meilleure carrière. Il imaginait ses perspectives comme une ligne qui allait progressivement de Plenty à Washington, DC. Sean, en dépit de son « implication par association » de son ancien patron, semblait se préoccuper de l'endroit.

— Nous avons trouvé Birdie, avoua-t-il. Elle était décédée depuis dix ans.

Sean déglutit :

— Merde. Pauvre petit oiseau. Donc ça…

— C'est une affaire en cours, le coupa Javi. Et j'apprécierais si vous gardiez l'information sur Birdie pour vous jusqu'à ce que nous soyons prêts à en informer la presse.

Sean enfonça ses mains dans les poches et courba les épaules. Il hocha la tête.

— Pour elle. Sa famille.

Cela poussa Javi à lancer un regard dans le couloir vers la porte fermée. Il ne savait pas s'il se sentait coupable, reconnaissant, ou tout simplement triste que Betsy en soit arrivée au point où elle avait abandonné sans même essayer. C'était cependant suffisant pour qu'il demande :

— Est-ce que ça va aller pour elle ?

— Non, répondit Sean. Les dés ont été jetés il y a longtemps. Je vais la laisser cuver dans mon bureau, lui donner de l'argent pour le petit-déjeuner, et prétendre que je ne sais pas que c'est pour boire.

Javi supposa que c'était la version de Betsy d'une fin heureuse, et ce n'était pas son travail d'arranger ça. Ou même de s'en préoccuper.

— J'apprécie votre aide, Stokes, déclara-t-il.

— Ne vous y habituez pas, répliqua Sean en redressant les épaules et en souriant d'un air suffisant. Je n'aime toujours pas les fédéraux.

— Je pense que j'y survivrai. Restez du bon côté de la loi avec votre nouvelle carrière, Stokes.

Les lèvres de Sean s'ourlèrent d'un rictus peu enthousiaste à cette idée.

— Pour tout le bien que ça m'a fait.

En l'absence de la famille Hartley et de leur fils suspect à la Retraite, la densité de médias à l'extérieur avait suffisamment diminué pour que Javi puisse passer le portail.

— Ça fait trop de coïncidences, déclara-t-il, sa voix s'adaptant à la transmission par Bluetooth. Drew a disparu d'ici, et la fille qui s'est fait passer pour Bri a vécu ici pendant un certain temps.

Cloister grogna.

— Tu ne devrais pas y aller sans renfort. Si Reed est impliqué, même de manière indirecte, il pourrait mal réagir. Si tu attends, je serai là dans quinze minutes.

— Je n'ai pas besoin de toi pour surveiller mes arrières, répliqua Javi. La moitié des adjoints travaillant à Plenty sont ici avec le groupe de recherche.

Il y eut une pause. Cloister ne disait rien, néanmoins Javi pouvait entendre les échos de leur conversation précédente hanter la ligne. Il grimaça pour lui-même, mais Cloister ne lui donna pas le temps de bredouiller une tentative de changement de sujet.

— Frome a envoyé une voiture pour récupérer Scanlon, le pompier, dit-il. Il devrait être ici bientôt. Je te tiendrai au courant si nous obtenons quelque chose d'utile.

Il raccrocha sans prévenir, toutefois ce n'était pas nouveau.

— … le risque d'incendie est élevé, reprit la voix du DJ de la radio lorsque l'appel fut coupé.

Javi n'avait pas vraiment besoin d'un avertissement. On pouvait le deviner. Le vent du désert était comme du papier de verre, et l'air avait l'odeur d'une boîte d'allumettes. Tout ce qu'il fallait, c'était une étincelle, et si Drew était encore là, Hector aurait un autre meurtre à son crédit.

Si ce n'était pas déjà le cas.

Javi se gara à côté des voitures banalisées dans le petit parking. Il n'y avait personne aux alentours tandis qu'il marchait à grands pas vers le bureau principal. D'après les espaces de stationnement vides et les portes ouvertes, il devina que la moitié des clients étaient partis – soit parce que leurs réservations étaient terminées, soit parce qu'ils avaient peur du feu ou des ravisseurs – et les autres, ainsi que le personnel et les bénévoles, cherchaient Drew. Il pouvait entendre les équipes de recherche au loin, leurs appels après « Drew » étirés et atténués par le vent. Le hall qu'ils utilisaient comme base était fermé et cadenassé. Ils devaient l'avoir transférée sur le bord de la route.

Le bâtiment de bureaux était également fermé lorsqu'il y arriva. Javi essaya d'ouvrir la porte, mais elle était verrouillée, et les stores poussiéreux avaient été tirés sur les fenêtres principales. Une pulsion régressive poussa Javi à mettre ses mains en coupe contre la vitre pour tenter de voir à travers les lattes. C'était granuleux sur la tranche de ses paumes, et la poussière s'étala là où il l'avait touchée.

Du bois craqua sous le poids de quelqu'un. Javi pivota sur ses talons et baissa l'une de ses mains. Elle n'était pas sur son pistolet, mais c'était tout juste.

— Vous cherchez quelqu'un, monsieur ? demanda poliment une voix basse et rauque. Tout le monde est sorti pour chercher le petit garçon.

Javi se retourna et vit le jardinier auquel il avait déjà parlé sous le porche. Matthew. L'homme essuya ses mains sur un morceau de chiffon sale et plissa les yeux face au vent.

— Reed, dit-il. J'ai besoin de lui parler. Est-il sorti avec le groupe de recherche ?

Matthew se gratta nerveusement le cou et arracha une croûte sur sa gorge.

— Non, répondit-il. Il est à la banque.

Cela avait plus de sens. Passer tout ce temps en hippy n'avait pas dû être facile pour Tranquil Reed.

— Et les agents ?

Matthew plissa les yeux et leva la main pour tirer sur la visière de sa casquette afin de protéger ses yeux de la poussière. L'ombre se déplaça sur son nez pour couvrir les poils de plusieurs jours sur sa lèvre supérieure.

— Ils sont partis avec le groupe de recherche. Je peux vous laisser entrer dans le hall de réception, proposa-t-il. Si vous voulez attendre à l'intérieur, à l'abri du vent ?

Javi hocha la tête et recula d'un pas pour lui faire de la place.

— Avez-vous eu de la chance ? demanda Matthew. Pour découvrir celui qui a enlevé le garçon ?

Il se pencha sur la poignée tout en tournant la clé dans la serrure.

— Nous sommes convaincus qu'il sera bientôt en détention. Et Drew sera de retour chez lui avec sa famille.

— Vous faites vraiment de votre mieux, affirma Matthew.

Il ouvrit la porte d'une poussée et passa devant Javi pour mettre en place le cale-porte d'un coup de pied.

— Continuez à faire de votre mieux et vous finirez par le trouver.

— Nous essayons.

Javi s'avança à l'intérieur, à l'abri du vent. Il redressa sa cravate malmenée et épousseta le sable accroché à ses manches.

— Je peux appeler monsieur Reed, proposa Matthew. Lui faire savoir que vous êtes ici.

Le téléphone que Matthew sortit de sa poche était vieux et cabossé, l'écran fendillé en étoile depuis une entaille dans un coin. Il murmura une excuse et se retira à l'extérieur pour passer l'appel. Javi le regarda par la fenêtre pendant qu'il parlait au téléphone, son langage corporel était presque hargneusement soumis. Il faisait les cent pas le long du porche tout en parlant. Il bougea la tête en une série d'acquiescements et se gratta nerveusement la nuque. Il y avait une cicatrice sous les cheveux, une bande à la texture inégale qui ressemblait à de la cire de bougie.

Après une minute, il revint. Son visage, sous le bronzage et la saleté était rouge d'embarras et de colère. Sa voix était toujours basse et gênée.

— Monsieur Reed a dit qu'il revenait tout de suite. Il m'a dit de vous mettre à l'aise. Voulez-vous du café ou du thé ?

Il essuyait ses mains sur l'avant de son jean crasseux tout en posant la question. Javi retint une grimace entre ses dents et secoua la tête.

— Juste de l'eau, ça suffira, dit-il.

Il hocha la tête vers un frigo au coin de la pièce.

— Je vais vous chercher un verre, décida Matthew en levant les yeux et en souriant légèrement. Monsieur Reed ne croit pas aux gobelets en plastique.

Il traversa la pièce, contournant le tapis avec ses bottes sales, et disparut dans ce que Javi supposa être une petite cuisine. Du verre tinta, un robinet fut ouvert et fermé puis Matthew revint avec un verre étincelant d'eau glacée et les mains nettoyées.

— Il ne sera pas long, assura-t-il en s'avançant avec le verre vers Javi. Vous verrez.

Matthew le posa et sortit par la porte maintenue ouverte, probablement pour aller faire quelques corvées.

Ce fut le grattement de tête qui marqua le déclic pour Javi. Quand son père avait eu cinquante ans, il était parti pendant une semaine et était revenu avec un bronzage, une nouvelle ligne de naissance des cheveux et

212

une cicatrice à l'arrière du crâne. Elle était beaucoup plus propre que celle de Matthew, mais son père avait payé un très bon chirurgien-plasticien. Meilleur que ce qu'ils avaient au Plenty Général pour soigner un adolescent dont le cuir chevelu avait été entaillé par une bouteille.

Au moment où il eut rassemblé les morceaux, Javi avait déjà bu la moitié du verre d'eau pour tenter de se débarrasser de la poussière dans sa gorge. Il jura, se remit précipitamment debout et appuya une main sur le dossier de la chaise alors qu'il se pliait en deux et s'enfonçait un doigt dans la gorge.

De la bile et de l'eau éclaboussèrent ses chaussures et du vomi aigre piqua son nez.

— Je ne pense pas que ça aidera, annonça Matthew... ou Hector.

Javi essaya de se redresser et faillit tomber à la place. Sa tête était pesante, envahie de coton, et cela lui donna l'impression qu'il fallait beaucoup de temps pour que les informations circulent le long de ses nerfs. Tout semblait lent. Le sol parut soudain bondir vers lui, et il lui fallut bien trop longtemps pour enregistrer le craquement de ses genoux sur le bois.

— Qu'est-ce que vous m'avez donné ? questionna-t-il.

Ou du moins, il essaya. Les mots semblaient étranges.

— Je pense que vous le savez, répondit Matthew.

Quand il ne prétendait pas être quelqu'un d'autre, il avait la voix d'un ténor. Il s'avança – le bruit de ses bottes sur le sol était douloureusement bruyant aux oreilles de Javi – et s'accroupit.

— Une dose plus élevée, cependant, avec du GHB. Je ne voudrais pas que quelqu'un soit blessé.

Merde.

Javi tenta de se mettre debout, mais Matthew l'attrapa sous les bras. Son souffle, de près, était amer, et maintenant qu'il avait retiré ses lunettes de soleil, Javi pouvait voir ses pupilles dilatées.

— Tu voulais savoir où était Drew, rappela Matthew.

XXVII

Le téléphone sonna deux coups et quelqu'un décrocha. Mais le son qui arriva par la ligne était plus un grognement qu'un salut. Cloister s'appuya contre la porte de l'open-space, gardant un œil sur l'entrée principale tout en coinçant son téléphone contre son oreille.

— Bo, tu m'en dois toujours une ? demanda-t-il au grognement.

— Tu sais que oui. Ne quitte pas, dit-elle.

Du tissu bruissa et la voix d'une femme ronchonna quelque chose en arrière-plan. Après une minute et le déclic d'une fermeture de porte, Bo revint en ligne.

— De quoi as-tu besoin ? S'il te plaît, dis-moi que c'est d'une copine de drague pour un autre voyage au Mexique ?

Cloister renifla. La dernière fois qu'il avait passé la frontière avec Bo était une expérience qu'il n'était pas pressé de renouveler. Un car entier d'étudiants avait pris un mauvais virage et le bus s'était retourné sur une route de campagne. Ceux qui n'étaient pas prisonniers ou blessés avaient décidé de revenir vers la route à pied. Sauf qu'ils ne s'étaient pas dirigés dans la bonne direction. Tous les deux – accompagnés de l'agent de patrouille frontalière – avaient pour tâche de retrouver les randonneurs. Et ces gamins avaient réussi à s'égarer étonnamment loin.

— Non. Tu as déjà travaillé avec un pompier appelé Ben Scanlon ?

— Travaillé avec lui, non. Cependant, je l'ai vu dans les parages. Il continue à venir boire un verre avec nous. Pourquoi ?

— Il pourrait savoir quelque chose susceptible de nous aider dans cette affaire d'enfant disparu.

— Le garçon Hartley.

Ce n'était pas une question.

Une pierre à briquet cliqueta ainsi que des étincelles, Cloister entendit la profonde inspiration contre son oreille.

— Dans ton métier, tu n'as pas besoin de tes poumons ?

— Pas depuis qu'ils m'ont mis à un travail de bureau.

L'expiration fut longue et lente. Cela laissa également du temps à Bo pour réfléchir.

— Est-ce qu'il est suspect ? Parce que je ne pourrai pas soutenir ce que je dirai à la barre.

— Ce n'est pas un suspect. Nous avons fait une requête pour avoir son dossier personnel, mais avant qu'il arrive, je voudrais juste savoir si c'est un mec fiable ou...

— Comme je l'ai dit, il continue à venir boire un verre avec nous, déclara Bo. Scanlon est de la vieille école, dur, mais juste et tout ça. Il a encore des amis ici. Les gars qu'il a entraînés autrefois lui paient toujours un verre. Il ne fait pas mystère qu'il n'aime pas les femmes pompiers, et je garde mes distances, mais il ne me l'a jamais jeté directement au visage.

— Sais-tu pourquoi il a démissionné ?

Au lieu de répondre, Bo prit une autre bouffée de sa cigarette pour gagner du temps. Pendant que Cloister attendait, il vit la porte principale s'ouvrir et un homme chauve, musclé et très barbu entrer. Celui-ci dit quelque chose à Andy assis derrière son bureau qui lui désigna le banc. Tandis que l'homme s'asseyait, Andy reporta son regard vers Cloister et hocha la tête.

Il était là.

Cloister s'éloigna de la porte, posa une seconde le téléphone contre son épaule. Il observa à nouveau l'open-space et attira l'attention de Tancredi.

— On y est.

Elle bondit sur ses pieds et regroupa tous les rapports qu'elle était en train de lire pour les remettre dans leur dossier. Cloister remit le téléphone contre son oreille à temps pour saisir l'agacement de Bo qui venait de se rendre compte qu'elle avait gaspillé sa salive sur une ligne sans interlocuteur.

— Désolé, s'excusa Cloister. Quand on parle du loup. Qu'est-ce que tu disais ?

— Il a sauté avant d'être poussé, répéta Bo. Il n'a jamais rien fait qui mettait directement la vie de quelqu'un en danger. Mais il fermait les yeux. Il a rendu quelques services. Tu sais comment ça se passe.

— D'accord. Merci, Bo.

Elle grogna et raccrocha. Cloister se tourna vers Tancredi, qui venait de retirer son stylo de ses cheveux. Elle haussa un sourcil dans sa direction avec espoir.

— Il semblerait qu'il était à la botte de quelqu'un, résuma Cloister en s'éloignant de la porte. Pas assez pour être pourri, mais...

— Assez pour expliquer pourquoi il a atterri sur la liste noire de Hector avec les autres familles, acheva Tancredi. Peut-être qu'un Hartley l'a payé de sa poche. OK, je peux avancer avec ça. Êtes-vous certain de ne pas vouloir assister à l'interrogatoire ?

Il secoua la tête.

— Je vais continuer à essayer de prendre contact avec les autres victimes potentielles.

Tancredi hocha la tête et se dirigea vers Scanlon. Elle serra la main de l'homme quand il se leva et fit un geste en direction de la salle d'interrogatoire. Cloister tenta d'abord de composer le numéro de Luna McBride, mais il sonnait occupé. Encore. Il laissa le même message que la fois précédente. Cela ne donnerait probablement rien. Leo avait passé les cinq dernières années à se remémorer son enlèvement, mais d'après le dossier irréprochable de Luna et les recommandations pour cette fille réglo, elle s'était évertuée à l'ignorer.

Il pouvait difficilement lui jeter la pierre.

L'absence du corps lourd et chaud de Bourneville sur ses pieds pendant qu'il travaillait sur la liste était étrange. Le bruit de sa respiration était un arrière-plan routinier de sa journée, mais habituellement ils n'étaient pas ici aussi longtemps ni aussi souvent. Elle était plus heureuse au chenil avec son jouet préféré et son déjeuner jusqu'à ce qu'ils puissent retourner au travail.

Ce n'était pas la seule chose qui le mettait sur les nerfs. Cela ne justifiait pas pourquoi il était agacé par l'absence de Javi.

Cinq appels aux victimes possibles. Deux d'entre eux restèrent sans réponse. Un avait été pris par la mère du type qui avait promis de transmettre le message, mais elle avait dit qu'il avait déménagé. Un autre concernait une adolescente qui venait de lui avouer qu'elle avait fui pour Vegas avec sa meilleure amie et avait fini par appeler sa mère depuis un relais routier quand elles avaient pris peur.

— Nous avons eu de la chance, admit sa mère quand elle reprit le téléphone. Je suppose que vous cherchez quelqu'un qui n'en a pas eu.

Cloister la laissa retourner vers sa fille pour probablement lui rappeler combien elles avaient été chanceuses. Il rassembla les feuilles de son dossier et s'étira pour l'ajouter à la pile des affaires élucidées. Alors qu'il était sur le point de le lâcher, le téléphone sonna. Il sursauta et envoya voler le dossier à travers le bureau. Il atterrit au sol et les papiers s'éparpillèrent partout.

— Merde.

Il attrapa le téléphone et le coinça sur son épaule.

— Adjoint Witte.

— Adjoint, dit Andy. Il y a un docteur Galloway ici ? Elle voulait voir l'Agent Spécial Merlo, mais comme il n'est pas là…

— J'arrive tout de suite.

Il raccrocha, récupéra les papiers sur le sol, les remit dans le dossier sur le bureau et se rendit à l'accueil. Galloway se tenait devant le bureau avec un sac d'ordinateur rembourré pendu devant sa poitrine et une valise de Captain America à ses pieds.

— Docteur ?

Elle se retourna et lui tendit la main pour la serrer vivement.

— Je cherchais l'Agent Spécial Merlo, dit-elle. Apparemment, il n'est pas dans les parages ?

— Pas pour le moment, déclara Cloister. Il reviendra bientôt. Puis-je vous être utile ?

— Probablement, répondit Galloway.

Un sourire en coin apparut sur son visage et elle haussa les épaules.

— Pour être honnête, j'aurais pu simplement l'envoyer par e-mail. Je suppose que je voulais juste frimer un peu. Il m'a demandé de trouver une affaire qui correspond à certains paramètres, et je pense que je l'ai trouvée.

— Vous l'avez trouvée ?

Elle remonta le sac de l'ordinateur portable pour pouvoir glisser la main à l'arrière et retirer deux feuilles de papier agrafées.

— Je n'ai pas trouvé de « Hector » avec un cas pertinent. Mais cette affaire s'en approche. Une enfant en bas âge est morte d'hyperthermie dans une voiture après que sa mère a été arrêtée pour violation de propriété et ait passé la journée en prison. La mère s'est suicidée quelques jours plus tard d'une overdose, mais il y avait un fils survivant.

Elle lui tendit les documents.

— Je m'en vais demain, mais si l'Agent Spécial Merlo a besoin de prendre contact, la morgue peut transmettre les appels.

Cloister prit les pages. Les détails effaçaient une partie de la tragédie du triste petit compte-rendu, mais pas totalement. Il survola les noms, les âges et les causes de la mort, avant de s'arrêter brusquement sur le lieu.

— Le parc Mallard ? dit-il.

Galloway attrapa la poignée sur sa valise et utilisa son coude pour faire pivoter le sac d'ordinateur dans son dos.

— Oui, confirma-t-elle. C'était, je pense, avant qu'ils arrêtent les travaux là-bas.

Elle tira sur la poignée de sa valise.

— Dites à l'Agent Spécial Merlo qu'il me doit une faveur.

— Je le ferai. Mais avant que vous partiez, qui les a trouvés ?

Galloway fit une moue et haussa les épaules.

— Je crois qu'il y a eu un appel aux services d'urgences, dit-elle. Alors, les ambulanciers, les pompiers. Pourquoi ?

— Je pense qu'il y a quelqu'un d'autre ici qui s'en souviendra.

Il hocha la tête vers Galloway qui levait les sourcils vers lui.

— Merci docteur. Bon voyage.

Elle renifla.

— Mon grand-père est mort.

— Désolé.

Ses yeux pâles devinrent glacials.

— Pour lui ? Ne le soyez pas. Il était détestable, expliqua-t-elle. Ce sera simplement une corvée pour gérer sa propriété, autrement connue comme sa dernière chance de blesser ses proches. Bonne chance avec l'affaire, adjoint. Essayez de ne pas avoir plus de travail pour moi d'ici mon retour.

Il acquiesça.

— J'essaierai.

Galloway se retourna et partit, sa valise rebondissait sur le carrelage derrière elle pendant qu'elle marchait.

— MON FILS n'a pas disparu.

Ben Scanlon se pencha en avant et tapa son doigt sur la table pour appuyer sa déclaration au moment où Cloister entrait dans la salle d'interrogatoire.

— Mon fils est mort. Je ne vois donc pas ce que cela a à voir avec moi.

Au lieu de lui répondre, Tancredi se tourna vers Cloister.

— Adjoint Witte, puis-je vous aider ?

Sa voix était douce et agréable, mais il y avait de la contrariété dans la tension autour de ses yeux.

— Hettie Spence.

Cloister déposa le rapport sur la table devant elle.

— Elle est morte d'une hyperthermie dans le parc Mallard, il y a quinze ans.

Les sourcils de Tancredi s'élevèrent et elle baissa les yeux sur le papier. Elle laissa son doigt courir sur l'encre tandis qu'elle lisait et s'arrêtait aux mêmes endroits qui avaient attiré l'attention de Cloister. De l'autre côté de la table, Scanlon s'adossa à la chaise et croisa les bras.

— Qu'est-ce que cela a à voir avec moi ? répéta-t-il.

Tancredi releva les yeux sur lui.

— Je pense que ma question aurait été « Qu'est-ce que cela a à voir avec mon fils ? ».

Elle reposa ses doigts sur le document et le retourna afin que Scanlon puisse l'observer.

— Vous étiez pompier à cette époque, n'est-ce pas, monsieur Scanlon ? Vous souvenez-vous de cet appel ?

Il lui lança un regard noir, ses paupières se refermant à demi sur ses yeux marrons, les tendons de son cou se crispant sous sa peau lâche et burinée. Sa mâchoire bougea d'un côté à l'autre et l'articulation craqua lorsqu'elle revint en place.

— C'est une grande ville.

Il énonça chaque mot avec soin et les dépouilla d'émotion.

— Je ne me souviens pas de chaque appel.

— Ce n'est pas ce que je vous ai demandé, déclara Tancredi en tapant le papier du doigt. Vous souvenez-vous de cet appel ? Vous souvenez-vous de Hettie Spence ?

Il haussa ses épaules musclées et détourna les yeux du rapport. Il y avait un nerf juste sous son œil, vibrant d'un battement régulier qui devait être un cadeau pour un joueur de poker.

— J'ai été pompier pendant vingt ans. Je...

Tancredi claqua le plat de sa main sur la table. Le bruit soudain du choc fit sursauter Scanlon, mais malgré cette action violente, la voix de Tancredi était calme lorsqu'elle demanda :

— Combien de fois au cours de ces vingt années avez-vous sorti un bébé cuit d'une voiture, monsieur Scanlon ? Je veux dire, j'ai moi-même un enfant. Je m'en souviendrais. C'est le genre de chose qui me resterait en mémoire.

Il s'éclaircit la gorge.

— Peut-être que je l'ai fait ? Et alors ? Il y a quelques cas sur lesquels j'essaie de ne pas m'appesantir. Je ne vois toujours pas ce que ça a à voir avec moi aujourd'hui.

Il foudroya Tancredi du regard et ajouta :

219

— Ou avec mon gamin.

Cloister tira une chaise libre et s'assit. Il était trop en colère pour réussir à jouer « l'accessible », peu importe ce que Javi pensait, mais l'agressivité neutre lui venait naturellement.

— Monsieur Scanlon, nous avons trouvé le corps de Birdie Utkin dans le parc Mallard hier, déclara-t-il.

Sous le bronzage et les coups de soleil attrapés à l'extérieur, Scanlon blêmit.

— Si nous avons raison, et c'est le cas, alors monsieur Utkin va nous dire tout ce que nous avons besoin de savoir. Croyez-moi, une fois qu'il verra ce qui reste de sa fille, il nous dira exactement ce que vous avez fait. Mais d'ici là, il se pourrait qu'il soit trop tard pour sauver Drew Hartley. Nous nous contenterons de le trouver. Et vos vieux copains pompiers ne vous offriront plus de tournée, n'est-ce pas ? Alors, répondez à cette putain de question.

Scanlon fulmina sur sa chaise.

— Vous ne pouvez pas me parler comme ça. Je ne suis pas en état d'arrestation. Je peux partir si je veux.

— Vous pouvez, accorda Tancredi. Cependant comme l'adjoint Witte le disait, quand mon cousin – il est conseiller municipal –, quand il me demandera pourquoi nous n'avons pas trouvé Drew Hartley à temps, voulez-vous vraiment que je donne votre nom ? Surtout alors que nous allons découvrir ce que vous avez fait de toute façon.

Elle tapota ostensiblement du doigt le papier et répéta sa question :

— Vous souvenez-vous de Hettie Spence ?

Soudain, il s'en souvint.

XXVIII

Scanlon avala d'un trait le cône d'eau du distributeur. Il le chiffonna dans sa main quand il l'eut fini, puis il le déplia.

— C'était un accident.

Il fixait ses mains comme si elles faisaient quelque chose d'intéressant alors qu'il déchirait un morceau le récipient.

— C'est la seule raison pour laquelle je l'ai fait. La seule raison pour laquelle j'ai accepté ça. C'était un accident.

— Une petite fille est morte, signala Cloister. Un garçon de six ans est resté avec des séquelles permanentes.

— Personne ne voulait que ça se produise, s'exclama Scanlon en relevant vivement les yeux. Personne n'avait la moindre raison de penser que ça arriverait. Écoutez, je n'étais pas impliqué. Je n'ai rien fait. D'accord ? J'ai simplement… déplacé la voiture dans mon rapport.

— Pourquoi ?

Scanlon s'essuya le nez sur le talon de sa main et baissa les yeux. Il attrapa sa lèvre inférieure avec ses dents et la mordilla pendant une seconde.

— Je ne connais pas la totalité de l'histoire, dit-il. Je n'avais pas besoin de la connaître pour faire ma part.

Tancredi se pencha en avant et bascula la tête jusqu'à ce qu'il soit obligé de croiser son regard.

— Dites-nous ce que vous savez.

— Plenty était différente à l'époque, expliqua-t-il. L'endroit était en train de mourir. Les fermes étaient à l'abandon, le seul emploi avec des perspectives était le trafic de drogues, et les gens qui pouvaient se le permettre partaient. Quelques années de plus et la ville aurait juste été sèche et fichue, mais les gens ont recommencé à emménager et les maisons à se construire. Alors, quand ça a commencé à ralentir, quand les gens ne voulaient pas vendre … parfois, ça devenait un peu déplaisant.

— C'est ce qui s'est passé avec la famille Spence ?

Scanlon haussa les épaules.

— Écoutez, ce n'était pas un truc confidentiel ou autre. Tout le monde en ville l'a vu se produire. La banque a saisi tout ce bloc pratiquement du jour au lendemain et les maisons qui n'avaient pas de prêts hypothécaires ont été condamnées. Ensuite, on a vu les clôtures s'élever, et la mairie remettre un permis de construction à Utkin pour créer le parc Mallard. Peut-être que la saisie n'était pas entièrement irréprochable. Peut-être que certaines personnes qui ne méritaient pas de perdre leurs maisons les ont perdues. Mais personne ne posait de questions parce que Utkin allait donner du travail à plus d'une centaine de personnes, d'une manière ou d'une autre.

Il cessa de dépiauter le cône et regroupa les morceaux sur la table dans sa main.

— Mais oui, les Spence étaient une des familles qui avaient perdu leur maison. C'était environ quatre mois avant.

Scanlon frappa le papier du doigt assez fort pour l'envoyer glisser à travers la table vers Tancredi. Il attendit une seconde, comme s'il s'attendait à ce qu'ils disent quelque chose. Puisqu'ils ne le faisaient pas, il se racla la gorge, mal à l'aise, et reprit :

— Quoi qu'il en soit, la mère a fait toute une histoire sur la saisie. Elle a écrit des lettres, elle s'est pointée aux réunions de la mairie avec ses enfants derrière elle – le bébé et le petit garçon –, elle a posé des questions, et elle a crié des insultes aux équipes sur le chantier de construction. Finalement, ils en ont eu marre. Alors, quand ils l'ont trouvée sur le site une nuit, ils l'ont fait arrêter. C'était le week-end, donc vous voyez, ils ont pensé qu'elle ne serait pas dans leurs pattes pendant un certain temps.

Il s'arrêta et déglutit difficilement. Sa justification selon laquelle il s'agissait d'un accident, selon laquelle ce n'était la faute de personne, commençait vraiment à donner des signes de faiblesse.

— Ils ne savaient pas qu'elle dormait dans la voiture, vous voyez. Elle et les enfants. Elle était garée sur le parking, et... elle avait mis le verrouillage enfant, afin qu'ils ne puissent pas sortir et aller se promener.

— Elle n'en a parlé à personne ? interrogea Tancredi. N'a-t-elle pas dit aux flics d'aller chercher ses enfants ?

Scanlon secoua la tête.

— Pas au début. Je suppose qu'elle pensait qu'elle sortirait quelques heures plus tard, suffisamment tôt pour retourner auprès d'eux, et elle ne voulait pas prendre le risque qu'on lui enlève les enfants. Je suppose qu'au moment où elle s'est rendue compte qu'ils ne la laisseraient pas sortir... plus personne ne l'écoutait.

Ou s'ils l'avaient entendue, ils ne l'avaient pas cru. Les gens qui étaient poussés dans les cellules pour la nuit débitaient beaucoup de raisons

222

pour lesquelles ils *devaient* sortir. Cloister s'était bouché les oreilles pour beaucoup d'entre eux. Si cela avait été son arrestation, il ne pouvait pas jurer qu'il n'aurait pas supposé que les enfants de Hettie étaient aussi imaginaires qu'un entretien d'embauche d'un ivrogne à Hollywood.

— Combien de temps ? demanda Cloister.

— Samedi soir. Toute la journée de dimanche, répondit Scanlon. Le contremaître s'est garé à côté de la voiture quand il est arrivé le lundi et a vu le garçon dans la voiture. Il l'a signalé.

— Puis vous avez menti.

— Ouais, reconnut Scanlon. Écoutez, ce n'était pas la faute d'Utkin. Qui laisse ses enfants enfermés dans une voiture en Californie ? Au milieu de la saison de Santa Ana. Ils ne le savaient pas. Ce n'est pas comme s'ils avaient laissé la petite fille mourir. Elle est juste morte, alors… ils m'ont simplement demandé de déplacer la voiture dans la rue. De sorte que lorsque la nouvelle est arrivée aux médias, le lotissement ne soit pas accusé. Je veux dire, ce n'était pas leur faute. Pas pénalement. C'était juste une faveur. Quel mal cela pouvait-il faire ?

Tancredi bondit sur ses pieds. La chaise dérapa en arrière et frappa le mur. Elle attrapa le rapport, le froissant presque dans sa main et le secoua devant son visage. Il s'écarta devant elle.

— Quel mal ? répéta-t-elle, d'une voix qui s'approchait d'un cri. Une petite fille est morte. Sa mère s'est suicidée parce qu'on l'a tenue pour responsable, parce qu'elle s'en est voulu, et qu'est-il arrivé à ce petit garçon ?

Scanlon avait l'air offensé.

— Je l'ai sorti de cette voiture, riposta-t-il. Je l'ai emmené à l'hôpital. Sans moi, il serait mort aussi.

— Sans vous ? Si…

Cloister attrapa le bras de Tancredi avant qu'elle puisse finir.

— Pouvez-vous m'accorder une minute, adjoint ? pria-t-il.

Avec colère, elle libéra son coude d'un mouvement brusque, mais hocha la tête.

— Si vous pouviez juste me donner un instant, monsieur Scanlon, dit-elle.

Il haussa les épaules et se frotta la nuque d'une main. Il y avait de la sueur sur le haut de son front et des gouttes tombaient de ses cheveux gris dégarnis.

— Je ne vois toujours pas ce que cela a à voir avec mon fils, déclara-t-il.

Aucun d'eux ne l'éclaira avant de quitter la pièce. Cloister, en tout cas, était tenté. Il referma la porte derrière lui. Tancredi avança à grands pas dans le couloir, les mains crispées et les épaules voûtées. Elle s'éloigna de six pas et se retourna pour revenir.

— Donnez un coup de pied dans une chaise, lui conseilla Cloister.

Elle renifla.

— C'est ce que vous faites ?

Il lui sourit.

— Je donne des coups de poing dans les murs et je dis aux fédéraux d'aller se faire foutre, répondit-il. Mais vous avez de l'ambition et des articulations intactes, alors je m'en tiendrai aux chaises.

Elle lui jeta un regard noir, mais se retourna quand même et lança un pied dans une des chaises en plastique alignées contre le mur. Celle-ci s'envola et retomba sur les autres. Les pieds en métal s'entremêlèrent et grincèrent sur le sol. Tancredi poussa un soupir.

— Ce connard, dit-elle. Ce putain d'enfoiré.

Elle renifla et lui tourna le dos.

— Bordel, murmura-t-elle avec un autre reniflement. Vous ne le dites à personne.

Il lui tendit un mouchoir. Certaines personnes pleuraient, certaines personnes vomissaient, et lui frappait les murs… ceux dont il fallait s'inquiéter étaient les gars qui ne ressentaient rien.

— Pourquoi est-ce que je connais le nom de Spence ? demanda-t-il.

Tancredi se frotta les yeux comme si elle les punissait, puis s'essuya le nez.

— Putain, murmura-t-elle alors qu'elle repliait le tissu pour trouver un morceau propre pour s'essuyer à nouveau. En dehors du fait que nous parlions d'eux à l'instant ?

— Je l'ai déjà entendu, répondit-il. Je n'arrive pas à le remettre, mais il a été cité.

Elle souffla peu gracieusement dans le mouchoir et fronça les sourcils.

— Vous avez épluché beaucoup d'anciens dossiers, fit-elle remarquer. Peut-être que c'était dans l'un d'eux ? Si le gamin le plus âgé est notre « Hector », alors peut-être qu'il a été proche de l'une des autres victimes ?

Peut-être. Cloister ne pouvait pas réfuter cette théorie, mais le contexte ne semblait pas bon.

— Je ne le pense pas. C'était autre chose. Quelque chose…

Tancredi blêmit brusquement, sa bouche s'ouvrit légèrement sur un :

— Merde.

— Quoi ?

Elle jeta le mouchoir à la poubelle et s'élança vers son bureau. Cloister la talonna.

— Il avait un alibi, dit-elle par-dessus son épaule. C'est apparu dans la vérification des antécédents, mais il avait un alibi, alors je n'y ai pas pensé.

— De quoi parlez-vous ? questionna Cloister.

Tancredi fouilla dans la paperasserie sur son bureau, en laissa tomber des lots sur sa chaise alors qu'elle cherchait un dossier en particulier.

— De ceci, répondit-elle finalement.

Elle poussa le fichier vers Cloister.

— Il a changé son nom en Tranquil Reed il y a des années, il l'a fait légalement, mais il est né Spence. C'est le père de notre tueur. C'est le lien avec la Retraite.

La crainte plomba l'estomac de Cloister comme une pierre. C'était stupide. Cela faisait un moment que Javi avait appelé pour dire qu'il se rendait à la Retraite. Cela ne signifiait rien. Javi était capable de s'occuper de lui-même. Mais la crainte n'avait que faire de tout cela. Elle restait ancrée dans son ventre.

— J'appelle l'Agent Merlo, déclara Cloister. Vous prévenez Frome.

Tancredi partit en courant et Cloister attrapa son téléphone. L'appel bascula sur la messagerie vocale.

Cela ne signifiait toujours rien. Sauf que ni Cloister ni la crainte dans ses tripes ne le croyaient.

TRANQUIL REED n'avait pas été content de voir la police entrer à nouveau en force à la Retraite. Il était encore moins heureux quand il avait découvert pourquoi ils étaient là. Le charme habituel de l'ex-hippy en lin repassé s'était effiloché sur les bords tandis qu'il se voûtait derrière son bureau et s'agitait. C'était la première fois que Cloister voyait Reed transpirer, et il y prenait un malin plaisir.

— Vous vous trompez.

— Pas du tout, contredit Tancredi.

Elle sortit les photos des victimes confirmées une par une et les disposa pour former une ligne parfaitement droite.

— Le neveu du président de la banque qui a saisi la maison de votre ex-femme. La fille du promoteur immobilier qui a fait passer le développement du parc Mallard. Le fils du conseiller qui a approuvé le permis de construction. La fille du propriétaire de la société de construction. Le fils du pompier qui a trouvé votre fille. Il a enlevé toutes ces personnes.

— Et maintenant, un agent du FBI a disparu, ajouta Cloister.

Les mots se coincèrent dans sa gorge comme s'ils ne seraient pas vrais s'il ne les prononçait pas.

— L'Agent Spécial Merlo est venu ici pour vous parler plus tôt dans la journée. Maintenant, il a disparu. Votre fils est responsable.

— Il n'en est pas capable, insista Tranquil en bondissant hors de la chaise sous le coup de la frustration.

Il saisit ses cheveux avec des doigts raides et osseux, comme s'il avait besoin de faire sortir les mots.

— Après ce qui lui est arrivé, ainsi qu'à Hettie, il a un syndrome de stress post-traumatique et des déficits neurologiques et toutes sortes de trucs. Il bataille pour faire les choses. C'est pour ça qu'il travaille ici, parce qu'il ne peut pas garder un travail ailleurs.

Cloister claqua la porte du bureau. Le bruit sec fit sursauter Tranquil et il se rassit lourdement.

— Racontez ça à l'avocat dont vous aurez besoin pour votre fils, déclara-t-il. Il s'en souciera. Pas nous. À l'heure actuelle, votre fils a des ennuis. Si quelque chose arrive à Drew Hartley ou à l'Agent Spécial Merlo, alors ce sera bien pire. Où est-il ?

Tranquil ouvrit la bouche et la referma. Il avait l'air, tout à coup, beaucoup plus vieux.

— Je ne sais pas, répondit-il.

Cloister émit un son frustré empli d'incrédulité.

— Je ne sais pas. Je vous dis la vérité. Mon mariage s'est brisé parce que je suis venu ici, quand je suis devenu ça. Ça a causé suffisamment de problèmes, mais après ce qui est arrivé à sa mère et à sa sœur... À ma femme et à ma fille. Il ne me l'a jamais pardonné. Nous ne discutons pas ensemble. Il ne me parle pas de sa vie. Je lui donne du travail quand il est sobre et le laisse dormir ici s'il le veut. Parfois, je ne le vois pas pendant plusieurs semaines d'affilée. Je ne sais pas ce qu'il fait ni où il va.

Il s'arrêta et regarda la série de victimes qui s'étendait devant lui. Son visage s'affaissa sous la douleur et la mort de son déni.

— Pourquoi ferait-il ça ? Ces enfants n'ont pas blessé Hettie ou Jill. Ce ne sont que des enfants.

Cloister fixa les photos. Des êtres chers les avaient choisies, alors elles montraient les adolescents disparus sous leur meilleur jour. Les couleurs brillantes avaient saisi la peau claire et l'innocence. Cloister avait grandi dans une ville plutôt merdique, et il se souvenait de la rancune qu'il avait ressenti pour les enfants qui n'avaient pas perdu un frère, dont les papas n'étaient pas des connards inutiles, qui avaient des mères qui ne les regardaient pas avec déception. Le pire qu'il ait jamais fait avait été de provoquer une bagarre avec un joueur de football par frustration. Mais il pouvait comprendre.

— Ce ne sont que des enfants, répéta Cloister. Ils ont eu le droit d'être simplement des enfants parce qu'ils n'ont pas eu à regarder leur sœur mourir dans une voiture verrouillée. Je suppose qu'il ne pense pas que c'est juste.

Tranquil eut l'air d'avoir été giflé.

— Y a-t-il quoi que ce soit que vous puissiez nous dire ? interrogea Tancredi en rassemblant les photos et en les tapotant pour en faire un tas.

Il sembla que Tranquil allait répondre. Il leva les yeux, la bouche ouverte et les yeux désespérés. Puis il haussa les épaules et secoua la tête.

— Je ne le connais pas.

Il passa sa main sur son visage. La peau s'étira sous ses doigts comme si elle avait perdu toute élasticité.

— Je crois que je ne le connais plus depuis longtemps.

Tancredi leva les yeux vers Cloister et haussa légèrement les épaules d'un air impuissant. Ils n'arriveraient pas à tirer quelque chose d'utile de Tranquil pour l'instant. S'il savait quelque chose, la révélation des accusations contre son fils l'avait chassé de sa tête.

— Est-ce qu'il a des amis ? le pressa Cloister sans beaucoup d'espoir d'obtenir une réponse qui aiderait. Quelqu'un à qui il parlerait ?

Tranquil secoua la tête. Il se pencha en avant, appuya ses coudes sur ses genoux et plongea sa tête entre ses mains. Il n'avait pas le temps d'essayer de l'obliger à se reprendre. Cloister ouvrit la porte et entra dans le hall de réception. Les techniciens de scène de crime avaient envahi la zone pour prendre des échantillons et mettre en sac les éclaboussures de vomi sur le sol.

— Witte, dit Frome sans rien ajouter d'autre.

Cloister sortit à grands pas dehors, se dirigea vers sa voiture, un souffle d'air chaud et poussiéreux poussé par le vent entrant dans son nez. Il ouvrit la portière et laissa Bourneville descendre d'un bond. Elle aplatit les oreilles et replia sa queue quand le vent la frappa. Il rebroussait sa fourrure dans le mauvais sens en rosaces épineuses.

— Witte.

Tancredi l'avait suivi. Elle leva sa main pour se protéger les yeux.

— Ils vont envoyer des hélicoptères de L.A… avec infrarouge. Nous les trouverons.

Il y eut une pause, puis elle rectifia :

— Le trouverons.

Cloister accrocha la laisse sur le harnais de Bourneville et tira légèrement sur une oreille baissée. Il ne savait pas ce que Tancredi imaginait qu'il se passait entre lui et Javi – n'importe quoi entre le mariage secret et l'attirance non partagée –, mais c'était probablement mieux que la vérité.

— Tancredi.

— Vous le regardez de la même manière que je regardais les sushis quand j'étais enceinte, souligna-t-elle. Je ne pouvais pas le rater.

Cloister ignora sa remarque.

— Hector – Matthew – sait qu'il est dans la mouise.

Il ferma la portière d'un coup de pied et claqua des doigts après Bourneville. Elle le talonna tandis qu'il se dirigeait vers la voiture de Javi. Le fait qu'il n'y ait eu aucune tentative pour déplacer la voiture n'était pas bon signe. Les techniciens avaient déjà ouvert les portières.

— Avez-vous seulement quelque chose avec l'odeur de Merlo à suivre ? demanda Tancredi.

— J'en aurai dans une minute.

Cloister ordonna à Bourneville de s'asseoir, il ouvrit la voiture. La chemise abandonnée aurait dû être sur le siège passager ou jetée sur le sol derrière le siège du conducteur. Toutefois, Javi l'avait pliée, mise dans un sac et cachée dans la boîte à gants. Encore mieux. L'odeur serait préservée.

— Si je ne les trouve pas, les hélicoptères le feront.

Même les taches de rousseur de Tancredi semblaient désapprobatrices, mais elle le laissa poursuivre. Cloister s'accroupit et appela Bourneville au pied d'un claquement de doigts. Il se pencha sur elle et posa son visage dans son manteau rugueux et moite pendant une seconde. Elle sentait la poussière, le relent de Cheeto de chien mouillé, et ses flancs se soulevaient

228

contre son visage tandis qu'elle haletait. Pour une fois, cela ne l'aida pas à se sentir mieux.

C'était sa faute. Tout comme la dernière fois. La culpabilité était une souillure oppressante et triomphante au fond de son cerveau. Elle étouffait toutes les justifications qu'il essayait de rassembler. Cela n'avait pas d'importance pour sa culpabilité que Javi ne voulait rien être pour Cloister : ni son amant ni sa responsabilité. Il n'en restait pas moins qu'il avait laissé tomber Javi et l'avait perdu. Exactement comme la dernière fois.

— Bonne fille, Bourneville, dit-il en se redressant.

Le sac en plastique était plié au lieu d'être scellé, chaud et souple sous les doigts de Cloister. Il l'ouvrit et le présenta à Bourneville. Elle enfonça sa truffe avec impatience dans la boule de coton, éternua et fouilla jusqu'à ce qu'elle trouve un riche repli de sueur et de cellules de peau. Sa queue se redressa et s'agita avec enthousiasme contre le vent en capturant le parfum.

— Trouve Javi. Suuch.

Bourneville aboya brusquement et descendit son museau sur le sol. Elle tira sur la laisse tout en suivant l'odeur d'une touffe d'herbe à l'autre, là où l'odeur était retenue dans la terre. La piste menait en droite ligne de la voiture au bureau de réception.

Ses griffes cliquetèrent sur le bois alors qu'elle passait la porte et faisait le tour de la pièce. Cloister enroula le fil et passa la sangle autour de son poing comme un gant pour la garder hors des zones d'indices signalés.

— Witte, dit Frome.

Il mit assez de puissance dans sa voix pour que Cloister ne puisse l'ignorer sans que cela soit évident.

— Monsieur ?

Il se prépara à argumenter que Bourneville leur donnerait une longueur d'avance… que n'importe quel avantage était mieux que rien.

— Prenez Tancredi avec vous. Je ne veux pas me retrouver avec un autre agent disparu.

La tension qui lui nouait les épaules se relâcha un peu. Il hocha la tête en direction de Frome et reporta son attention vers Bourneville. Elle était grimpée sur le canapé, il y avait des empreintes de pattes poussiéreuses sur tous les coussins clairs, alors qu'elle collait son museau sous chacun d'eux. Le vomissement reçut un reniflement intéressé, mais Cloister la tira en arrière avant que sa truffe noire puisse renverser une des étiquettes jaunes.

— Pff, dit-il d'un ton cassant. Retour au travail, Bourneville. Suuch.

Elle grogna à l'insulte, secoua la tête pour faire voler ses oreilles et se remit au boulot. Le sillage de l'odeur la ramena dans le hall de réception et lui fit descendre les marches du porche. Elle le traîna entre un hangar de stockage et la lingerie, puis à travers la courte allée, celle-ci se transformant en soufflerie quand les rafales s'engouffraient à l'intérieur. Un brusque virage à droite les emmena derrière la grande salle où les véhicules tout terrain étaient garés, et ensuite, elle corrigea de nouveau sa course sur le chemin étroit et usé par les traces de pieds.

Cette fois, elle était certaine de l'endroit où elle allait. Sa langue sortit au coin de sa gueule tandis qu'elle se dirigeait directement vers le bas d'une colline en direction d'une rangée d'arbres rabougris qui penchaient sous le vent. Quand Cloister fut plus près, il repéra un tissu vert flottant entre les branches. C'était une bâche lâche, emmêlée dans des cordes.

— Qu'est-ce que c'est ? demanda Tancredi alors qu'elle s'arrêtait à côté de lui.

Ses cheveux s'emmêlaient en nœuds poussiéreux, et elle dut s'arrêter pour dégager un tas de feuilles – fraîchement arrachées d'un arbre – de son visage.

— Ou, qu'est-ce que c'était ?

Cloister s'accroupit et saisit le bord de la bâche. Il la souleva et regarda en dessous. Il y avait des traces de pneus robustes dans la terre et des taches d'huile irrégulières. La bâche était imprégnée d'une odeur écœurante d'essence.

— Matthew avait un véhicule tout terrain caché ici, déduisit-il.

Tancredi poussa un soupir frustré.

— À l'heure actuelle, il pourrait avoir fait cinquante kilomètres ? Soixante ?

— Plus, peut-être, admit Cloister. Je ne pense pas qu'il se soucie vraiment de la sécurité en ce moment.

Il serra le poing autour de la bâche et sentit son cœur se serrer de consternation. Si la piste à pied était interrompue, leurs chances de suivre...

Bourneville se mit soudain à aboyer et tira sur la laisse. Elle se déplaça d'avant en arrière au bout des deux mètres de nylon tressé. Il y avait quelque chose là-bas. Cloister s'avança vers elle, et elle profita de la brusque souplesse sur son collier pour gagner quelques centimètres. Puis elle s'arrêta, baissa sa truffe et souffla sur une zone sur le sol.

— Qu'est-ce que c'est ? demanda Cloister alors qu'il la rejoignait. Bonne fille. Qu'as-tu trouvé ?

Il se pencha et vit la flaque irrégulière de sang séché dans la terre. La peur – cette vieille ombre sifflante au fond de son cerveau – fut sa première réaction. La seconde fut un soulagement presque enivrant.

— Peut-être que Merlo a pu blesser son ravisseur, suggéra Tancredi avec espoir.

Mais elle ne semblait pas convaincue.

— Qui que ce soit, j'espère qu'il continue à saigner, dit Cloister.

Il attrapa le collier de Bourneville et la tira à son côté afin de pouvoir le décrocher. L'empressement faisait trembler ses muscles alors qu'elle attendait.

— Ça, elle peut le suivre.

— Vous l'espérez, rectifia Tancredi.

Cloister renifla et lâcha Bourneville. Elle s'élança vers les arbres, son corps s'allongeant comme une flèche et ses oreilles collées à son crâne par la vitesse.

— L'espoir, c'est pour les billets de loterie, Tancredi.

Il se mit à courir et jeta les mots par-dessus son épaule.

— Je connais ma chienne.

XXIX

LE BRUIT brouillait l'esprit de Javi. Il était conscient et pouvait bouger de nouveau, bien que son corps semblât rempli d'argile, mais chaque grincement ou respiration autour de lui résonnait dans sa tête dans un écho atonal déformé. Cela rendait la concentration difficile.

Il était replié de manière inconfortable dans un petit espace avec ses cuisses à l'étroit et une douleur qui se déployait lentement depuis le bas de son dos jusqu'à ses épaules. Il faisait chaud. L'air desséchait sa bouche en entrant et ne semblait pas remplir ses poumons. Quand il changea de position, son épaule et ses pieds touchèrent un métal chaud.

Javi ferma les yeux et garda sa respiration régulière. Ce n'était pas un « petit espace ». C'était le coffre d'une voiture. C'était un fait, et il pouvait le gérer. Quand il releva les mains pour essuyer son visage, les attaches en plastique autour de ses poignets lui raclèrent le menton. Il se déplaça sur le dos, mais ses genoux n'avaient pas la place, et ses yeux le piquaient tandis qu'il clignait dans le noir.

Il pouvait s'entendre cligner des yeux.

La panique essaya de se frayer un chemin dans sa poitrine. Il ferma les yeux – pas que cela fasse une différence – et disséqua la situation. Le GHB avait provoqué les étourdissements, la lourdeur de son corps et la projection de vomissures qu'il pouvait sentir cuire aigrement sous sa tête. Les Sels de Bain le faisait paniquer avec des battements de cœurs accrus, une vague d'endorphines et de paranoïa. Le grattement d'aiguille répétitif dans sa tête, comme une bande-son de film d'horreur, était une hallucination auditive causée par les drogues. Il ne perdait pas le contrôle. Il n'y avait rien à contrôler. Ce n'était que de la chimie.

— Matthew, tenta-t-il.

Sa voix était à vif, comme s'il avait crié, et elle ressemblait à au raclement d'un ongles sur un tableau noir à l'intérieur de son crâne. Javi pressa ses mains à plat contre le métal au-dessus de sa tête. La douleur à la sensation de brûlure sur les mains lui donna quelque chose sur lequel se concentrer.

— Matthew, nous voulons t'aider.

232

Quelque chose frappa contre le coffre. Cela laissa une bosse dans le métal, et le son se propagea à travers son torse au point qu'il crut qu'il allait vomir une nouvelle fois.

— Vous mentez. Personne ne voulait nous aider, moi, ma sœur ou ma mère. Vous nous avez accusés. Nous aurions dû faire ceci. Nous aurions dû faire cela, répliqua Matthew.

Il frappa le coffre encore et encore, le faisant résonner comme une cloche fendue.

— Tout ce dont vous vous souciez, ce sont eux. Des enfants riches. Des enfants gâtés.

— Comme Birdie ? réussit à demander Javi.

Il était baigné de sueur, trempé, et ça allait devenir encore plus chaud.

— Oui. Non. Je l'aimais, répondit Matthew d'une voix incertaine.

La voiture craqua et bougea tandis qu'un poids se retirait.

— Mais elle allait me quitter. Elle pensait pouvoir partir et puis c'est tout. Comme si ça n'avait aucune importance ! Je ne pouvais pas la laisser faire, alors je lui ai montré, et puis… Je ne voulais pas la blesser. C'était un accident. Mort accidentelle. La faute de personne.

— Tu n'avais pas l'intention de la blesser, répéta Javi obligeamment.

S'il gardait les yeux fermés, c'était mieux. Il tâtonna tout autour du coffre dans un effort distrait pour cartographier chaque rivet et marque de soudure.

— Je le comprends maintenant. Tu n'as blessé personne d'autre.

— Non, affirma Matthew avec quelque chose d'étrange dans la voix. C'était ce qui n'allait pas. Personne n'était blessé, pas vraiment. Ils n'ont pas vu ce que j'ai vu.

Javi s'habituait au son dans sa tête. Il appuya ses doigts contre le coffre jusqu'à ce que ses ongles s'enfoncent dans la rouille. Des particules tombèrent sur son visage.

— Qu'est-ce que tu as vu, Matthew ? demanda-t-il.

Pas de réponse.

— Matthew ?

Pas de réponse, et le son de sa propre voix avait un effet Doppler sur ses hallucinations. Il ferma violemment les paupières et frappa son crâne contre le plastique cassé sous sa tête.

Javi prit une profonde inspiration d'air aigre et chaud et se déplaça en se tortillant de l'autre côté. Il pouvait voir un mince filet de lumière là où le coffre se fermait, il pouvait même distinguer la forme des feux arrière.

Il tâta autour de la serrure et redessina la zone d'ouverture en métal avec ses doigts. Des pensées étranges le harcelaient à l'arrière de sa tête. Il essaya d'ignorer que son cœur battait la chamade en pensant que Matthew se trouvait là, accroupi à côté de la voiture, l'écoutant alors qu'il essayait de s'échapper. Il heurta finalement les ronds empilés du mécanisme de fermeture. Le métal était enveloppé de rouille et vétuste, la biellette était étirée vers la gauche. Elle était collée par de la vieille graisse, Javi tira dessus. Rien ne se passa, et pendant une seconde, il put réellement voir le kidnappeur marqué de cicatrices au regard scintillant, son visage pressé contre la paroi de la voiture. Le souffle de Javi était irrégulier malgré tous ses efforts, il pouvait sentir la panique comme un amas de parasites sous sa peau. Il aurait été facile d'accepter la défaite, mais il essaya à nouveau.

Cette fois, le couvercle du coffre s'ouvrit. Javi se souleva maladroitement. Son corps était encore lourdement drogué et ses muscles raides, mais il se hissa par-dessus le bord. Il ne faisait pas beaucoup plus frais à l'extérieur du coffre. Il atterrit sur un sol en terre battue, roula sur le dos et aspira de l'air frais. Au-dessus de lui, il voyait le haut plafond à lames d'une grange et la cruelle lueur rouge des lampes à chaleur.

Une grange de culture, se rendit-il compte. Ils étaient dans la vieille grange de la Retraite. Matthew avait garé sa voiture au milieu, où les rangées de plantes auraient été baignées de chaleur. Ce n'était pas l'heure de s'attarder sur cela. Il roula sur le côté et se mit à genoux. Les vagues de nausées s'agitaient dans son estomac comme de la boue, comme si elles avaient réellement un poids. Il s'essuya la bouche avec sa manche et regarda autour de lui pour faire le point. Matthew ne serait pas absent longtemps.

Javi prit appui sur ses pieds – ils étaient nus, remarqua-t-il, bien que, heureusement, le reste ne le soit pas – et se releva difficilement. Les liens en plastique auraient été pires si Matthew lui avait attaché les mains dans le dos, mais cela perturbait néanmoins son équilibre. Il se concentra sur cela. Les liens étaient toujours serrés, mais il put saisir l'extrémité entre ses dents et fit tourner la languette jusqu'à ce qu'elle soit placée entre ses pouces. Des petites bandes de peau déchirée venaient avec, et l'effort le laissa étourdi et essoufflé. Il secoua la tête, essayant de se débarrasser des vertiges persistants, et il ramena ses mains fermement vers son ventre. Un brusque éclat de douleur et les liens se brisèrent.

Il les retira et les jeta sur le côté. Le picotement du sang qui revenait dans ses doigts gonflés le fit jurer dans sa barbe. Il frictionna rudement le retour des sensations dans ses mains tout en observant la grange. En dehors

234

de la voiture et des lampes, il n'y avait pas grand-chose à voir. Le cadre rouillé d'un système d'irrigation désaffecté s'affaissait au-dessus de sa tête, et il y avait un petit bureau avec un ancien ordinateur portable posé dans un coin. Aucun signe de Drew Hartley.

Le bourdonnement des lampes chauffantes et le bruit du vent à l'extérieur lui vrillaient les oreilles. Il souhaita juste s'allonger et attendre que cela cesse, mais il n'avait pas le temps pour ça. Il cracha pour se débarrasser de l'arrière-goût de vomi dans sa bouche et vacilla vers l'avant de la grange.

La porte était faite d'un vieux bois blanc résistant aux intempéries, extrêmement sec, elle s'entrouvrit en craquant sous un coup de coude. À l'extérieur, Javi put voir un pick-up rouillé posé sur ses jantes. Les mauvaises herbes poussaient à travers en touffes vertes et épaisses. Il y avait un véhicule tout terrain rouge brillant que Matthew tentait avec difficulté de recouvrir d'une vieille bâche de toile en lambeaux. Le vent s'engouffrait aux coins de celle-ci et fouettait ses jambes avec les cordes, créant des zébrures lorsqu'elles frappaient la peau nue.

Le Glock de Javi était coincé à l'arrière du jean de Matthew, noir et encombrant. Le rappel visuel qu'il s'était laissé prendre au dépourvu, drogué et désarmé le fit grimacer, cependant le fait qu'il n'était pas dans la main de Matthew était une chance. Il observa au-delà jusqu'à la trouée dans les arbres et le lourd portail « trop neuf pour appartenir à la ferme ». Un rapide coup d'œil vers le soleil lui indiqua que, à moins qu'il n'ait été inconscient beaucoup plus longtemps qu'il le pensait, ce serait plus ou moins la bonne direction à suivre s'il s'en sortait.

Javi prit une profonde inspiration, poussa la porte et appuya son bras dessus alors que le vent essayait de la refermer. Il se mit à courir en chancelant. La terre dure s'enfonçait dans ses pieds nus, et il tacla Matthew par-derrière. C'était inélégant et cela manquait de dignité, mais si Matthew mettait la main sur le pistolet, Javi finirait à nouveau dans le coffre.

L'impact de son corps contre celui de l'homme les projeta tous les deux sur le côté du véhicule tout terrain. Il attrapa le pistolet, la poignée chaude contre sa paume, mais avant qu'il puisse la tirer, Matthew rejeta sa tête marquée de cicatrices en arrière. Son crâne claqua contre la pommette de Javi. L'éclair noir de douleur lui fit perdre sa prise. L'arme heurta le sol et Matthew se précipita dessus. Il plia les doigts en essayant de l'atteindre. Avant qu'il y parvienne, Javi le tacla de nouveau.

La bagarre se poursuivit sur le sol, où chacun frappait et s'éraflait avec un enthousiasme brutal.

Javi prit un coup de poing dans les côtes qui lui coupa le souffle, mais il parvint à rester au-dessus de Matthew. L'allure émaciée et voûtée que celui-ci adoptait était trompeuse : il était tout en muscles nerveux, et il se battait de manière déloyale. Il attrapa le visage de Javi et essaya d'enfoncer ses pouces dans ses yeux. Ce dernier bascula suffisamment la tête en arrière pour que les ongles sales éraflent ses pommettes. Puis il referma ses doigts autour de la gorge de Matthew et serra.

La saillie nette de la pomme d'Adam sous ses paumes fléchit et les tendons se raidirent sous sa prise. Des respirations sifflantes désespérées s'échappaient du corps de Matthew lorsqu'il renonça aux yeux de Javi et lui griffa les mains à la place. Ses ongles brisés déchiraient la peau en lignes boursouflées et sanglantes.

Javi serra plus fort et frappa la tête de Matthew sur le sol. Celui-ci s'amollit sous lui, et Javi desserra lentement sa prise et s'assit en arrière.

— Ne bouge plus, gronda-t-il.

À la place, Matthew le frappa au visage avec l'extrémité noueuse d'une corde arrachée à la bâche. Elle le heurta au coin de l'œil et Javi vacilla en arrière, une main sur son visage, alors que du sang emplissait sa vision.

Il se retourna, le sol égratigna son épaule nue alors qu'il essayait de se remettre debout. Matthew se releva plus vite. Vu par l'œil intact de Javi, il était une silhouette floue alors qu'il s'approchait en chancelant et lui donnait un coup de pied dans le ventre. Il ne restait plus rien dans son estomac, mais il eut quand même un haut-le-cœur douloureux.

— Je savais que vous vous en foutiez, cria-t-il.

Sa botte trouva la hanche de Javi avec un violent choc cuisant sur l'os, et sa voix crissait étrangement dans la tête de Javi.

— Je le savais. Tout ce qui vous importe c'est eux. Ils ont tué ma famille, et tout ce que vous intéresse, c'est eux. Les riches. Les cupides. Les…

Il y avait beaucoup de choses qui vous traversaient l'esprit quand il y avait une forte probabilité que vous puissiez mourir. C'était déjà arrivé à Javi, une ou deux fois, et les grandes lignes générales étaient toujours les mêmes. La famille, les regrets, le souhait d'avoir dit à telle personne que vous la détestiez vraiment. Cette fois, la pensée qu'il aurait dû embrasser Cloister de nouveau s'y glissa brièvement.

Javi crut que c'était pour cette raison qu'il entendait sa voix : c'était une hallucination auditive causée par le regret. Il se rendit compte qu'il avait tort quand Matthew chancela en arrière, son visage se décomposant sous le désespoir. Il leva les mains, il y avait du sang sur ses avant-bras. Puis il décida de s'enfuir vers la grange.

Il n'avait pas le moindre espoir. Bourneville déboula à travers la clairière comme si elle avait été projetée par une catapulte, toute en fourrure noire et en dents apparentes. Elle heurta Matthew pile au milieu du dos et le renversa. Il tomba au sol, roula et réussit à se mettre à quatre pattes. Bourneville le renversa de nouveau, se postant sur son torse, faisant claquer sa mâchoire, et lui grognant dessus. La bave gouttait sur le visage de Matthew alors qu'il se tordait comme un serpent pris au piège.

— Ne bougez plus, et je la rappellerai, rugit Cloister d'un ton cassant, sa voix conçue pour porter.

Il arriva dans son champ de vision en trottinant, couvert de poussière et respirant fort.

— Ne. Bougez. Plus.

Au lieu de cela, Matthew essaya de lui donner un coup de poing. C'était un mouvement désordonné et inefficace. Bourneville se baissa, se tordit comme un chat et enfonça ses dents dans son bras. Elle grogna autour du morceau de chair et secoua la tête d'un côté à l'autre.

— Ne bougez plus, répéta Cloister, sinon elle bouffera votre putain de main.

Cette fois, Matthew fit ce qu'il lui disait. Il s'affaissa comme il le pouvait entre le choc évident et la douleur. Son corps tremblait alors qu'il sanglotait, mais Bourneville était encore accrochée à son bras, et un grognement bas et étouffé s'échappait entre ses dents serrées.

Au lieu de rappeler Bourneville, Cloister s'agenouilla auprès de Javi. Il prit ses épaules avec précaution et examina son corps de la poitrine aux côtes.

— Seigneur, marmonna-t-il. Javi, tu vas bien ? Tu es avec nous ?

Javi s'appuya sur un coude. Il saisit le biceps de Cloister de sa main libre et songea à l'embrasser, mais avant qu'il puisse se laisser emporter, il vit Tancredi tituber pour les rejoindre.

— Aide-moi à me lever, pria-t-il à la place.

Cloister l'aida à se mettre debout. Il saisit la nuque de Javi de sa large paume rugueuse et de ses doigts doux.

— Tu as une sale tête, déclara Cloister.

— Je pense que j'ai du vomi dans les cheveux, dit Javi.

Cloister lui montra sa main.

— C'est du sang.

— Oh. Bien, commenta Javi.

Il attrapa le bord du véhicule tout terrain et s'assit sur le siège en vinyle fissuré. Rien ne lui faisait vraiment mal pour l'instant. La douleur était quelque part sous la pulsation d'énergie derrière ses yeux. Elle se réveillerait plus tard. Il se pencha en avant, posant les coudes sur ses genoux, et décida de laisser Cloister lui frotter les épaules en toute impunité.

— Je n'ai pas vu Drew.

— Nous le trouverons, assura Cloister.

Tancredi s'approcha avec une bouteille d'eau, Javi la prit avec un grognement de remerciement et la vida dans sa gorge. Cela ne fit rien pour étancher sa soif. Le liquide semblait couler dans son corps et disparaître. Tout comme le fit Cloister. Quand il releva les yeux, Cloister était en train de tirer Bourneville d'un Matthew en sanglots.

— Bonne fille, la félicita-t-il avec effusion en relevant Matthew sur ses pieds pour le menotter.

Le sang coulait sur le bras de Matthew.

— Tu as fait du bon travail, ma fille.

Bourneville s'assit aux pieds de Cloister et écouta attentivement les éloges. Elle inclinait la tête d'un côté à l'autre chaque fois qu'elle entendait le mot « bonne » et ses oreilles s'agitaient dans le vent.

— Nous trouverons Drew, lui certifia Tancredi.

Elle s'appuya contre le véhicule tout terrain à côté de lui et pencha son menton vers la radio pour signaler leur position, avant d'ajouter :

— Il sera bientôt chez lui avec sa famille.

Ou il n'y serait pas, songea sombrement Javi. Qu'il ait foiré et surpris Matthew sans avoir de plan pourrait causer la mort d'un enfant de dix ans.

XXX

Bourneville lâcha deux aboiements perçants et gratta à la porte de la remise. C'était du vieux bois sec et pourri qui s'effritait sous ses griffes, mais le cadenas vissé dessus était flambant neuf.

— Nous avons trouvé quelque chose, cria Cloister.

Il allongea le pas à travers la broussaille de jeunes pousses d'arbres et sauta par-dessus une tranchée d'une trentaine de centimètres dans le sol qui, durant les années plus humides, contenait probablement de l'eau. Bourneville aboya à nouveau. Elle s'éloigna de la porte et fit le tour de la structure, sa queue remuant impatiemment tandis qu'elle reniflait, aboyait et grattait chaque mur.

Au moment où Cloister atteignait la remise, elle était de retour devant la porte. Elle appuya sa truffe contre une fissure et gémit avec agitation en attendant qu'il l'ouvre. Il attrapa le cadenas et le tordit aussi fort qu'il le pouvait. La moitié des vis s'arrachèrent du bois, faisant tomber des éclats et de la sciure sur Bourneville. Elle secoua la tête et éternua, mais ne bougea pas. Une autre rotation et la serrure lui resta dans la main.

Il la laissa tomber, Bourneville poussa la porte avec son museau avant qu'il ait eu une chance de le faire. Elle se glissa dans l'espace et aboya de nouveau. Sa queue battait contre les murs. Cloister ouvrit davantage la porte et s'engagea à l'intérieur.

Drew Hartley était couché sur le sol. Il était rouge, ses cheveux en broussaille à cause de la sueur, ses yeux enfoncés, et il ne bougeait pas. Pas même avec Bourneville lui aboyant aux oreilles. Il y avait une grosse bouteille d'eau à côté de lui, mais elle était vide.

— *Ruhig*, ordonna Cloister à Bourneville. Tais-toi, ma fille.

Elle cessa d'aboyer docilement et il la félicita distraitement tout en s'accroupissant. Des gens couraient dehors, criaient des directives et des ordres à travers les arbres. Ils lui semblaient très éloignés alors que Cloister se penchait et glissait ses doigts sous le menton de Drew pour prendre son pouls.

Il était lent, mais il était présent.

239

Le soulagement fit vaciller Cloister. Il passa sa main derrière le crâne de Drew pendant une seconde.

— Tu vas rentrer à la maison, Drew, assura-t-il.

— C'EST LES Santa Ana qui le faisaient disjoncter, expliqua Cloister.

Il était assis sur le banc de l'ambulance, rebondissant et se faisant secouer sur les routes de campagne.

— Ils étaient mauvais l'année où sa famille est décédée.

Javi était allongé sur un fin drap blanc, la mâchoire serrée et une intraveineuse enfoncée dans le creux de son bras. Il y avait une compresse sur son œil, et les ecchymoses avaient commencé à fleurir sur ses côtes et sa mâchoire.

— Je le savais, déclara Javi. La voiture ?

— La même, répondit Cloister.

Il s'interrompit et se corrigea.

— La même marque et le même modèle, en tout cas.

— Et le gamin ? interrogea Javi en ouvrant son œil intact pour le plisser vers Cloister. Comment va-t-il ?

— Il est vivant.

Javi referma son œil.

— Ça laisse beaucoup de marge de manœuvre.

L'ambulance heurta une bosse, et Cloister tendit la main pour stabiliser Javi sur le lit. Il appuya sur son épaule alors que le conducteur leur criait des excuses.

— Désolé, dit Cloister après un instant en retirant sa main. Drew était drogué et déshydraté, mais sinon, il ne semblait pas blessé. Les ambulanciers semblaient optimistes, mais jusqu'à ce qu'il se réveille…

Il haussa les épaules sans terminer sa phrase.

— Et toi ? demanda Javi. Tu as trouvé le gamin disparu. Tu vas être le héros du moment.

Il y avait un léger ressentiment dans la voix de Javi qui mettait Cloister mal à l'aise. Il n'avait aucune ambition. Il était un homme aux goûts simples : il aimait les chiens, retrouver des gens et, occasionnellement, une bière. Mais les gens qui avaient de l'ambition ne le croyaient jamais.

Ce n'était pas comme si cela l'aiderait à se sentir mieux, d'avoir trouvé Drew. Ce n'était jamais le cas. Il était heureux qu'il soit indemne et qu'il puisse retrouver sa famille, mais cela n'enlevait aucun poids de ses épaules. Ce soir, il ne dormirait pas mieux.

Il y avait probablement un moyen de l'expliquer, mais cela semblait difficile. Cloister tendit la main et se contenta de tapoter la tête de Bourneville à la place, elle s'enroula autour de ses pieds.

— Elle a fait le plus gros du travail. Peut-être qu'elle obtiendra la clé de la ville.

Javi renifla. Il leva la main qui n'était pas attachée à la perfusion et plaqua ses articulations sur son front assez fort pour laisser des empreintes sur sa peau. Il lui fallut une minute pour respirer durant le pic qu'il venait d'atteindre avec son cocktail de médicaments. Une fois passé, il laissa son bras se détendre sur son front.

— Au moins, monsieur Utkin saura qu'il avait raison au sujet du petit ami de sa fille.

Les bosses et les creux des routes de campagne se transformèrent en une succession d'arrêts et redémarrages vers le centre-ville. Cloister se leva autant qu'il le pouvait avec le plafond bas et jeta un œil par la fenêtre arrière.

— Presque à l'hôpital, dit-il.

Un autre grognement.

Cloister se retourna et étudia le long corps malmené de Javi, les écorchures et les ecchymoses. Il le connaissait à peine et Javi lui avait dit très clairement qu'il ne *voulait* pas que Cloister apprenne à le connaître, mais il aurait aimé le faire.

L'ambulance arriva à l'hôpital et s'arrêta devant les urgences. Le chauffeur et son partenaire ouvrirent les portes arrière et aidèrent Javi à sortir pour le mettre dans un fauteuil roulant. Cela le fit ricaner, mais il se laissa tout de même tomber dessus.

Cloister les arrêta avant qu'ils poussent Javi à travers les portes coulissantes en verre opaque.

— Agent Spécial Merlo, dit-il en posant une main sur l'épaule de Javi.

Les muscles sous la peau meurtrie se contractèrent sous ses doigts, tendus comme des cordes.

— Tu n'es pas vraiment l'enfoiré que j'imaginais.

Javi lui jeta un regard ironique, sans humour, et demanda :

— Mais je reste un enfoiré, Witte ?

— Eh bien, ouais. Tu t'es croisé ?

Cloister recula et leva la main dans un adieu décontracté.

241

— Prends soin de toi, Merlo. À un de ces quatre.

Il attendit qu'ils aient poussé Javi dans l'hôpital, puis il alla quémander pour se faire ramener au poste par l'un des autres adjoints.

DEUX JOURS plus tard, il y avait une bouteille de vin dans un élégant sac cadeau noir sur le bureau de Cloister quand il entra pour déposer sa paperasse. Lara Hartley était assise de l'autre côté. Ses yeux étaient toujours injectés de sang et ses ongles rongés jusqu'au sang, mais son sourire quand elle le vit était dépourvu d'ombres.

— Adjoint Witte.

Elle se leva et lui tendit la main. Sa poignée de main était ferme.

— Je voulais simplement vous faire savoir combien j'étais reconnaissante pour tout ce que vous avez fait.

— Je suis content que nous ayons pu aider à ramener Drew à la maison, dit-il avec un sourire en coin. Mais c'était principalement grâce à Bourneville, et elle ne tient pas le vin, docteur Hartley.

Elle renifla.

— J'ai déjà fait un don au programme de retraite K-9 en son nom, adjoint, déclara-t-elle. Mais Billy m'a dit ce que vous avez fait pour lui, et je voulais que vous sachiez que j'ai également apprécié cela. Je pense que j'aurais pu lui pardonner, que j'aurais cru qu'il n'avait pas fait de mal à Drew... un jour. Je ne pense pas qu'il aurait pu se pardonner s'il ne nous avait pas parlé. Vous avez aidé mes deux fils, adjoint.

Cloister secoua la tête et fit signe à Lara de s'asseoir en face de lui. Quand elle le fit, il s'assit également.

— C'est mon travail, expliqua-t-il. S'attendre à des remerciements en plus de mon salaire est la raison pour laquelle Plenty n'a plus de service de police indépendant. J'apprécie l'intention, mais c'est tout ce dont j'ai besoin.

Lara pinça sa lèvre inférieure entre ses dents et l'étudia une seconde.

— Billy m'a raconté ce que vous avez dit au sujet de votre frère.

Elle marqua une pause pendant un instant puis poussa le sac vers lui.

— C'est un simple cadeau, adjoint. Pas d'engagement.

La bouteille était posée entre eux sur la table.

— Je n'aime même pas le vin, protesta Cloister, même s'il laissa le sac où il se trouvait.

Il pourrait en faire don pour la tombola d'Halloween, supposa-t-il.

Lara se leva et lissa distraitement sa jupe sur ses cuisses.

— Javi l'aime, dit-elle en tendant la main pour toucher le haut de la bouteille du bout du doigt. C'est son cru préféré.

Cela prit Cloister au dépourvu. Il bredouilla pendant une seconde tandis que Lara l'observait avec amusement.

— Nous étions amis, rappela-t-elle.

Sa bouche fit une grimace au non-dit qu'ils ne l'étaient plus désormais. Peut-être aurait-elle pu pardonner à son fils, mais Javi n'aurait pas droit au même passe-droit familial.

— Acceptez la bouteille, adjoint Witte, et j'espère qu'un jour vous retrouvez votre…

— Merci, docteur Hartley, la coupa-t-il. Vous devriez rentrer chez vous, profitez de votre famille.

Quelque chose de complexe traversa son visage, mais elle hocha la tête.

— Je devrais, accorda-t-elle. Ne le prenez pas mal, adjoint, mais j'espère que je ne vous reverrai pas.

— De même docteur, répondit Cloister.

Ils se serrèrent la main à nouveau et Lara le fit en la pressant assez pour lui rappeler son récent désespoir. Ensuite, elle s'en alla. Cloister retomba sur son siège et fixa avec incertitude le cadeau dans son sac élégant jusqu'à ce que Tancredi s'arrête sur son chemin pour demander :

— Un sous pour vos pensées ?

— Je devrais te rendre la monnaie, rétorqua-t-il.

Cloister ne savait toujours pas quoi faire du vin, mais il devait finir son service avant de pouvoir faire quoi que ce soit. Il la récupéra et la fourra dans un tiroir. Peut-être qu'une fois qu'il aurait terminé sa journée, il aurait les idées plus claires… ou qu'il serait trop fatigué pour s'en soucier.

D'ailleurs, le fait qu'ils aient trouvé Drew ne voulait pas dire qu'il n'y avait pas d'autres enfants disparus là dehors, attendant de rentrer chez eux.

ÉPILOGUE

JAVI ÉTAIT allongé sur le divan dans son appartement avec le bras rejeté sur le dossier, regardant les infos. La disparition et le sauvetage de Drew Hartley étaient déjà de vieilles histoires. Un joueur de football universitaire accusé de mauvaise conduite avant un grand match avait pris sa place.

— C'est une tentative évidente de l'équipe adverse pour ternir sa réputation, assura Barney Jenks, l'entraîneur au visage rouge. Patterson jouera quand même, je suis persuadé qu'il sera blanchi...

Javi éteignit la télévision.

L'hôpital l'avait mis en arrêt pour le reste de la semaine, contre sa volonté. Il devait attendre que son œil – actuellement gonflé et contusionné, le blanc plein de sang – soit guéri, et d'avoir eu un rendez-vous avec le psychiatre du bureau de L.A pour retourner en service actif.

Cela laissait trop de temps, et quand il avait trop de temps devant lui, il prenait de mauvaises décisions ; comme être sur le point d'appeler Cloister trop souvent au cours des deux derniers jours, avec le numéro sur le téléphone et son pouce au-dessus du « Appeler ». C'était une idée épouvantable, et il ne voulait pas blesser Cloister. Il pourrait, mais il ne voulait pas.

Les petits coups à la porte le sortirent subitement de son introspection. Il n'attendait personne. Ses ecchymoses le lancèrent lorsqu'il se leva, une côte fêlée le faisait souffrir à chaque respiration, mais il avait du whisky et des analgésiques pour cela plus tard.

— Une minute.

Il avança sur ses pieds nus à petits pas jusqu'à la porte et jeta un œil à la caméra de sécurité. Cloister était appuyé contre la porte avec un sac en papier brun au creux de son bras. Il était tout en noir, de ses bottes jusqu'à la vieille veste en cuir qui donnait l'impression que ses épaules étaient encore plus larges. Apparemment, on pouvait considérer quelques mauvaises idées et simplement savoir qu'elles en valaient la peine.

Javi ouvrit la porte.

— Qu'est-ce que tu fais ici ? demanda-t-il.

Cloister leva le sac.

— Je te devais un dîner. Et c'est le meilleur poulet frit de la ville.

— Je ne sors avec personne, dit Javi.

— Si c'était un rendez-vous, j'aurais apporté du vin, répliqua Cloister. Tu peux avoir du poulet frit... si tu en veux.

C'était le cas. Javi voulait également Cloister, et ce n'était pas comme s'il lui avait promis quelque chose pour le faire venir. Sa conscience était donc tranquille.

Il attrapa le col de la veste de Cloister – le cuir était doux et souple sous ses doigts – et l'attira à l'intérieur pour un baiser. La chienne entra aussi, mais Javi supposa qu'il devrait s'y habituer. De plus, Bourneville lui avait sauvé la vie.

— Le poulet va refroidir, fit remarquer Cloister alors qu'il se tortillait pour se débarrasser de sa veste.

— Tais-toi, lui dit Javi. Et retire tes vêtements.

Plus tard cette nuit-là, Javi dut admettre que, même froid, c'était du bon poulet frit.

TA MOORE

UNE CHIENNE
DE VIE

Le monde s'achève non pas dans une explosion, mais dans un déluge. Des tornades ravagent le cœur de Londres, une chaleur étouffante fait fondre le bitume à New York et des couches de permafrost de plus en plus épaisses paralysent la Russie. Au début, les hommes se mobilisent, organisent des co-voiturages et évacuent les populations, mais le temps ne fait qu'empirer.

À Durham, Danny Fennick, un professeur affable, s'est calfeutré chez lui en attendant que la tempête passe. Élevé dans les Highlands d'Écosse, il a connu des hivers plus rigoureux. Et surtout, il possède un avantage : c'est un loup-garou. Ou, plus exactement, un chien-garou. Moins impressionnant, mais tout aussi pratique.

Néanmoins, les loups-garous n'y voient pas qu'un simple hiver et franchissent le Mur du Nord pour marquer leur nouveau territoire. Parmi eux, son ex, Jack, fils du Numitor de la meute et prince héritier, et son frère, qui rêve de fratricide.

Un hiver de loup n'est pas blanc. Il est rouge comme le sang.

www.dreamspinner-fr.com

TA MOORE croyait sincèrement être née dans les choux quand elle était petite. C'était le début d'un long attachement à l'étrange et au fantastique. Actuellement, elle vit dans un bourg sur la côte d'Irlande du Nord et ses amis ont instauré une règle selon laquelle elle ne peut leur envoyer que trois liens étranges et perturbants par mois (bien qu'elle soutienne toujours qu'un guide pour faire soi-même une bifurcation de pénis est intéressant, et pas perturbant). Elle croit qu'ajouter « dans l'espace ! » rend tout au moins 40 % plus cool, elle essaiera de caresser à peu près n'importe quel animal rencontré (cela inclut les serpents et exclut les insectes), et une fois elle a menti à son amie en disant qu'elle avait grimpé jusqu'au château de Tintagel en Cornouailles, alors qu'en réalité, elle ne s'était rendue que sur la plage, s'était rendue compte que c'était vraiment très haut et s'était dégonflée.

Elle aspire à devenir une misanthrope cynique, mais elle est malheureusement retenue par un tempérament jovial et une incapacité à être méchante envers les étrangers. Si TA Moore est méchante avec vous, cela signifie que vous êtes à présent amis.

Site Web : www.nevertobetold.co.uk
Facebook : www.facebook.com/TA.Moores
Twitter : @tammy_moore

Par TA MOORE

Une chienne de vie
Rancune tenace

Publié par DREAMSPINNER PRESS
www.dreamspinner-fr.com

www.ingramcontent.com/pod-product-compliance
Lightning Source LLC
Chambersburg PA
V031212260626
59CB00007B/2034